for R...

ang amazing herself
landing in New York City

love
♡
yol—ee

2. 03. 85

P.S. The woms of the photographer
will be in the reprinding
swears the editor... Who is
very sorry and apologizes for
his mistake.

LA VIE EN PROSE

YOLANDE VILLEMAIRE

LA VIE
EN PROSE

ROMAN

LES HERBES ROUGES

Couverture:
Jean Côté

Photocomposition:
Atelier LHR

Tous droits réservés
©Editions Les Herbes Rouges et Yolande Villemaire, 1980

TYPO
900, rue Ontario est, Montréal H2L 1P4

ISBN 2-89295-001-5

Vava dit que, bien sûr, il y a des choses qui arrivent, et tout ça. Maud dit que c'est même meilleur que *L'Une chante, l'autre pas* ou que *Three Women*. Même que *Duelle*, même qu'*India Song*. Même qu'*Anastasie oh ma chérie*. Nane ne l'a pas encore vu mais c'est tout comme tellement on lui en a parlé. Elle veut qu'on dise encore comment c'est beau quand elle chante et que sa voix est si étrange qu'on dirait que c'est un ange. Elle dit que, ah! bon, ben c'est comme *L'Ange bleu* avec Marlene, d'abord. On dit que, non non, c'est pas du tout ça. Faudrait que tu l'entendes, c'est une drôle de voix.

Là, Lotte arrive et on dit t'as-tu vu *Pink Lady*, parce qu'au début du film, justement, elle porte une robe lilas. Lotte dit comment ça? On dit que ben on pensait que c'était pour ça qu'elle avait mis sa robe afghane. Lotte dit comment ça? d'ailleurs c'est pas lilas ça, c'est mauve; avant je portais du lilas parce que je voulais qu'on me lise, maintenant je m'habille en mauve parce que j'aime ça et que ça me mouve. Mais c'est quoi donc ce film-là? Rose dit que c'est le plus beau film d'amour qu'elle a jamais vu et Alice que c'est un peu space-opera, un peu mélo, une sorte de thriller art déco et Celia que c'est une sadhana tantrique. Nane se laisse tomber sur une chaise et dit ben voyons donc, ça se peut pas!

Vava dit que c'est pas ça, pas du tout ça. Que ce

qu'il y a, c'est que, dans la première séquence, elle a une robe en strass lilas et qu'à la fin, quand elle n'a plus de voix et que tous ses contrats sont annulés, elle marche sous la pluie dans un pyjama rose et que ça lui colle sur le corps comme une peau. Alice fait wow! watche tes métaphores! Vava dit que d'abord c'est une comparaison et que... Rose pouffe, dit qu'une chance qu'on sait que c'est pas en flanallette. Laure explique que c'est comme ces objets barométriques qui passent du bleu au rose quand il se met à pleuvoir et qui virent au mauve quand le temps est variable. Vava dit oui oui c'est ça! Et Maud dit, d'ailleurs dans la scène de la piscine, elle a un costume de bain bleu. Nane dit que ça a l'air d'un film triste et que comment ça se fait qu'elle est en bleu dans l'eau, ça marche pas. On dit tu comprends rien à rien.

Une voix proclame que ça, elle l'a toujours su, qu'il pleut à verse, qu'elle prendrait bien un café pour se réchauffer et qu'elle a vu dans sa boule de cristal que nous autres aussi on était allées voir *Pink Lady*. On dit pis, qu'est-ce que t'en penses? Noëlle — hon! est toute frisée! — Noëlle dit qu'elle a lévité de l'Outremont jusqu'ici tellement ce film-là est flyé. Carla dit qu'elle est encore stone celle-là, que c'est pas rien qu'un trip ce film-là, que c'est *une cheffed'œuvre*. Alice crie *un*. Noëlle demande qui c'est qui a encore acheté du Taster's Choice complètement déshydraté à froid, y écœure! Chus sûre que c'est quand même pas meilleur que *Singing in the Rain*, dit Nane qui est une fan fanatique de *Singing in the Rain*. Maud dit à Nane qu'elle a des goûts décadents et Vava qu'on est pas pour revenir là-dessus encore une fois. Laure dit qu'elle a vu un très bon show au festival d'Avignon cet été, que c'est l'histoire de deux filles, qu'il y en a une qui se prend pour Rosa Luxemburg et l'autre pour Marilyn Monroe, que ça s'appelle *Étoiles rouges*. Nane dit qu'elle est pas marxiste et qu'elle s'en cache pas. Laure dit veux-tu ben me dire pourquoi tu dis ça, je parlais pas de ça non plus. Maud dit vous allez pas recommencer ça! Rose déclare qu'elle, elle a vu *Julia* à Amsterdam et que Jane Fonda est ben ben bonne, que c'est elle qui fait Lillian Hellman, qu'a pensait que c'était Vanessa Redgrave. Noëlle demande si y en a une qui a lu *L'Ange* de Lardreau et Jambet. Maud dit quossé ça? Alice fait ouache. Lotte dit que la RCMP va avoir de la misère à déchiffrer ses bandes magnétiques, qu'elle a toujours rêvé d'une machine à laver le linge sale en famille. Noëlle dit change donc pas de sujet tu fais exprès. Lotte dit je change pas de sujet. Celia dit c'est un ben beau petit gars. Alice dit de quoi tu parles donc toi? Carla demande de quoi on parle. Nane dit oui, mais c'était comment la voix?

Vava se met à chanter la chanson du film et c'est beau beau beau, on a des frissons partout. Mais on dit c'est pas du tout ça. Solange dit non, c'était plutôt comme ça, et elle chante. C'est drôle parce qu'on savait pas qu'elle chantait. On dit c'est quoi ce que t'as chanté? Elle dit qu'elle sait pas, qu'elle l'a inventé. Nane dit c'était de l'allemand hein? Solange dit non non, je faisais juste semblant que c'était de l'allemand. Nane dit ah bon!... On dit qu'on a aimé ça, mais que c'est pas ça non plus. Solange dit oui je sais. Alice dit écoute Nane, ça se raconte pas une voix, faut absolument que t'ailles voir le film.

Lotte demande si c'est meilleur que le livre.

Celia dit quoi? je savais pas que c'était d'après un roman? Lotte dit ben non, c'est une farce... On dit ah! le cinéma c'est tellement plus au boutte que les livres... Nane dit je comprends! moi si j'avais de l'argent, tu peux être sûre que c'est des films que je ferais! Rose dit moi aussi et Maud et Vava. Lotte dit comment ça? Nane dit, je sais pas, l'atmosphère, les timbres de voix, les couleurs, c'est mieux au cinéma. Là y en a une qui dit bon ben c'est ben beau tout ça, mais en attendant c'est pas Hollywood ici! Une maison d'édition ça se fait pas avec des chansons, faudrait qu'on se décide à commencer la réunion. Alice dit c'est quoi une réunion? Carla dit ben, une réunion, c'est... Vava dit a dit ça juste pour niaiser, Carla. Carla dit ah bon... Y en a une qui dit qui c'est qui devait lire le manuscrit de Noémie Artaud? Tu parles d'un nom, pour moi c'est un pseudonyme ça...

Ton nom de Los Angeles
dans mon réel désert

L'autobus roule dans le brouillard. Il commence à faire noir et on ne voit pas la mer. J'ai réussi à occuper une place pour fumeur, mais l'éclairage au plafond ne fonctionne pas. Alors je ferme les yeux et, de temps en temps, je regarde les trous de lumière dehors. Je m'applique à ne pas penser à toi. Si fort que j'en ai des crampes.

À Salinas, quelques personnes descendent; j'en profite pour essayer de changer de place afin de pouvoir lire. Mais le temps de ramasser mes affaires, tous les sièges sont de nouveau occupés. Je me rassois dans le noir et je ferme les yeux sur ton nom qui flashe à l'enseigne d'un motel de l'autre côté de l'autoroute. Et quand la route de nouveau longe la mer, j'essaie de croire que les trous de lumière t'effacent. J'ai dû dormir car on entre déjà dans San Luis Obispo, où l'arrêt doit être d'au moins une demi-heure car je me promène longtemps autour de l'autobus, en compagnie d'un Chicano taciturne dont l'ombre m'effraie à plusieurs reprises. Il fait très froid. Je suis malade de toi. C'est absurde. Je n'ai pas envie de cette passion.

J'arrive à Santa Barbara en plein milieu de la nuit. Je marche longtemps. Les rues sont larges et parfaitement désertes. On dirait une ville morte. Un mille de villas propres propres propres, de magasins, de coffee-shops, mais pas un chat. Il y a pourtant du monde qui sont descendus de l'autobus en même temps que moi. Ils ont dû se disperser dans le brouillard. Je marche vite et j'écoute le bruit de mes pas. Je fais exprès pour faire du bruit. J'aime assez ça ces bottines-là, ça fait un beau bruit. Je chante «Ces bottes sont faites pour marcher», et je joue à la majorette, personne me voit.

Sur le bord de l'eau, le brouillard est si dense qu'on ne voit que les têtes des palmiers éclairés par les réverbères de la promenade. Je dépose mon sac et je me mets à chanter «Forget your troubles, come on get happy», comme Judy Garland dans le vieux film que je viens de voir à San Francisco. Je me trouve drôle. C'est le fun de faire du tap-dance dans une ville déserte. Y a même pas d'autos, c'est quand même curieux. C'est beau. Mais je suis encore stone de toi.

□

Je suis en nage. Il fait un de ces temps humides où le plafond bas des nuages brûle les yeux, où sa peau est comme trop lourde à porter. Une de ces journées blanches tendues de glu qui vous attrapent par la bouche tandis que vous aimeriez vous prendre pour un oiseau qui avale l'espace. Je suis comme ça ce matin, la bouche ouverte mais les ailes basses. Je me traîne jusqu'au motel où j'ai même pas le courage de me jeter dans la piscine.

Je règle l'air climatisé au maximum et je reprends la lecture de *A Spy in the House of Love* d'Anaïs Nin, que je traîne depuis Vancouver. Je suis pas capable de lire. Je me mets à marcher comme un tigre en cage. Je tire les rideaux, je vais faire pipi, je sors, je fais le tour de la piscine, je rentre, je me brosse les dents, je fais encore pipi, j'enlève mes bottines, j'ouvre la télévision. Je regarde tous les postes, en moyenne trente secondes chacun, je laisse l'appareil ouvert sur *Wonder Woman*, je fouille dans ma sacoche pour jeter les enveloppes de paquets de cigarettes que j'y fourre tout le temps, j'y trouve deux tablettes de vieille Juicy Fruit toute cassante que j'extirpe méticuleusement de leur enveloppe d'aluminium.

Des jambes sur des talons hauts, le bas d'un manteau. Elle sort de la cabine téléphonique. Elle marche dans la nuit. Des souliers d'homme, le bas d'un pantalon. Quelqu'un la suit. C'est mâchable quand même. La caméra s'arrête sur la cabine téléphonique vide. Elle crie. Une voix sépulcrale donne le numéro qu'il faut appeler en cas d'agression. Ouache! Je ferme la tévé, je m'allume une cigarette. Ça me donne mal au cœur. Je me brosse encore les dents. Ça sent le brûlé, j'ai dû oublier ma cigarette.

Je la trouve pas, je l'ai peut-être jetée dans les toilettes. Je me demande si ça sent encore le brûlé... J'ai dû boire au moins six tasses de café au coffee-shop ce matin. La serveuse venait remplir ma tasse dès que j'en avais bu la moitié et je buvais mon café sans trop m'en rendre compte, occupée à observer une fille qui était déjà là quand je suis arrivée et qui n'avait toujours pas touché aux crêpes qu'elle avait commandées. Elle écrivait sans arrêt dans un cahier spirale, l'air complètement absorbée. Depuis au moins une heure que j'étais là, je ne l'avais pratiquement pas quittée des yeux, et pas un seul instant elle n'avait cessé d'écrire, pas même pour prendre une cigarette du paquet qui se trouvait à côté de son assiette qu'elle avait repoussée vers le milieu de la table. Elle écrivait vite, comme sous la dictée, et elle avait l'air terrorisée. Quand je suis sortie du coffee-shop, après avoir bu six ou sept cafés, elle écrivait encore et j'ai bien vu qu'elle tremblait. Son écriture faisait de grands zigzags sur le papier, comme dans l'électrocardiogramme d'un mourant dont le cœur s'emballe.

C'est en revenant au motel que j'ai commencé à avoir très chaud; Santa Barbara avait l'air d'un sauna en plein air, même si je savais bien qu'il faisait plutôt froid. Je sens tous mes nerfs, c'est insupportable. Ça fait des nœuds dans mes bras, des boules douloureuses. Ça doit être tout ce café... Je pense même plus à toi, ça fait trop mal.

Je prends une douche froide pendant quasiment une demi-heure. Quand je sors de la chambre de bains, le motel est devenu glacial. Je mets le chauffage en marche et j'enfile un chandail par-dessus mon bikini. Je m'installe sur le bord de la piscine avec mon livre. Le smog commence à se dissiper.

Je commence juste à m'y retrouver dans le dédale de l'espionne dans la maison de l'amour quand un grand splash dans la piscine me fait sursauter. Bryan, très rigolo, vient de toute m'arroser. «There is no style like no style», comme il dit. C'est vraiment très son style ces apparitions en catastrophe! Je m'étais endormie comme une bonne, la tête sur mon sac, sous un palmier en partie invisible dans la brume sainte-barbare comme je dis depuis et ce ne sont pas les poétiques premiers rayons du soleil levant qui m'en ont extirpée. Il faisait d'ailleurs un temps à ne pas laisser coucher un chien dehors, un véritable temps de chien. Je dormais pourtant du sommeil du juste quand un retentissant: «Est-ce que vous êtes un hasard?» m'en a expulsée. J'ai ouvert les yeux sur un visage hilare et je me suis retournée dans mon lit en me disant que c'est curieux de rêver à l'ancien chum d'une amie de sa sœur dont on ne se rappelle même plus le nom. Mais je n'étais pas dans mon lit, et c'était bel et bien Bryan, dont le nom m'est tout à coup revenu.

On a fait le tour de Santa Barbara ensemble, en buvant des carafes de margarita à la journée longue, vu qu'y a pas grand-chose à voir. À part le «cat show» à l'université. Y avait des «lilac point» assez laids! Bryan veut qu'on loue des bicyclettes pour la journée. Ça me tente pas. Il parle encore de Tehuantepec, mais j'ai du mal à l'écouter. Je parle tout le temps, juste pour pas l'entendre. Ma propre voix me fait moins mal et ça bat tout le temps contre mes tempes. Qu'y mange donc de la marde, qu'y mange donc de la marde. Pourtant, j'aime bien Bryan, mais là j'ai pas envie de l'entendre. J'en ai assez d'entendre que la margarita est meilleure en Californie qu'au Mexique, qu'on devrait aller prendre un coup, vu que j'ai pas envie de faire de la bicyclette.

Bryan revient du Mexique. Il voyage avec sa blonde, une grande blonde justement, très drôle, mais qui arrête pas de courir aux toilettes et qui a fini par se résigner à soigner sa «turista» en restant au motel. Bryan est en train de me raconter qu'elle n'ose même plus s'aventurer jusqu'à la piscine et que peut-être elle va aller voir un médecin. Il dit que c'est à Tehuantepec, justement, que ça a commencé, et il recommence à parler de Tehuantepec. Tout me fait mal, mon corps est une caisse de résonance. Je suis speedée mais incapable de bouger et j'ai envie de crier. Ça tourne trop vite dans ma tête vide. C'est parti pour durer.

◻

Mais ça ne dure pas. Vers la fin de l'après-midi, l'air est devenu plus léger. J'ai cessé de suffoquer. La brume commence à dégager les montagnes. À partir de cette heure-là, on peut les voir jusqu'au coucher du soleil. Je traverse la piscine sous l'eau. C'est un truc que j'ai appris en regardant faire un petit bonhomme d'une dizaine d'années qui a passé deux grands après-midi à ne faire que ça. Il s'agit d'entrer dans l'eau le plus profondément possible, de se recroqueviller en posant la plante des pieds contre la paroi, et de se donner un élan. Même pas besoin de nager. L'énergie imprimée, on se détend comme un ressort et ça traverse tout seul. Puis je fais la planche, les yeux ouverts sur le ciel bleu strié par endroits de palmes.

Après, je vais chercher des margaritas en cannettes au Liquor Store, et on boit, avec Carla, dans la chambre décorée d'oiseaux de paradis que Bryan a piqués dans le parterre d'une villa. Les cocktails aidant, Carla se sent beaucoup mieux et ressent ce qu'elle appelle «une faim de louve», son français de high-school ignorant joyeusement l'invariabilité des expressions toutes faites. Elle aime bien le féminin des noms et n'y manque jamais. Bryan, qui parle presque le français, presque sans accent, a beau la corriger, Carla dit que lui, c'est pas pareil, mais qu'elle, elle est une fille, et que quand on est une fille il faut parler au «féminine», non?

Elle annonce qu'elle va mettre sa «pantalonne blanche», sa «chemisette mexicaine» et ses «bijouteries», pour fêter sa «maladie finie». Un quart d'heure plus tard, on louvoie sur le boulevard du bord de mer en portant des toasts à l'esprit de la tequila. Bryan veut porter un toast aux Jeux Olympiques qui s'ouvrent aujourd'hui à Montréal. Carla dit qu'elle est contre les «charismatiques», que les «charismatiques» et les «athlétiques» c'est toute «la même» même si c'est «la contraste totale». Que la «sainte-esprite» elle est pas dans les muscles ni dans «la couvre-cheffe», mais dans «la mescale». Que courir «la marathonne» c'est la même chose que de lever les bras au ciel en criant «Alléluia! Alléluia!», ce qu'elle illustre d'un geste véhément, paumes ouvertes vers le ciel, ce qui fait qu'elle lâche sa cannette et son verre en plastique.

Il y a trois quarts d'heure d'attente au El Paradiso, mais comme on veut fêter ça en grande, on donne nos noms et on s'en va boire un pitcher de margarita au bar du restaurant japonais d'à côté. On revient juste à temps pour entendre appeler notre «party of three». Je commence à être pas mal saoule, mais on boit encore, à trois, deux litres de rosé Grenache, le moins cher. Ça me rappelle les déjeuners caramelo de mon enfance et j'essaie de le leur expliquer, sans grand succès. Ils en comprennent juste assez pour que j'aie droit à leurs premiers pablums et shredded wheats subséquents, mais ils ne saisissent pas le rapport avec le vin. On enchaîne sur le map-o-spread au coconut pour finir ben cheap dans le beurre de peanut smoothy ou crunchy, vu qu'on revient au présent. Quand on était petits c'était pas si subtil.

De sorte qu'on rit beaucoup et qu'à toutes les cinq minutes, Carla ou Bryan ou moi, doit demander quel est le sujet de conversation déjà ce qui nous entraîne dans un nouvel accès de fou rire. Quand ce n'est pas de rage parce que Carla refuse absolument d'admettre l'existence de ces petits sous-marins qui fonctionnaient au soda à pâte, ce dont notre âge vénérable, à Bryan et à moi, nous permet de témoigner. Au moment du café, Carla nous quitte précipitamment, pour revenir, dix minutes plus tard, aussi blanche que son habillement. On est inquiets, mais elle dit que ça va «très très bienne».

Effectivement, après quelques crèmes de menthe, elle est redevenue volubile. Elle dit qu'elle aime la menthe parce qu'elle est une grande amante, que «l'amourre» c'est comme «la morte», et elle se met à nous donner des becs. Bryan dit qu'il aime mieux le xtabentun, et il m'explique que c'est une liqueur maya qu'ils buvaient au Yucatan, que c'est d'un vert très très pâle, que ça lui a pris deux semaines avant de pouvoir dire le mot correctement. Carla s'est mise à parler de son frère qui est mort quand elle était petite. Bryan dit que c'est parce qu'elle est saoule, qu'elle devrait pas parler de ça, que ça lui fait mal. Là, elle se met à pleurer. Elle pleure un bon coup, et puis c'est fini. Elle rit en se mouchant et dit qu'elle est «complètement finite» et que «la mal est toute partie faire une tour ailleurs» et elle rit à travers ses larmes. Elle ajoute, pour moi, que, de toute façon, c'était pas son vrai frère, qu'elle est une «infante adoptée» et

20

elle entreprend de me raconter sa vie pendant que Bryan va chercher des cigarettes.

Carla a une conversation pleine d'inattendu, même quand elle parle en anglais. Pour me faire plaisir, elle greffe ici et là quelques mots en français à son discours. À chaque fois, immanquablement, et sans perdre le moindrement le rythme de son débit, elle ponctue ses politesses linguistiques d'un clin d'œil complice, ou d'un léger sourire, quand ça tombe vers la fin d'une phrase. Ce qui ne cesse de m'étonner, c'est qu'elle utilise des termes assez surprenants dans un vocabulaire de langue seconde. Et j'en viens rapidement à ne plus entendre que cette traduction aberrante qui connote assez comiquement ses phrases: «While I was waiting for my aunt in the office (*la officiante*, clin d'œil), a man said: «He has been taken red hands» (*sur le fait*, sourire léger). I never believed him, and I got more and more excited (*intumescence*, clin d'œil) with this story. It was impossible that my cousin could be such a guy! (*eugénisme*, grand smile)». Par moments, elle traduit presque tout et ça devient à peu près impossible à suivre. Bryan est revenu et, pour ne pas être en reste, s'est mis à ajouter des fioritures coupées de quelques vocables mayas glanés au Yucatan. Ça fait beaucoup de «xtlt» et de «tza» et de «tun», mais ça gâte les effets (*corollaires...*) de Carla.

On est bien, le vin sucré, la crème de menthe et la «licor de amore» qu'on sirote maintenant nous font délirer bruyamment. Et tout d'un coup, Carla s'éclipse pour faire un saut au «powder room», Bryan entreprend de me raconter une anecdote sur les Olmèques ou les Zapothèques, je ne sais plus, et je recommence à avoir mal de toi. C'est lancinant, je suis ivre. Il faut absolument que je te parle. 1-514 et ton numéro. C'est facile, ⁺rop facile. Les chiffres s'inscrivent en surimpression sur l'histoire des civilisations précolombiennes, puis sur les accrocs français du discours de Carla qui s'est maintenant assise entre Bryan et moi et qui parle en même temps que lui. «Something so strange… (*tellement tellement étrangère*). Right there in the mirror (*la mirage*).»

J'ai oublié ton visage, l'odeur de ta peau; j'ai oublié jusqu'à ton nom. Mais ce numéro me revient, ces chiffres m'appellent, je dois te parler, absolument. J'ai beau être à des milles et des milles et des milles de toi, ITT me menace. J'ai peur de l'ivresse, peur de céder à cette passion qui nous guette. Je veux redescendre, downer, ne pas exulter au point de demander ton numéro et de plonger dans ça qui nous tente et dont je ne veux pas. Pas encore. Peut-être jamais.

Je tombe d'un cran, puis de deux, puis bien bas. Je braille comme un bébé. Bryan et Carla me ramènent au motel. Ils me chantent des berceuses irlandaises pour m'endormir. Je ne sais pas comment je sais que c'est des berceuses irlandaises. C'est parce que c'est la Saint-Patrick. Il y a des chars allégoriques qui déboulent dans un précipice en face de chez Morgan.

□

J'ai déliré, mais je n'ai pas dormi. Ça me fait bien des nuits blanches de résistance. Je ne dors plus que le matin, tristement, en te retrouvant dans tous mes rêves. Ce qui est mauvais signe, j'en suis sûre. Qu'est-ce que c'est déjà, ces pratiques oniromanciennes chez les Olmèques? Une sorte de méthode d'interprétation qui tient compte de la récurrence et des traces physiques, je ne sais plus. Il faudra que je demande à Bryan. Je confonds peut-être... Peu importe. Sur le *pier*, il y a une chiromancienne; elle me dira bien si je saurai tenir le coup. Je t'aime le cœur gros comme ça. Mais j'ai pas envie de cette passion.

□

Le grain de ta voix. Ça m'a frappée de plein fouet. Je crispe les mains sur le garde-fou. Je suis seule à cette extrémité du quai. De chaque côté du *pier*, le soleil couchant étale son poudroiement sur les grandes nappes de sable. L'air est cru et palpite sous ton timbre de voix. Un luxe de salive, d'humeur, un frottis retentissant dont j'attends le fading, pantelante. Je pleure. Quelque chose dans l'air m'a inoculé la mémoire de ton souffle. Le sourire sans le chat.

Souvenir labile qui met des heures à se décomposer. Et quand, à force de margaritas, je réussis à rendre plus mate la douleur que me cause cette voix, ton corps commence à me faire mal. Ce geste de te caresser juste sous la clavicule, comme pour guérir une névralgie, tes yeux au bord des larmes quand tu ris trop. Ton corps sans son odeur, mais marqué de désirs et tremblant. Je m'endors télépathique et je rêve de Tehuantepec, mais je me réveille en criant quand une petite fille géante me dit à l'oreille qu'elle est ma fille et que je n'aurai jamais d'enfant.

Nane Yelle est un ange, mais je vous la promets moins plate que cette brave allemande d'Anna au bon cœur rabougri que je me suis tapée cet après-midi, avec quelques petits bouts de Melanchta *qui n'avait pas* «le grand rire débridé dont est fait le large éclat du chaud soleil nègre». Je connaissais pas Gertrude Stein mais c'est fait, merci! Il paraît, dit le préfacier — en fait, lui, il l'affirme — que G.S. se serait inspirée d'*Un cœur simple* de Flaubert. (J'allais écrire «tendre», mais j'ai vérifié, puisque de toute façon j'avais besoin du livre pour contrôler la citation qui va suivre dès que j'aurai réussi à fermer la parenthèse. D'après l'état de mon exemplaire, je n'ai probablement jamais lu le conte au complet. C'est un livre de poche jauni, mais il n'y a pas de taches. À l'époque, j'écrivais avec une plume-fontaine et à l'encre verte et tout ce que je touchais prenait rapidement cette teinte... À l'époque, je signais mes livres, c'est-tu assez fou! D'habitude, je notais aussi la date de l'achat... Je viens de raturer quelques lignes de digressions supplémentaires sur mes différentes signatures dont l'évolution s'est malheureusement interrompue vers mes quinze ans. C'était bien plat et n'apportait strictement rien au fil de l'intrigue. Assez d'autisme. Rompant avec toutes les règles, je m'apprête maintenant à vous fermer la parenthèse au nez même si, au fond, elle est pas finie.)

D'*Un cœur simple*, donc. Mais ces bonnes et braves héroïnes n'ont pas le charme divin de ce fameux «Loulou-le-bout-de-ses-ailes-roses-et-la-gorge dorée» du *Perroquet de Félicité* dans *Le Plan* de 5ième année B. La citation exacte en donne une idée plus précise: «Il s'appelait Loulou. Son corps était vert, le bout de ses ailes rose, son front bleu et sa gorge dorée». Un beau fruitloop, mais j'aime mieux le Loulou haletant des récitations qu'on apprenait par cœur même s'il en perd un peu de son coloris exotique.

Bon, ma chatte est en train de faire une grossesse nerveuse et manifeste des envies inouïes de nourriture sèche, dont je n'ai plus la moindre provision. Et si elle arrête pas de miauler, je lui fais une dépression nerveuse! Ça me rend cruelle envers les animaux... bon, assez du style «pet shop» et revenons à nos moutons. C'est-à-dire, les bonnes et braves héroïnes. C'est parti! il fallait un début, il y est, c'est l'élan qui compte et je vais me verser un brandy dont il me reste quelques gouttes malgré la grève de la Régie des Alcools car la nuit commence à se faire tard et si ça continue je vais m'endormir à la tâche. Il convient pourtant de régler leur sort à ces bonnes et braves héroïnes et, incidemment, je remarque que je ne suis pas encore tout à fait alcoolique, puisque ça me prend autant de lignes pour me décider à faire un alinéa grisant que pour fermer la parenthèse. Point.

Braves et bonnes héroïnes — j'emprunte le procédé de la répétition à outrance à Gertrude Stein — donc, que ces Anna et Félicité. Nane Yelle a beau être un ange, elle n'a rien, vous le verrez, d'une bonne et brave héroïne. Enfin, on verra... Toujours est-il qu'il faut bien commencer quelque part et que ça a bien failli commencer par: «Nane Yelle est née ici, à M. Réal, et elle y a vécu une partie de sa jeunesse». Mais je trouvais que M. Réal, ça faisait moins chic que S. Thala. Et puis j'ai beau être ravie par Lol V. Stein — aucune parenté avec Gertrude —, ma brave et bonne héroïne de Nane Yelle, en tant qu'ange, doit apprendre à voler de ses propres ailes.

Métaphore stupide, mais passons. N'empêche que Nane Yelle me fatigue un peu (déjà…). Précisons que Nane Yelle n'est pas un personnage mais un moteur, ce qui ajoute un peu de piquant à cette histoire peuplée de bonnes et braves héroïnes… Mon chum me disait tantôt que tous les romans sont autobiographiques. Peut-être bien. Mais pas celui-ci. Pas narcissique au point de me prendre pour un ange! Je vous avouerai tout de suite que je viens de commettre un meurtre, ce qui balaie toute ambiguïté. Quant à ceusses qui s'interrogent devant cette peur de l'autobiographie, je ferai remarquer aux quelques numéros qui s'en sont pas encore aperçus que le «je» narrateur accorde les participes passés des verbes pronominaux au féminin, ce qui explique tout. Je me suis *tapée*: tapé qui? *me*, c'est-à-dire, elle-même. On est pas habituées de se prendre pour quelqu'un(e). Incidemment, je ne referai pas la grammaire en moins sexiste car elle me donne déjà assez de troubles comme ça et les précisions style «quelqu'un(e)», ça alourdit sans changer rien à rien.

De toute façon, l'autobiographie, j'y arriverais jamais. On est pas toutes des Kate Millet ou des Erica Jong… d'ailleurs, ça serait suspect parce que je sauterais tous les bons bouts: je suis vraiment zéro pour les détails cochons. Une fille parle pas de ces choses-là, voyons! Et si je vous disais que mon père dessinait des bretelles aux filles décolletées des calendriers fournis par l'épicier du coin, vous comprendriez pourquoi je rougis. Bon, y a nouille et nouille quand même et perdez pas tout espoir pour les passages salaces et glissants. Nane Yelle a beau être un ange, elle nous réserve des surprises. Ah! ah!

Los Angeles, 28 juillet 1976.

Hollywood m'épouvante. Je marche des milles pour trouver un motel. Des garages, des parkings, des garages. C'est désespérant. Finalement j'en trouve un à douze piastres, air climatisé, tévé-couleur, tout le kit. Je prends une douche. Je marche sur les trottoirs d'Hollywood en pilant sur les noms des stars inscrits dans des étoiles jaunes. Je mets ma main dans l'empreinte de celle de Bette Davis et mon pied dans l'empreinte de celui de Gene Kelly au Grauman Chinese Theatre. Je mange de la crème à glace, je ne sais plus. Je m'assois sur les chaînes de trottoir et je regarde le monde. C'est chaud et humide comme dans les pires journées d'été à Montréal. J'ai mal à la gorge mais je chante «Une riche américaine/à grands coups de je t'aime/lui proposa d'aller jusqu'à Hollywood» à l'espèce d'imbécile heureux qui vient de s'asseoir à mes côtés, sur le trottoir, et qui m'écoute chanter. C'est plate à mort Hollywood et si je pleure, affalée sur le queen-size de ma chambre glaciale, ce n'est pas pour toi. C'est pour Mickey Mouse.

☐

Je descends du monorail à Futureland et, comme il me reste des billets, je prends une place pour Adventure Thru Inner Space. Les wagonnets s'engouffrent dans un télescope géant et en ressortent en modèle réduit. Ça me tente plus d'y aller, mais je suis déjà en ligne. C'est à mon tour, déjà. Je monte un peu à contrecœur dans le wagonnet qui se met à grimper dans le télescope et, tout d'un coup, chute dans le noir. C'est ahurissant: j'ai beau tenir la barre de sécurité, je plonge dans le vide. Il n'y a pas le moindre point de repère. C'est noir noir noir, et ça dure longtemps. Et puis, lentement, des points lumineux apparaissent et les étoiles ressemblent aux phosphènes qu'on voit quand on se frotte les yeux. Je ne sais plus si ça monte ou si ça descend. Ça dure trop longtemps, j'en ai assez. L'Américain qui est assis à côté de moi, a, dans le noir, exactement le même timbre de voix que toi. Ça me rassure et ça m'affole parce que je sais que c'est toi, mais que ce n'est pas toi car je l'ai vu avant qu'on plonge dans le noir et ce n'était pas toi. Quand le Matterhorn en papier mâché apparaît enfin à l'autre bout du tunnel, et les fleurs, et le monorail, et le soleil, c'est bien un Américain roux avec une barbe et un T-shirt avec James Dean dessus et je lui souris. Et, ouf, c'est fini.

C'est dans une boutique du quartier New Orleans de Disneyland que j'ai acheté ce cahier pour écrire mon journal de bord, juste avant de faire un tour de bateau à aube sur l'imitation de Mississippi. Après, j'ai rencontré Alice au pays des merveilles qui se promenait avec Goofie et les trois petits cochons. J'ai demandé à Goofie de me photographier avec Alice. J'espère que la photo sera bonne.

Goofie s'appelle Bryan et c'est quand il m'a dit son nom que je me suis rappelée que j'avais complètement oublié d'envoyer une carte postale à mes copains de Sainte-Barbare. J'ai acheté une belle grosse carte en couleurs avec Mickey Mouse et Minnie Mouse en patins à roulettes, mais j'arrive pas à retrouver leur adresse de Montréal que j'avais pourtant soigneusement rangée dans une des multiples pochettes de ce maudit sac plein de cochonneries!

Je comprends pas ça! Je cherche une toute petite feuille de rien du tout à travers toute la maison, mais on dirait qu'elle s'est volatilisée! J'ai beau fouiller dans les coins les plus inattendus, refaire mentalement les trajets que j'ai pu faire depuis ce matin, pas moyen de la retrouver. J'ai accusé Benoît, j'ai accusé Leila qui s'est contentée de s'étirer voluptueusement sur les feuilles volantes que j'ai réussi à récupérer. Mais j'ai pas encore réussi à mettre la main sur cette misérable petite feuille-là! Noëlle, qui est passée me chercher, n'en revient pas de mon désordre et s'offre à toute me réorganiser ça, ce capharnaüm-là. Alors tant pis pour la feuille envolée; on est déjà très en retard pour le cinéma.

Los Angeles, 13 août 1976.

J'ai inventé une chanson pour mon ange gardien en prenant mon bain à Los Angeles. J'espère bien qu'il va m'abriller dans ses ailes, mon ange gardien, si l'avion dans lequel je m'apprête à monter fait mine de crasher en ce beau treize août très doux. Heureusement, il me reste des valiums.

□

Un DC 8, quelque part dans le ciel du rêve californien, le même jour.

Avoir mal au cœur de même, ça se peut pas. Ça tangue, ça tourne, ça ping-pong. J'ai attaché ma ceinture même si le signal est éteint depuis longtemps. J'ai les mains moites et les pieds mouillés dans mes belles bottines. J'ai le cœur qui me monte à la gorge et s'écroule dans mes talons, qui joue à la trempoline dans tout mon corps. Le ciel est rond et bleu, pourtant. C'est en moi qu'il y a des poches d'air et je croule dans ma tête d'eau, à corps perdu, liquéfiée par le non-sens de ma fuite éperdue. L'impression d'être en train de disparaître.

Je regarde autour de moi et tout le monde, l'hôtesse, les passagers, tout le monde a les lèvres rouges, les joues rouges, les yeux rouges. Tout le monde est luisant de sang et de santé: des joues rebondies, des lèvres ourlées rouges sur des dents Colgate, tout le monde est vivant. Je dois être blanche et c'est pour ça que je m'efface. Je ne sais pas comment briser l'enchantement de ta morsure dans mon cou. La marque en est disparue maintenant mais la brûlure me brûle encore. Tu m'as sucé mon sang et je suis livide, vide, suspendue entre ciel et terre, en train de saigner à blanc. L'hémorragie ne s'arrête plus; bien sûr, je regarde mes poignets et il n'y a pas de sang. Je sais bien que ça ne sert à rien et que, de toute éternité, tu me tues. J'ai mal, j'ai mal, et si je pleure c'est que personne ne peut te souffrir à ma place. Ô mon ange, pourquoi m'as-tu regardée... Si tu ne m'avais pas vue, je ne serais pas en train de mourir de peur. Ton regard, de si loin, me traverse encore, et j'ai froid. Un froid dont on ne guérit jamais, un froid qui est un feu.

Il y a des bouts de rose dans le ciel. Substituer un verbe à l'expression «il y a». Toujours trois compléments, trois adjectifs, pour le rythme. «Les roses rouges du jardin embaument l'air du soir autour de la chaumière», ce n'est pas une allitération, même si vous soulignez les r. Depuis quand les roses font-elles «rrr»? Toujours est-il qu'il y a un peu plus de bouts de rose dans le ciel parmi de lourds nuages bleu marin. C'est l'aube au-dessus des Sourdes-Muettes.

Je ne sais pas bien dire le corps de Nane Yelle traversé par cette passion qui l'a attrapée dans un détour. L'objet et les modalités de cette monomanie n'importent peu; mais insinuer les plis que ça fait sur sa peau, conter les sursauts qui secouent parfois ses muscles, dire la fièvre et la convulsion. Les délires aussi qui font qu'elle duelle et que depuis sa voix tremble, la plupart du temps.

Il y a là une résistance assez surprenante. Nane Yelle a beau être un ange, elle n'est pas exempte de passions. Quand on sait qu'elle boit comme une éponge, fume, et sirote ses multiples cafés quotidiens jusqu'à la lie, on s'étonne. Si j'ajoute qu'elle a des accès de superstition aiguë et de nymphomanie, un goût pervers pour le rose crevette et les bandes dessinées de Bretécher; et que c'est le genre à tomber en amour avec des gens de 7 à 77 ans tous les sept mois sans que ça fasse si mal, on s'étonne de plus en plus.

Toujours est-il que moi, en tout cas, ça m'étonne. Il y a là quelque chose d'incongru, de quasiment indécent. Une rainette dans une mare.

Observons la rainette développer des protubérances inattendues... Quand mon chum était au Mexique et que je m'ennuyais de lui à mort, je lui écrivais que j'avais les oreilles longues comme celles d'un épagneul et autres niaiseries, j'étais bien jeune et bien candide. La passion fait pousser des viscères supplémentaires. Avec deux rates et quatre reins et un cœur qui quadruple au moindre cillement d'alarme, la petite grenouille se met à enfler et il lui pousse des tentacules. Nane Yelle a perdu sa petite mine vache qui lui allait si bien, mais elle va finir par avoir un air de beu si elle ne réussit pas à mettre un terme à cette épilepsie de transports.

Nane Yelle se dilate et, elle a beau dire le contraire, elle cultive cet anévrisme avec délectation. Nane Yelle est convaincue qu'on ne doit jamais guérir de la passion. Tatiana disait cela aussi à Lol V. Stein. C'est d'ailleurs le jour de la Sainte-Tatiana que pour Nane Yelle, tout a commencé.

Ça n'avait pourtant pas l'air d'un début. C'était un 12 janvier très ordinaire, sauf peut-être, le fait qu'il y avait une tempête. Je ne sais pas combien de pouces de neige en une journée, mais beaucoup, beaucoup de neige. Des rafales. Une drôle de journée et, quelque part au cours de cette journée, un regard qui l'avait glacée. Nane Yelle, pour l'instant, ne se rappelle que ce regard-là. Plus tard, peut-être saura-t-elle qu'une phrase alors a été prononcée, qui s'est logée en elle comme une balle. Depuis ce jour-là, Nane Yelle proclame qu'elle est vivante, comme si elle s'était mise à en douter. Elle proclame qu'elle est vivante et elle agit pourtant comme une morte. À se ménager pour ses vieux jours. Car elle dit qu'elle n'a pas envie de cette passion.

Never Mind Theatre

x— Un froid qui est un feu. Le froid de la neige quand je brûle et que je nais *je*, que je neige.

y— Pourquoi m'avez-vous parlé du pont?

x— Tous les ponts mènent à la roue de Rome, aux aqueducs romains.

y— Je ne me rappelle plus bien cette histoire de dam. On plongeait là, et de l'autre côté, c'était la Chine, c'est bien ça?

x— La Chine n'est qu'un des états de la matière, vous savez cela.

y— Qu'est-ce qu'un cheval qui galope dans une ville déserte?

x— Qu'est-ce qu'un carrosse doré tiré par des souris?

y— Vous êtes trop logique!

x— On ne peut jamais l'être trop.

y— Je ne vous crois pas.

x— Vous faites bien.

   Silence. Puis, coup de tonnerre.

y— Qu'est-ce qu'on attend? Godot?

x— Peut-être.

y— Est-ce lui qu'on entend?

x— Peut-être. Godot n'est qu'une dame en rose dans un fiacre.

y— C'est de Cendrillon que vous parlez?

x— Oui. Et aussi d'une autre qui s'appelait Odette de Crécy. Même si elle n'était pas son genre.

y— Le temps passe et rien ne se parle.

x— Voilà. Mais le temps n'est rien et tout parle.

y— Qui est cette dame en rose?

x— C'est le maître.

y— Ce serait donc vous…

x— Est-ce que je suis une dame en rose?

y— Comment voulez-vous que je le sache? Vous savez bien qu'on n'y voit rien.

x— Vous êtes trop logique.

y— Je n'en crois rien.

x— Vous faites bien. Mais vous avez tort.

Le soleil tape sur la table de travail. Il est presque midi. Charlotte Arbour s'allume une autre cigarette. Elle fume trop. Mais lentement. Elle fait tout avec lenteur. Trente ans, deux enfants et de multiples taches de rousseur. Une belle femme, chaude et lente. Elle s'aime bien ce matin. Placide et lambine. Sa journée lui ressemblera.

La séance d'improvisation a été reportée à quatre heures, elle a tout son temps. Les petites sont encore en vacances pour quelques jours. Elle aime bien l'absence des petites pour quelques jours encore. Elle a tout son temps.

C'est avec minutie qu'elle range les feutres, jette les brouillons dans la corbeille à papier, insère quelques feuilles dactylographiées dans une chemise en carton qu'elle glisse ensuite dans un classeur. Elle débranche la machine à écrire et la dépose au fond d'un placard. Après avoir passé un chiffon humide sur la table, elle réinstalle deux violettes africaines et une sansevière géante devant la fenêtre. Tout est en ordre. Il fait beau.

Vers trois heures et demie, elle prend le IND jusqu'à West Fourth Street. Des graffiti transparaissent sous les couches de peinture fraîche. New York rature tous les noms: Dee Dee, Sexy Sun, Uncle Rican, Star III retournent lentement à l'anonymat. C'est ça qu'il faudrait comme environnement! Tout à fait ça! Des graffiti phosphorescents et quelques-uns hauts de plusieurs pieds...

«Bronx style is bubble letters, and Brooklyn style is script with lots of flourishes and arrows. It's a style all by itself. Broadway style, these long slim letters, was brought here from Philadelphia by a guy named Topcat. Queens style is very difficult, very hard to read.»

L'article du Village Voice s'appuie sur les déclarations d'un certain AMRL, connu aussi sous le nom de BAMA, un de ces scripteurs clandestins. Ian pourrait essayer de le rencontrer pour se documenter d'ici la prochaine réunion de production...

Pendant que la mégapole efface les traces de ces explosions nominales, les faire resurgir dans un théâtre de West Fourth Street. L'affirmation souterraine et souveraine de ces saboteurs de la grisaille récusée par l'hôtel de ville et récupérée par le théâtre underground. Le cri du cœur de quelques délinquants new-yorkais figé dans sa représentation... Décidément, il faudra trouver autre chose, Lotte.

□

Allô! Papie! Les petites s'assoient sur ses genoux en roucoulant comme des nouilles. «Donne-moi un bec dans le cou. Fais le cheval. T'as ben des beaux yeux! Quand je vas être grande, je vas me marier avec toi.» Sont-tu folles!

Bip file mieux. Elle n'était pas dans son assiette. L'avion avait une demi-heure de retard. Elle était toute blême, mais elle faisait la brave. Et des grimaces. Pola aussi, mais c'était pour rire. Leur baptême de l'air. Toutes seules comme des grandes! L'autobus leur donne tellement mal au cœur…

Papie, tu nous emmènes-tu patiner au Rockefeller Center? Dis oui. Smack! Dis oui bon. Smack! Smack!

☐

Il est sept heures trente, le souper est prêt depuis une demi-heure. Bip et Pola ne sont pas encore rentrées. Elles traînent encore les rues. Mais Lotte est patiente. Elle se demande seulement si elles sont allées à l'école aujourd'hui. L'école buissonnière a du bon, mais les jumelles, qui sont pourtant dans une institution francophone, en viennent parfois à des bizarreries lexicales et syntaxiques qui rendent leur logorrhée déjà passablement exténuante à peu près inintelligible. Mais Lotte n'a pas besoin de comprendre ce que racontent ses schtroumpfettes qui arrivent en trombe dans la cuisine, affamées et pétulantes. Elles sentent bon la peau chaude des enfants qui ont trop joué.

Lente et silencieuse, Lotte emplit les bols d'une crème aux tomates onctueuse. Le ciel de janvier bleuit dans la fenêtre. Une ambulance hurle sur Broome Street. Les petites n'ont pas cessé de parler. Lotte, suspendue à leurs lèvres, ne les écoute pourtant pas. Elle sourit en caressant leur nuque humide de sueur refroidie. Les petites parlent la bouche pleine et disent n'importe quoi. Il fait bon.

☐

— C'est un drôle de nom pour une petite fille, Blaise…

— Tu trouves? (*Ce qu'elle peut avoir l'air inno-cente...*)
— C'était le nom de ton papa?
— C'est toi mon papa! Donne un bec à Blaise bon! Non, sur la bouche! (*Il s'énerve, il s'énerve.*)
— L'autre fois tu m'as dit que tu t'appelais Bip.
— C'était pas moi. T'es-tu capable de manger un bonbon dans ma bouche?
— Pourquoi tu racontes des menteries? L'autre fois, tu m'as dit que tu t'appelais Bip.
— C'est pas moi, c'est ma sœur. Envoye Papie, mange mon bouton dans ma bouche. T'es pas capable?
— Va jouer avec la belle Bionic Woman que je t'ai apportée. Tu l'aimes pas?
— Non bon. Je veux jouer avec toi!
— Lotte! Ta fille est complètement lubrique!
— You son of a bitch! Par Brahma watch out! BAM BAM is coming, I tell you! T'es un maudit cave, j't'en passe un papier! (*Elle claque la porte, sublime.*)

☐

New York, vendredi 23 septembre 1977.

ma très chère Alice,

C'est déjà la fin de moi et on n'a pas encore réussi à trouver quelqu'un pour régler le problème d'éclairage posé par la scène du «trou noir». Ça serait quand même bête d'avoir recours au black-light dont la connotation disco est pas mal encombrante. C'était peut-être assez utopique de croire qu'on tomberait bien sur quelqu'un qui aurait trouvé autre chose... On n'en est pas encore au désespoir, mais tout le monde est plus ou moins sur les nerfs car on commence les avant-premières à la mi-octobre.

On a beaucoup travaillé sur ces «mudras» profanes dont tu nous avais parlé. Nane est devenue experte dans les bonds, elle dit que «ça fait tomber dans un autre étage du réel», et, à la voir, je te jure qu'on n'en doute pas... Elle a été vraiment très vexée quand mes filles lui ont dit que c'était bien évident, pourquoi est-ce qu'elle pensait qu'elles sautaient sur leurs lits? Et c'est Bip et Pola qui lui ont appris que le kangourou en sait plus long que nous, puisqu'il se sert de ses bonds pour avancer. Je te dis que Nane, comme gardienne, c'est pas de la crème! Je suis rentrée exténuée d'une fin de semaine orageuse chez Ian, pour retrouver l'appartement envahi par trois Skippy enragés!

Pour les impros, ça a très bien été. J'achève la rédaction du texte définitif en français. On ne le traduira pas, finalement; ça nous permettra de tester nos intuitions sur l'effet des sons et des groupes de sons. Karel nous a servi de cobaye et, d'après lui, ça passe. Il dit qu'avec les glissements de voix qu'on y met, ça a l'air de l'arabe ou du martien... Je ne me doutais pas que l'arabe et le martien sonnaient semblables! Il a réussi à emprunter un Smoog pour les effets spéciaux et c'est actuellement la partie du spectacle qui est la plus au point.

Je n'arrête pas de tomber sur l'arcane de la mort au tarot et ça commence à me faire freaker. Nane dit que c'est vraiment très au boutte, que je suis sur le bord de «tomber dans un autre étage». Mais j'ai vraiment l'impression que je peux pas débouler plus bas! Ian dit que je devrais me faire psychanalyser mais j'ai pas du tout envie de tomber dans cette trappe-là! Je me sens comme aspirée, comme si quelque chose me tirait par en arrière; j'ai tout le temps mal aux cheveux. C'est sans doute l'épuisement. Je vais m'arranger pour prendre des vacances quand les représentations seront terminées. Bip et Pola m'inquiètent un peu ces temps-ci. Elles sont de plus en plus surexcitées et je n'arrive plus vraiment à m'intéresser à leurs fantaisies. J'ai besoin de toute mon énergie pour ne pas craquer.

Je ne me reconnais plus. Il m'arrive de pleurer en pensant à Hiroshima ou de m'imaginer que les petites se sont fait écraser. Certains jours, je n'arrive pas à me décider à me lever et je peux passer des heures dans le noir à «jongler». Je suis littéralement obsédée par ce type que je n'ai plus revu depuis des années et qui m'avait raconté qu'il s'était déjà pendu et qu'il était «revenu». Je suis en train de me faire accroire que c'était le diable et qu'il m'a volé mon âme, tu vois le genre...

L'ombre du «Survenant» plane au-dessus du Never Mind Theatre... Imagine-toi donc qu'un des interprètes ressemble comme deux gouttes d'eau à Jean Coutu! C'est quand même curieux... Ça me rappelle cette manie qu'on avait du temps qu'on passait nos grands après-midi à la Cour Saint-Denis. Tsé, quand on dévisageait le monde pour essayer de trouver à quel type humain les individus appartenaient? On avait découvert une vingtaine de «types humains» je pense. La plupart ne devaient pas être pertinents parce que j'ai complètement oublié les catégories. Mais je suis sûre que tu te rappelles du type «mère Saint-Janvier»... Je te dis qu'elle a fait des petits! J'ai même rencontré un vieux Chinois de restaurant chinois qui était du type «mère Saint-Janvier»! Ça faisait longtemps que j'avais pas pensé à ça... C'est un jeu que je vais apprendre aux petites, elles vont certainement nous battre à plate couture! Je t'enverrai les résultats des efforts cérébraux de mes petites IBM!

J'ai reçu ton dernier livre, je t'en remercie beaucoup. Je t'en parlerai une prochaine fois car je ne l'ai pas encore lu. Je préfère attendre que tout se soit tassé avant d'absorber de nouvelles énergies.

Je t'embrasse très tendrement,

Lotte

On a les pieds dans l'herbe. Les jambes nues. On doit être en petites robes robes d'été, toutes en coton. Jambes molles de nos catins. On est déjà trop grandes pour jouer à ça. Anastasie, ma poupée m'anesthésie. L'avant-midi, grand-moman nous laisse jouer tranquille. Après, il va falloir s'installer dans le jardin à l'ombre. Découper du vieux linge en petits carreaux pour faire des confortables. On se rappellera nos anciennes robes, celles de moman, la couverte du bébé quand il était petit. Là, on est assises sur le bord de la galerie, on chante qu'on a rêvé cette nuit qu'on était au paradis, on s'ennuie.

Il y a des grappes rouges dans le sorbier. Ça doit être en août. C'est trop haut pour nous. De toute façon, c'est pas bon à manger. C'est grand-moman qui l'a dit. On écaille la peinture grise de la galerie, on s'ennuie. On va dans la cave: c'est froid, on a peur des rats. On remonte. On s'ennuie, on joue avec Bambi. On le fait rire, il nous fait rire. Il s'enfarge dans l'herbe tellement y est petit. Il fait beau, on s'ennuie.

On a du papier, des crayons à mine. On dessine des mines. On sait pas bien dessiner, c'est pas ressemblant. Grand-moman, tous ses mines, elles les appelle juste «chat». Nous on trouve qu'est pas fine. On est sûres que le mine y aime pas ça se faire appeler «chat». On cherche: «Mine, mine…». On le trouve pas. On s'ennuie.

Après on dit: regarde le vieux monsieur avec une chemise carreautée, ça fait deux fois qu'y passe. On dit qu'il doit se passer quelque chose. On dit qu'on va tout écrire, alors on va pouvoir voir ce qui se passe. Alors on écrit qu'y a un tracteur qui passe devant la maison de grand-moman et que c'est un monsieur avec une chemise jaune qui le conduit. Que Monsieur Chose à côté, y regarde ses plants de tabac. C'est plate, on peut pas écrire son nom; on sait pas, on s'en rappelle jamais. C'est un nom trop dur. Ça fait qu'on dit que mettons qu'y s'appelle Monsieur Juillet. On écrit aussi qu'y a une auto bleue qui passe. On sait pas la marque. On sait pas ça.

Bambi s'ennuie. On lui dit qu'on écrit un roman policier. Il sait pas ce que c'est, lui. On écrit qu'un vieux monsieur avec une chemise carreautée vient d'entrer chez mononcle Tophile. On sait pas qui c'est. Peut-être qu'y va commettre un crime... On attend. Il ne se passe rien pendant longtemps. On écrit rien. On écrit ensuite que là, il ne se passe plus rien. Un autre vieux monsieur avec une chemise carreautée vient du village. Tout le monde a des chemises carreautées, c'est plate!

On retourne dans la cave, avec des chandelles. On cherche le souterrain, comme dans *Les Petites filles de l'arc-en-ciel*. Là, on a froid, on est tannées, on dit grand-moman y a même pas de souterrain dans ta maison, bon, on s'ennuie. Grand-moman dit d'aller chercher la malle au village. On est contentes. Tu penses-tu que tu vas l'avoir reçu le cataloye d'Eaton grand-moman? Y fait chaud, y fait beau. C'est le mois d'août.

Minuit. Ou midi. N'importe où. Peu importe. Des bruits. Peut-être la chaleur. Peu importe. Une chambre, n'importe laquelle.

Il se passe des choses étranges que je ne comprends pas toutes. Ce roman, que je suis en train d'écrire, c'est de la fiction, bien sûr. C'est pas du vraiment vrai de vraiment vrai. Pourtant, ces choses se sont passées. Quand j'écris que c'est pas du vraiment vrai de vraiment vrai, je mens à moitié. J'ai bel et bien failli mourir d'une overdose d'analogies. C'était un processus qui semblait ne devoir jamais s'arrêter. J'ai fini par «prendre le dessus» comme on dit. Je sais maintenant que je vais survivre, bien que cet état «second» semble devenu permanent.

Les mots, dans ce cas, sont pénibles. J'ai été propulsée hors les mots et comment, je dois le dire pourtant. La stase, heureusement, s'est ralentie. C'est moins l'épouvante et c'est moins l'émerveillement que ce jour de juin où, sur le traversier de Lévis, la fiction a basculé dans le réel, comme dans cette scène du roman policier que j'ai écrit il y a quelques années.

Ça pourrait ressembler à un état de veille continue. J'ai eu peur de ne plus savoir dormir. Mais c'est bien maintenant parce que ma veille est trouée de sommeil, de temps en temps. Je commence à ne plus craindre de passer de l'un à l'autre. J'ai cru devoir apprendre ce shiftage, mais j'ai bien vu que je n'avais qu'à me laisser emporter quand ça se produisait. Il m'arrive encore des nostalgies de sommeil alors que je veille et, pire, des désirs lancinants de réveil au beau milieu du plus savoureux des sommes. Je sais que je ne serai plus triste quand j'aurai oublié tout à fait la nostalgie. Mais je n'en suis pas encore là.

Il m'arrive de craindre la perte irréparable de cet état et j'ai peur, tout aussi bien, que cet état se prolonge au point de me tuer. La mort, cependant, m'effraie moins depuis que je suis morte. On croira que je mens, et ce ne sera qu'à moitié vrai. La mort n'est pas ce que l'on croit.

Les signes que tu viens de lire diffèrent de ceux que je trace dans un autre temps du verbe. En toutes lettres, on dit pourtant que c'est les mêmes. Au moment où je t'écris ceci, je n'ai pas encore repassé sur toutes mes traces. Il faudra pourtant que je le fasse et cela, je te le dis, m'effraie. J'ai beau dire, on ne se débarrasse pas comme ça de la peur.

Quelqu'un siffle dans la rue. C'est un drôle d'air et je ne connais pas la chanson. Ça s'arrête. J'entends des pas. Ça reprend. Avec les pas, maintenant. Puis l'air cesse, et il y a d'autres pas. Des autos. On marche encore. J'entends des voix. L'air a peut-être repris, je ne sais plus. Je confonds peut-être car le fond sonore est devenu trop bruyant. On ne siffle plus. Et pourtant, cet air, je l'entends encore.

Il m'est arrivé, ainsi, d'entendre un son que personne n'émettait plus. Et quelqu'un d'autre l'a entendu.

Une horloge sonne l'heure. Les trois coups. Trois heures du matin, trois heures de l'après-midi, je sais bien. Mais peu importe.

Cinq minutes plus tard, j'entends encore trois coups. Ou deux coups, je ne suis pas très sûre. Je sais bien si c'est la nuit ou le jour, mais cette horloge m'étonne. Il arrive de drôles de choses au temps.

Quand je lis, ce que je lis m'arrive et je lis moins, forcément. Ça épuise. Et puis, on a besoin de sommeil. Et de dérive. Et que des questions, parfois, restent lettres mortes. C'est là ce qui m'est arrivé, peu de temps avant ma mort. Quelqu'un m'a répondu «peut-être» et ça m'a étonnée. Comme si un mot pouvait tout expliquer...

Celia crie un deux trois go! Je dis oui oui, je vas y aller. Mais je reste là. Celia recule, elle est loin déjà. Je dis: «Celia, attends-moi, j'y vas.» Celia me regarde, mais elle ne s'arrête pas. Elle recule. Je dis: «Aie, arrête Celia, c'est pas drôle là». Je regarde Celia, mais je ne bouge pas. Celia recule. J'ai peur. Quand elle va s'arrêter, elle va me regarder dans la mire, elle va...

Celia, c'est ma cousine germaine. C'est la fille de matante Anna qui est rien qu'une hypocrite. Mais ça me fait rien vu que c'est pas ma mère à moi. Celia pis moi on joue à ronron-macaron-ma-petite-sœur-est-en-prison-fait-sissi-fait-cela-apitchou! On avale de l'eau. Moman dit que c'est parce qu'on garde la bouche ouverte. Celia dit hon matante, tu veux-tu je vas monter sur tes épaules pour plonger? Moi, chus capable de nager jusqu'au radeau, toé tu peux pas hein pissousse? Celui qui le dit, celui qui l'est! Mais, prête pas prête j'y vas! Celia plonge.

C'est-tu vrai qu'on peut mourir, même quand on est petite? Celia a sait pas, parce que c'était pas sa petite sœur à elle. A dit qu'a s'en rappelle pas. Peut-être qu'a s'en rappelle pas pour vrai aussi. C'est mon amie Celia, même si c'est ma cousine.

Matante Anna a dit envoye donc, t'étais capable avant. A rit. A m'arrose toute. A dit ben voyons donc, c'est donc ben bébé c't'enfant-là! Pis là a gigote tellement qu'a me fait tomber en bas de ma trippe. J'en ai-tu par-dessus la tête là matante Anna? Matante Anna est partie avec ma trippe. J'en ai peut-être par-dessus la tête! Moman! Moman! Moman a me crie ben non, t'en as pas par-dessus la tête. Viens-t-en donc au bord là, t'as les lèvres toutes bleues, t'es dans l'eau depuis à matin. Moman a dit qu'a comprend, que c'est pas grave même si je veux pas nager jusqu'au radeau.

Celia dit qu'a va m'enterrer dans le sable pour me réchauffer. Je dis ok mais mets-moi z'en pas dans les yeux. Nicolas me vide sa chaudière sur la tête. Là je me lève pis j'y arrache sa suce. Y braille, évidemment. Celia dit pôvre petit bébé, pleure pas de même, pis a y donne des becs. Nicolas, c'est mon petit frère à moi, c'est pour ça. A pas besoin de l'endurer, elle.

Celia, elle, est chanceuse parce qu'a l'a toute une maison à elle. C'est mononcle Nick qui y a faite. C'est une belle petite maison pareille comme celle de matante Nick pis de mononcle Anna comme on disait des fois quand on se trompait, Bibi pis moi. Mais est pas mal plus petite. Dedans, y a une petite table pis des chaises pis toutes sortes d'affaires à Celia qui est bien chanceuse parce qu'elle a pas de petit frère qui casse toute.

Des fois quand a m'invite, on regarde des comiques pis a me montre toutes les bebittes qu'elle a ramassées pis qu'a met dans un bocau en vitre. L'année passée, on pouvait jouer au parchési dans sa maison, mais là c'est trop petit. On est devenues trop grandes. Moi mon père, quand on a oublié les trippes à la maison, y enlève un tire du Mercury pi y va le faire souffler au garage pis on peut jouer quand même, Bambi pis moi. Mais Nicolas y est trop petit. Celia, elle, a trouve que chus chanceuse d'avoir des petits frères pis a dit qu'elle aime mieux popa que mononcle Nick.

Moi, en ville, je vas chez les Rémi qui creusent des gros trous dans la terre pis ça fait comme des cabanes pis dedans y allument des chandelles pis y a toutes sortes de belles affaires. Celia, a l'aime pas ça quand je dis que j'ai hâte de retourner en ville.

Lotte referme le livre, s'allume une cigarette. Elle va dans la salle de bains, ouvre un tiroir. Ses lèvres tremblent un peu. Elle se trace une bouche rouge; ça dépasse un peu, elle éponge avec un kleenex. Elle cherche dans l'armoire, trouve de la poudre de riz qu'elle applique légèrement sur sa bouche rouge. Elle se sourit. Dans le miroir, ses yeux sont embués. Et tout à coup, elle pleure, penchée sur le lavabo, les mains appuyées sur la surface dure et blanche qui la glace.

Lettre d'amour à mon ange gardien

On a fait une pétition pour la piscine. On est pas mal stones. Vava dit qu'elle va lire dans ma signature. C'est une sorcière Vava. Elle le sait depuis qu'est petite, que l'eau chaude c'est comme l'eau frette. Sa mère lui avait dit: «Va jamais dire ça à personne, toi!» Vava dit que c'est comme un film en noir et blanc dans ma tête, que je vas ben finir par m'apercevoir qu'y existe au moins une troisième couleur. C'est vrai que c'est comme ça dans ma tête, j'ai hâte de voir la couleur.

Je vas chercher des bières pour Vava et pour les autres. Moi, je peux pas boire depuis que j'ai été malade. C'est là que je vois la pyramide dans ma main. Un triangle noir, qui n'y était pas la dernière fois. La dernière fois que j'ai regardé dans ma main, c'est à l'hôpital. Je voulais voir si les lignes s'effaçaient. Parce que quand on meurt, les lignes s'effacent.

Je laisse faire les bières, je veux montrer la pyramide à Vava. Je demande à Benoît, qui revient du bar, s'il la voit, la pyramide dans ma main. Il dit ben oui quoi, c'est un triangle ça. Vava dit que ça change, les lignes de la main. Elle dit aussi qu'il ne faut pas avoir peur d'être une sorcière. On parle des sorcières, toute la nuit, dans nos chambres, avec Alice qu'on a réveillée en parlant trop fort. Vava explique que les sorcières, c'est pas ce qu'on pense. Alice et moi, on

dit ben, c'est quoi? Vava dit qu'on est toutes des
sorcières.

□

La fille qu'y a perdu sa job décide de partir sur le
pouce pour le festival. Sur le pont Jacques-Cartier, y
a un bonhomme qui lui donne un lift. C'est un policier. Il se met à lui raconter sa vie. Quand y était
petit, y a abandonné une souris sur le seuil d'une
porte. Elle dit qu'elle, elle a volé des oiseaux à l'éta-
lage. Qu'on a tous un crime sur la conscience, qu'y
faut pas s'en faire pour ça. Il lui demande qu'est-ce
qu'a s'en va faire à Lévis. Qu'est-ce que j'm'en vas
faire à Lévis? Je m'en vas à Lévis pour léviter mon
cher monsieur. Il dit qu'elle a l'air d'une fille pas mal
flyée. Toutes les lumières sont vertes sur le pont
Jacques-Cartier. Ça va vite vite vite. Elle lui demande
c'est quoi la marque de son char. Il dit que c'est une
Firebird. Elle dit ah! c'est pour ça qu'on vole haut de
même!

À la séance suivante, Nane suggère qu'on
embarque plusieurs filles dans ce tableau-là. On fait
ça. Quand le gars a fini de raconter l'histoire de la
souris, Alice embarque. Ça s'adonne que c'est ma
cousine, pis qu'a s'en va à Lévis elle aussi. Le policier
en revient pas. Y a une photo dans son char, à côté
d'un Saint-Christophe en plastique. Alice demande
qui c'est. Il dit que c'est Saint-Christophe. Elle dit
oui je sais, d'ailleurs y est pus bon ce saint-là. Non, je
veux dire sur la photo. Il dit que c'est sa femme pis
ses enfants. Alice dit qu'y ont un petit air de famille.
Pis a lui demande c'est qui, sur l'autre photo. Il dit
que ben ça euh! c'est sa blonde. Pis sur l'autre à

côté? Il dit que c'est une autre de ses blondes. Alice dit, c'est drôle vous avez pas l'air d'un gars populaire de même. Pis là on voit une de nos cousines qui fait du pouce. Il la fait monter, c'est Vava. Aie! c't'au boutte, a s'en va à Lévis elle aussi. Un peu plus loin, il embarque une autre fille. C'est notre cousine aussi, celle-là. Puis une autre. Le policier dit que ça va faire, là! La dernière fille qui est montée se met à le dévisager et dit coudonc, coudonc, c'est un de mes cousins ça! Le policier dit qu'on est folles. Alice dit, mais mon cher monsieur, on est tous fous! Le policier dit que lui pas et que si on n'arrête pas, il va nous débarquer. Vava demande d'où est-ce qu'y vient donc lui; y vient pas du ventre de sa mère? Là je me mets à crier parce que le gars conduit comme un fou. On crie toutes comme des bonnes pis Alice saute sur la banquette d'en avant et prend le volant.

Nane dit que pour la prochaine fois, il faut qu'on imagine une situation dans laquelle deux des filles pourraient se rencontrer et, qu'on devrait déterminer lesquelles d'entre nous pourraient improviser cette partie-là. Georges et Benoît vont travailler ensemble le personnage du policier et Vincent va faire la fille du premier tableau.

□

Je roule des joints dans la cuisine de la résidence. Vava vient de se laver les cheveux et elle est en train de les sécher avec une serviette. Alice raconte qu'aux Indes, les saddhi font tout un cérémonial avant de fumer le hasch. Elle me montre les gestes. Je lui demande s'ils avaient l'air de vrais chercheurs de vérité. Elle dit que non, la plupart du temps. Que c'est comme des clochards qui fument du hasch et qui portent la tunique jaune comme pour se donner une «contenance». Mais elle se rappelle avoir rencontré un saddhu qui avait l'air d'un saint homme. Elle dit qu'il souriait tout le temps et que quand il la regardait, elle avait l'impression qu'il voyait à travers elle, que ça lui avait fait un peu peur.

Georges vient de me photographier avec son polaroïd. Je dis merde, t'aurais pu me le dire, j'avais la tête penchée. Il dit qu'il va en prendre une autre. Je lui fais le plus exquis des «cheese». Il prend une photo d'Alice aussi et de Vava qui proteste à cause de la serviette qu'elle a sur la tête.

Sur la première photo, j'ai l'air d'un ange. Sur la deuxième, d'une vilaine sorcière. Alice dit ben non, t'es pas si pire que ça. Je trouve que j'ai l'air folle, je dis que j'ai pas l'air de ça. Vava dit que c'est parce que sur la première, je ne me cachais pas. On fait l'expérience. Georges essaie de photographier Alice par «surprise», puis Vava. Georges dit qu'on a toutes l'air des anges, Alice qu'elle n'aime aucune de ses deux photos, Vava dit qu'on est ni des anges ni des sorcières; que Georges pourrait prendre mille photos, qu'il n'y en aurait aucune de pareille. On a mille et un visages dit Alice qui vient de s'emparer de la serviette et s'en voile.

□

Je n'arrête pas de parler. Vava est fatiguée de mes questions. Depuis que j'ai entendu le *son*, j'entends, alors je pose des questions. C'est merveilleux, tout le monde a le même *son*. Je tape sur l'os de leur poitrine, là où on frappe quand on dit «qui ça, moi?»

pour leur faire entendre le *son*. Le monde disent que ben oui, c'est ben évident. Je dis non, pas le son du *moi*, le son du *son*; son son à soi, le son du *soi*.

Pendant tout le spectacle de la troupe de Gaspé, j'entends le *son*. Les petits enfants descendent la côte en traîne-sauvage; y manquent de débouler, y fait noir, y fait froid, y ont peur des loups. Mais ça fait rien, y sont contents. La petite fille dit qu'a l'a pas eu si peur que ça. Le petit gars dit moi non plus. La prochaine fois, y vont monter plus haut pour glisser. C'est génial ce show-là! Les autres trouvent pas. Là je comprends plus rien, y ont pas entendu le son. Ils disent que c'est pas très engagé, qu'au niveau de la forme... Je dis qu'il faut être au-dessus de ça, que l'âge d'or du communisme et le paradis des chrétiens, c'est la même affaire, qu'y pensent juste au *Cercle de craie caucasien* de Brecht, que Mère Courage n'avait jamais compris qu'elle était une sorcière mais que la Muette oui. Là, y a une petite fille de Rimouski qui me dit qu'elle a hâte que je découvre que c'est pas les mots qui font la sorcière. Je vois bien que c'est vrai, alors je décide de ne plus jamais jamais parler. Plus un mot, de toute ma vie.

J'entre dans la salle commune de la résidence. Il n'y a plus de fauteuils, plus de chaises. Vava sort de sa chambre et dit tiens? où sont passées les chaises? Je dis ben oui que c'est curieux. Ouf! c'est drôle, j'avais décidé de ne plus jamais jamais ouvrir la bouche et là je viens de te parler. Vava dit comment ça? Écoute, tu devrais aller dormir un peu, ça fait combien de jours que tu ne dors pas?

Le lendemain, on a appris que c'est Georges qui avait enlevé les fauteuils et les chaises, pour nous faire une surprise. Je lui dis que c'était une très bonne idée, que ça a changé ma vie. Il rit. Moi pas. C'est vrai.

◻

Je me promène avec Nane. J'ai pas envie d'aller me coucher. J'ai voulu rentrer tantôt et j'ai senti que mon ange gardien marchait derrière moi. Quand je me suis retournée, il n'y avait que mon ombre. Mais il était là, j'en suis certaine. Nane dit que ça existe les anges gardiens.

On est assises dans l'herbe, il y a du vent, c'est chaud. Je chante la *Lettre d'amour à mon ange gardien* à Nane. Elle n'en revient pas; elle dit qu'elle aussi elle a déjà écrit une chanson qui ressemble à ça et elle la chante. J'entends le *son*; c'est tellement beau, je suis au bord des larmes.

Je dis qu'il fait très chaud. Nane trouve qu'il fait froid. Je dis que c'est comme du feu, comme s'il y avait un incendie quelque part; que c'est peut-être parce que je n'ai pas vu la neige de tout l'hiver parce que j'étais au Mexique, puis à l'hôpital. Nane me demande si je connais une fille qui s'appelle Carla. Je dis non, pourquoi? Elle dit oh! comme ça, je trouve que tu lui ressembles. Je dis ah oui? comment elle est? Nane dit ben, comme toi, mais elle est blonde. Je dis, ça fait une grosse différence! Elle dit oui, mais tsé... et on rit, parce qu'on pense aux cousines.

Nane dit que cette année, elle n'a pas vu l'été, parce qu'elle a été tout le temps en tournée dans le bout de Chibougamau. Je lui demande comment c'est. Elle dit que c'est ben creux, que c'est spécial. On dit trop d'été, trop d'hiver, c'est du pareil au même. C'est la pleine lune. Je dis Nane, te rends-tu compte, c'est la fin du monde. On regarde les étoiles. La pyramide est sur le point de tourner sur ses gonds, c'est extraordinaire. Nane dit qu'elle est fatiguée, qu'elle va aller se coucher.

Y a encore plein de monde, par petits groupes, dans le champ tout près des résidences. J'ai pas envie de rentrer, parce que c'est la fin du monde. Je me promène avec Alice, Benoît et quelqu'un que je ne connais pas. Ils n'ont pas envie de rentrer non plus. C'est la première lune du printemps. Je dis qu'on n'arrête pas le printemps, que c'est la fin du monde. Alice dit oui, peut-être, pour toi. On est assis dans l'herbe. Le gars que je ne connais pas me dit que oui, si on pense qu'on va mourir, ça suffit pour qu'on meure. Je demande si c'est vrai. Il dit ben, qu'il le sait pas, que c'est ce qu'il pense et je pleure. Il tient ma main, il dit ben non, je le sais pas moi, je disais ça comme ça.

Je relève la tête et alors je vois le ciel. Il y a épais de nuages, on ne voit plus la lune. Le ciel est bleu-gris, tout petit, et ce n'est pas le ciel. C'est un morceau de ciel et c'est bien évident que je ne comprends plus rien parce qu'il n'y a que le ciel et que pourtant ce n'est pas le ciel. C'est vivant, j'entends le *son*. Je ne sais pas ce que c'est. Je ne parlerai plus jamais, c'est trop dangereux. Je vais regarder le ciel.

Quelqu'un vient d'arriver et il a fait circuler une pomme. Le type que je ne connais pas me la tend et j'en prends une bouchée et c'est comme si je croquais la pomme, je trouve ça comique. Et je regarde celui qui vient d'arriver. C'est un ange. Je lui demande comment il s'appelle, parce que je sais déjà le nom qu'il va prononcer. Ce n'est pas tout à fait ça, mais c'est un nom d'ange. Je dis que je vais lui chanter *Lettre d'amour à mon ange gardien* et je chante en en rajoutant un grand bout que j'invente à mesure. Il dit que lui, il connaît une chanson qui parle de la peur de la mort et c'est: «Rose Rose Rose / Shall I ever see thy wed / I'll marry thy sea shell / When I/Am dead». Il a de longs cheveux bruns, comme les miens. Et il sourit en chantant. Il joue d'un drôle d'instrument, c'est comme une petite harpe. Il recommence la chanson encore et encore et je chante avec lui. Et on chante toute la nuit, assis dans le champ, longtemps après que les autres soient partis. Et je danse dans ma robe rose en chantant «Rose, Rose, Rose, Rose» et quand on est tannés de celle-là, on en invente d'autres, assis dans l'herbe, tandis que le jour se lève sur le fleuve Saint-Laurent.

□

Lettre d'amour à mon ange gardien / à qui je donnais la main / petite / sur les trottoirs / en revenant de l'école.

La police nous disait / «Petites filles / ne traversez pas / au feu rouge.» / Moi j'traversais / j'avais pas peur / car tu me donnais la main.

Je me suis fait / frapper deux fois / par des chars / dans leur droit. / C'est pas grave, c'est pas grave, c'est pas grave / J'ai oublié / les gros bleus que ça m'a faits.

O mon ange / mon enfant, ma sœur / tu t'abrilles
dans tes ailes / je ne vois plus tes yeux.
O mon ange / mon frère, mon jumeau / je ne te
reconnais plus.

Maintenant je sais / que les petites filles / n'ont pas
d'ange gardien. / Maintenant je sais / que ce n'est
pas toi / qui me donnais la main. / Et j'ai appris / à
regarder / comme faut des deux côtés / pour pas me
faire écraser.

Mais j'aimais bien tes ailes...

Abrille-moi dans tes ailes
Et vole avec moi
Et vole avec moi...

Je brûle, tu brûles, on brûle
On est des oiseaux en feu
Nos ailes sont en sang
Nous ne sommes que cendres
Il faut redescendre
Pour mieux nous envoler
Au-dessus de ça...
Au-dessus de ça...

☐

    Elle s'est mise à lui écrire beaucoup de lettres.
Et, dans chacune, elle lui parle d'une lettre qu'elle
n'a pas reçue. Qu'il aurait peut-être écrite et qui se
serait perdue.
    Elle écrit dans ses lettres que la seule chose dont
elle se rappelle à peu près, c'est son sourire. Que les

yeux sont invisibles, et le corps aussi. Plus ça va, plus elle écrit souvent «mon petit chat», et non plus «cher toi», ou alors son nom, comme dans les premières lettres. Elle ne sait pas quel nom il lui donnera dans cette lettre qu'elle attend. C'est une chose qu'elle a apprise de lui et maintenant, elle sait écouter comment on l'appelle. Ça devient plus facile de décider si on répond ou pas à une lettre qu'on vient de recevoir. Quand on vient de recevoir une lettre.

Le matin de ce jour-là, elle en a reçue une pourtant. Elle ne sait trop quelle lettre elle attendait, mais ce n'était pas celle-là. C'était de quelqu'un qu'elle ne connaissait pas et qui avait signé Hervé. Drôle de nom pour une fille, qu'elle s'était dit, parce que ça commençait par: «Je suis étonnée», étonnée avec un *e*. Il y avait des points, mais pas de majuscules:

«quand il ne dormait pas, je regardais mon visage dans l'iris de ses yeux. tu sais, je souriais. je ne savais plus si c'était mon corps ou le sien et mes yeux dans ses yeux se dilataient et j'ouvrais la bouche mais on n'entendait rien et j'avais la peau lisse, comme transparente, et plus de creux dans les joues ni de cernes mais seulement l'éclat du regard, du flou, un sourire vague. mais pourtant on aurait pu dire que j'avais alors un visage «expressif».

«et quand je cessais de regarder dans ses yeux, sans bouger mais en accommodant pour voir les cils et le coin des yeux et qu'ensuite je voyais son visage, son visage était semblable au mien. par jeu, il savait alors suivre mes mouvements avec une telle précision que c'était comme s'il était Alice de l'autre côté du miroir, si elle s'était retournée au lieu de débouler dans l'histoire comme Gumbie dans le livre d'images.

lui, il se rappelle de Pookie que j'avais oublié.

«on n'a pas pu garder l'effet de miroir très long-temps. je ne sais plus lequel de nous deux a tendu la main pour prendre une cigarette ou dit qu'il faisait froid mais le charme s'est rompu et j'ai vu qu'il avait les cheveux aussi fins que les miens, mais d'une demi-nuance plus pâles. des cheveux blonds mousseux, avec de la vapeur d'or. et les sourcils mieux dessinés mais c'est que lui il ne les épile pas, et que moi j'oublie souvent. et bien sûr il a un zizi, ce que j'ai pleuré longtemps sans le savoir parce que je croyais que c'était juste un cliché psychanalytique.

«à un moment donné, en pleine nuit, dans le noir, je m'étais mis la tête sous son chandail et je léchais son ventre. on gelait tout ronds dans la tente mais sa peau était chaude, c'était bon. je me suis mise à parler comme quand j'avais trois ou quatre ans et du nou-nours de mon frère et que c'était pas juste et je lyrais tellement que j'ai bien vu que c'était pas si cliché que ça ces affaires-là. lui aussi, il a lyré. j'entendais pas les mots mais j'ai entendu qu'il l'avait jamais pris de pas être une fille. on est des tas comme ça. et c'est pas juste le maquillage et les poupées ou le pénis-power qu'on a un jour pleuré mais de n'être qu'un des deux et pas les deux à la fois. même si y en a qui disent que c'est juste de pas être l'autre qui nous fait morver de même et nous déguiser l'un en l'autre en faisant le fifi ou le tomboy, c'est selon. aie! c'est creux ces nostalgies-là!

«mais à l'aube, on était dans l'eau et joyeux. nos sleeping-bags emmêlés, c'était un radeau et le soleil rendait les voiles vertes. il faisait chaud. on était assis en sauvages face à face et les mains levées à la hau-

teur du coude, paumes ouvertes comme pour se rendre. quand nos paumes se sont touchées, c'était faire
l'amour avec nos lignes de vie, même si on a pas tout
à fait la même. puis on s'est mis à rire, à cause de
Barbarella.

«mais la science-fiction n'était pas encore là. la
science-fiction c'est quand je me suis penchée sur lui
pour l'embrasser alors qu'il était étendu, nu, au
soleil. et quand il a ouvert les yeux, ce que j'ai vu,
dans leur mer pers, c'est encore mon visage. mais je
voyais aussi, de profil, un peu le sien. et c'était peut-
être lui qui était penché sur moi pour m'embrasser et
peut-être moi dont le corps rayonnait sur le sable.

«je suis étonnée.
                         je n'aurais pas dû te raconter ça,
                                             Hervé»

        C'était à: «je n'aurais pas dû te raconter ça»
qu'elle avait reconnu Rose Vel. C'était le nom d'une
marque de savon à vaisselle et aussi celui d'une fille
qu'elle connaissait un peu, elle ne savait plus très bien
comment elle l'avait rencontrée et qui lui avait dit:
«Rose Vel», le jour où elle lui avait enfin demandé
comment tu t'appelles donc? Elle avait ajouté: «Rose
Vel, à cause d'Ines Pérée qui dit que la femme d'un
côté fait la belle et de l'autre la vaisselle».
        Elle aimait bien Rose Vel qui racontait toujours
sa vie à n'importe qui et ensuite disait: «je n'aurais
pas dû te raconter ça». Mais elle n'avait pas l'air de
trop s'en faire et se racontait encore la minute
d'après. Elle ne savait si elle allait lui répondre.
C'était difficile sans savoir où elle habitait, ni même

son nom. Elle devait bien en avoir un vrai.

Elle se dit qu'elle écrira peut-être une lettre et qu'elle ira prendre un café à une terrasse de la rue Saint-Denis, où peut-être elle la verra.

Je mets mes lèvres en bleu dans le miroir de la salle de bains chez John et Julien. On boit du rhum sur le balcon. Il pleut fort. Julien chante «O sole mio», je danse dans l'escalier. C'est bon la pluie, il fait si chaud. John dit que j'ai les lèvres bleues; puis il voit bien que c'est juste du maquillage. Il dit que c'est pas assez.

John éponge mon visage; il me dessine de grands sourcils bleus et il met de la poudre d'argent sur mes paupières. Je suis assise sur le bord de la baignoire. Julien nous apporte d'autres verres; il vient de faire un plein «blender» de daiquiri aux fraises, avec des vraies fraises. Aie! c'est assez bon! John a une moitié du visage argent maintenant et ce qui ressemble beaucoup à un œil au beurre noir; il cherche son chapeau melon. Julien et moi, on est assis dans la serre, on lit la pièce qu'il est en train d'écrire, on rit comme des fous.

Le téléphone sonne. John dit que c'est Vava et Benoît, qu'ils vont venir faire un tour. On dit qu'on va leur faire un show et Julien court se maquiller pendant qu'on fouille dans la garde-robe. Je finis dans un trench-coat bleu marin, coiffée du chapeau melon que John a consenti à me céder. C'est du plus bel effet avec mes grands yeux argent et ma bouche bleue. John a mis son jump-suit de satin rose avec un kimono blanc par-dessus et Julien une vieille robe de chambre black-watch qu'il appelle son «smoking».

Vava joue du piano et je chante une grande chanson triste en chinois pendant que Julien, dans le rôle de mon pékinois, hurle à mes pieds, et que Benoît, en manteau de fourrure, promène son verre de daiquiri aux fraises comme un ciboire en disant qu'il est l'archevêque de Canterbury. John dit que la princesse Anne veut communier et il s'agenouille. Puis il me demande, l'air gourmé: «Isn'it a nice day to ride our bicycle, Mary?» Je fais une imitation de Nane dans son imitation de *Singing in the Rain* en version polonaise, avec un parapluie. Eurydice, toutes griffes dehors, est allée se percher sur le piano et Vava lui susurre des mots d'amour en miaulant. John dit qu'ils vont faire un duo de musique concrète et il commence par mettre un de ses souliers sur les touches du piano. Vava est allée chercher des roches dans l'aquarium, Benoît cherche la salière.

Je suis allée rejoindre Julien en dessous de la table de la cuisine. On est des caniches bleus; il faut pas s'approcher de nous, on mord. Après je pleure en serrant dans mes bras le gros Snoopy en peluche de Julien qui essaie de me consoler. Benoît dit que y a rien dit de si méchant que ça, qu'il m'a juste demandé où est-ce qu'y était mon jules. Je dis qu'il s'appelle pas Jules et là je me mets à m'ennuyer de lui à mort. Benoît dit: «Me semble que t'étais pus supposée boire toi?» et je dis que le daiquiri aux fraises c'est bon pour moi et je finis mon verre et le sien et je dis Julien fais-moi un autre verre.

John et moi on danse un tango très dramatique et John fait exprès pour m'échapper à terre. Je suis plus capable de me relever, je ris trop. Finalement,

on s'endort sur le plancher. Benoît dit: «Y fait clair là
les enfants», Vava cherche mes souliers, je dis que je
m'ennuie, que je m'ennuie. Vava dit: «Quand est-ce
qu'y revient donc, ton jumeau?» Je dis que je le sais
pas. Que non, je veux pas prendre de taxi. Que je vas
marcher pour rentrer chez nous. Julien me prend
dans ses bras; il dit: «Fais attention à toi, ma
chouette». J'ai manqué tomber dans l'escalier, le ciel
est bleu au-dessus de la montagne.

☐

Je lui ai donné rendez-vous en dessous de l'ange
du parc Jeanne-Mance. Il est déjà là, il m'envoie la
main. On marche. On parle. On marche des milles.
On chante. On mange du melon d'eau dans des res-
taurants grecs. On est tellement heureux que le
monde nous font des cadeaux. Le grec nous apporte
de l'ouzo; on en veut pas, mais c'est si gentil qu'on ne
refuse pas et on en boit un peu. On boit de l'eau, on
mange des choses roses.

Il fait une salade avec des radis, de la cantaloup,
des fraises, du yogourt aux cerises. Les plantes parlent chez lui, parce que c'est orienté selon le méri-
dien. On mange assis avec les plantes. C'est plein de
monde qui restent là. Y a quelqu'un qui entre et qui
dit que c'est écœurant qu'est-ce qu'on mange. On rit.
Y peut pas comprendre.

J'ai mis mes pantalons bouffants saumon, un
châle rose avec des paillettes d'or, ça sent bon, le vent
est doux, il fait soleil. On dirait qu'il n'y a personne.
C'est sombre et frais dans la maison. Il dort dans une
des chambres, il me voit, il chante «hare krishna», je
ris, il me prend dans ses bras, on s'embrasse, on

roule, le châle laisse des pépites d'or sur le drap, ça pique.

Il entre dans moi, c'est du feu, c'est de la glace, c'est bon. J'embrasse ses cheveux, bruns, avec de la profondeur, il respire dans mon cou, nos corps tremblent, j'ai le vertige dans ses yeux, on se noie dans la danse, c'est beau, c'est chaud, je t'aime, je t'aime.

Toi aussi ils sont bruns, avec de la profondeur, tes yeux. Je touche son sourire et l'ange approche ses lèvres des miennes pour respirer mon souffle.

J'ai oublié le goût de sa bouche maintenant.

«Dancing plus ou moins désaffecté, au bord de la mer. L'orchestre joue: «Y a d'la rumba dans l'air...» La plupart des danseurs se sont installés à la terrasse pour commander des consommations. Il fait très chaud. Un couple évolue encore sur la piste. Lui, raide, les cheveux gominés. Elle, blonde, dans une robe de satin mauve qui lui colle aux jambes. Ils dansent depuis des heures, sans jamais s'arrêter. Ils ne se parlent pas. Ils ne semblent pas se regarder. Plus tard, alors que l'orchestre a cessé de jouer depuis longtemps et que tous les danseurs sont partis, ils dansent encore. On dit qu'ils sont d'ailleurs et qu'ils n'aiment pas vivre ici.

«On les a emmenés dans un fourgon de l'escouade spéciale. On a craint qu'ils ne se tuent à danser. Ils sont assis côte à côte dans des transatlantiques du spa de réhabilitation. Ils ne bougent pas. On leur a donné des lunettes-soleil et ils les portent, même quand le temps est couvert.

«Plusieurs semaines plus tard, elle a parlé. Elle a dit qu'elle entendait le bruit de la mer. Les spécialistes ont voulu l'envoyer dans une station balnéaire, mais elle n'a pas voulu être séparée de lui. À partir de ce jour-là, elle a refusé de porter les lunettes noires et on a vu qu'elle pleurait.

«Quand Walt Disney est sorti de la cryogénèse, il y a eu une fête costumée. On lui a fait un costume de

Mickey Mouse et elle, elle était en Minnie. On a voulu qu'ils dansent. Ils ont dansé: des rock'n'rolls et des javas, des charlestons et des tangos, des valses, des fox-trots, le L.A. hustle. Mais bien avant la fin du bal, ils s'étaient arrêtés, complètement épuisés.

«On a dû leur faire une transfusion de sang. Maintenant, ils passent leurs journées assis dans leurs transatlantiques. Et quand il pleut, ils pleurent. On dit qu'il sont ensorcelés. On parle de les réexpédier sur terre.»

☐

C'est comme ça que se termine le manuscrit de Noémie Artaud. C'est seulement à la fin que je me suis rendue compte que ça se passait sur la lune… Pour moi, c'est Rose qui a écrit cela, ça lui ressemble!

C'est sûr que c'est un pseudonyme en tout cas, parce qu'il y a une citation d'Antonin Artaud en exergue: «D'un geste précipité du corps, un jour, il est sorti une armée de corps». Je vois pas ce que ça vient faire là d'ailleurs. C'est curieux, elle a juste écrit A. Artaud, et elle ne donne pas la source exacte. Ce n'est peut-être pas de ce cher Antonin, puisqu'elle ne précise pas… Tiens, tiens… Antonin… Antonin et Noémie, tu sais, ces personnages d'une bande dessinée de Colman Cohen… Tu verras que dans le roman, elle ne donne jamais les noms des deux principaux personnages. C'est sûr que c'est un pseudonyme en tout cas… Me semble que si je m'appelais Artaud, je commencerais pas par citer Artaud; à moins qu'elle ne cite son père, son mari, ou un de ses mononcles… La prétendue Noémie Artaud habite rue Jean-Péré, à Lévis. Mais ça ne veut rien dire, je soupçonne Rose de plus d'un tour de passe-passe pour pouvoir bénéficier d'une lecture «objective» de son manuscrit...

C'est curieux, en tout cas. Très curieux. Parce que cette histoire, si on en excepte le côté un peu «lunatique» qui me fait l'attribuer à Rose, ressemble beaucoup à ce qui est arrivé à Solange. Je ne comprends toujours pas très bien ce qui lui est arrivé et elle en parle de moins en moins, mais c'est très ressemblant, tu verras, au point que je suis en train de me demander si ce n'est pas Solange elle-même qui se cache derrière cette Noémie. Enfin... tu me diras ce que tu en penses quand tu l'auras lu.

Il fait terriblement chaud et humide à Montréal. La canicule en mai rend tout le monde «presque hystérique» comme dit Carla. On va au cinéma pour se rafraîchir. Hier, on est allés voir un film suisse au Dauphin; ça s'appelle *Jonas*; c'est très suisse, mais j'aime mieux *La Salamandre*. La psychose de la sécheresse est telle qu'il y avait des gens qui avaient traîné leur grosse bouteille d'eau minérale au cinéma... J'en ai vu sur la rue tétant leur bouteille de Montclair ou d'Évian, c'est presque la panique chez le dépanneur du coin qui ne fournit plus. Et ça barbotte en grande dans le bassin du parc Lafontaine! N'empêche qu'après tant de jours de beau temps, on se met à espérer la pluie...

C'est un printemps rouge. Un pyromane allume plein d'incendies dans le quartier. Ça brûle en masse. Avant-hier, en pleine nuit, on a été réveillés par les pompiers. Ça flambait à trois maisons de chez moi! On a déménagé les chats chez la voisine d'en face, on s'est assis sur le trottoir et on a regardé l'incendie. Le feu passait d'un toit à l'autre, à cause du vent. Ça ne s'est pas rendu jusqu'ici, heureusement. Il y a six familles sur le pavé; le comité de citoyens a créé un fonds d'aide aux sinistrés mais on ne sait pas encore où ils seront relogés. C'est sûr qu'il y a des spéculateurs là-dessous; d'après les premiers résultats de l'enquête, c'est un incendie criminel. Et comme ils ont besoin de terrains dans le coin...

C'est un printemps rouge et il y a du malheur dans l'air. Des mauvaises heures pour téléphoner, pour se rencontrer, pour tomber pile sur quelqu'un qu'on évite. C'est trop chaud, ça manque de coussins d'air et on ne peut plus passer par personnes interposées, car on dirait que tout le monde a la chair à vif. J'aime mieux la tiédeur d'incubateur de l'hiver en dedans que cette impression de bouillir vive!

Je t'écris du balcon et c'est presque aussi étouffant que dans la maison. Tous les voisins ont eu la même idée, y a des enfants qui jouent au ballon dans la poussière, le vieux d'à côté a sorti sa TV sur la galerie, ça crie d'un balcon à l'autre...

Ça doit sentir davantage la lavande en Haute-Provence! Tu m'écriras comment c'est... Je t'envoie le manuscrit de N.A. dès que Nane-la-lambine aura terminé son rapport de lecture. J'aimerais bien que tu le renvoies le plus tôt possible car Maud et Celia ne l'ont pas encore lu. Elles sont l'une comme l'autre complètement «débordées» dans le moment, alors on compte sur toi qui es en vacances...

Je t'embrasse,

Vava

On y danse tout en rond

À un moment donné, la vie lui apparaît comme une page de vélin d'Angoulême sur laquelle elle trace des signes d'encre rouge permanent. Rrose Sélavy lui échappe. Quelque chose d'un peu semblable au temps peut-être se tisse entre ses doigts. Ça lui fait des mains palmées et ça glisse sur elle comme sur le dos d'un canard. Dans un coin pas très lointain de sa mémoire, il y a bien ces mots: «un chant de lavande». Membrane curieuse dans laquelle se logent les images d'un film qui, dans une version antérieure, s'intitulait *Pink Lady, Angel Kiss* ou *Bloody Mary*, elle ne sait plus très bien. Sa vie s'étale comme un texte qu'elle craint palimpseste aux couleurs passées.

Elle dit tout le temps qu'elle est un terre-neuve car ils savent nager et qu'elle mène un temps de chien. Or, elle sait qu'à Aurel, quand les gens vous disent qu'il fait orageux, c'est qu'il fait trop beau. Les gens d'ici, en effet, disent que le Ricard est le plus doux des pastis et elle les pastiche en faisant des huit à l'infini et en dessinant des cœurs pour passer le temps. «Ah, ma chère, si tu savais…» Elle est toujours en instance d'une lettre à sa sœur et pourtant, elle ne lui écrit jamais. Elle n'a pas l'intention d'y mettre huit ans: c'est mauvais pour la tension et d'ailleurs la vie, même en prose, va trop vite pour être prise au pied de la lettre. Surtout quand on a pas lu tous les livres dont on parle, ni vu tous les films dont on sait le titre. Dire que des chats, parfois, s'appellent à lui tout seul Istamboul et Constantinople... Qu'il y ait des chats morts dans le paysage ne l'étonne pas outre mesure. Même si, dans une certaine mesure, ça détonne.

Elle a beau avoir des sandales d'eau pour marcher dans la Drôme et quelque part, loin, sur les feuilles d'un début de roman intitulé *Carl et Lisle à Paris*, des bottes jaunes pour marcher dans l'eau, elle est bien pâlotte et bien gauche quand il s'agit de prendre garde à la fiction. À Die, la veille, elle a acheté du sérum anti-venin et ça n'a pourtant pas l'air de la mener à grand-chose. Il lui était arrivé d'oublier que la fiction, d'un moment à l'autre, risque de basculer du côté du réel, au point de l'avoir écrit. De peur d'une vipère, elle écrit alors, pour annuler, qu'il faut savoir ne pas prendre les métaphores pour toute la vérité. À être aussi textuelle, elle sait bien qu'elle risque de perdre le fil. De la Vierge ou d'Ariane, du pareil au même. Mettre le pied sur une couleuvre en filant à l'anglaise dans la lavande, ça pourtant elle sait qu'elle peut l'éviter.

Éprise, elle est éprise. Une prise qui l'arrache du courant. Rapt et ravissement: elle sait pourtant ce qu'elle joue et que ce lieu en prose s'expand en toute innocuité. Et qu'écrire à outrance qu'on sait ce n'est pas savoir. «It's only words but I like it.» Et si le rose lui monte aux joues quand elle écrit: «Ah, ma chère, si tu savais», c'est que ça goûte les pêches et que c'est son corps tel qu'elle le nomme. «Le plate c'est le fun et j'ai lu tous les livres de Réjean Ducharme» ou alors «J'entends ton nom de Saint-Germain-des-Prés dans Aurel désert»?

Au bout de cinq ou six semaines, les phrases vinrent vinrent vinrent à manquer. On tira à la courte paille pour savoir qui qui qui serait parlé. Toute cadastrée d'avance d'un fin quadrillage bleu, la page est marquée de rose. Le trajet d'encre dont elle barre ce fond de décor a beau changer de couleur — car parfois elle prend son crayon lilas, parfois le rose, parfois c'est de l'encre rouge permanent — elle n'arrive pas à perdre de vue le grain du papier. Plus tard, disons le lendemain ou deux jours plus tard, elle aura eu d'autres problèmes. Quelque chose comme une machine à écrire qui lui jouerait des tours, inscrivant les caractères platement noirs tout de travers et ne respectant pas les marges, contrairement à ce qui se passe dans le texte manuscrit. Sans doute à cause d'une Smith-Corona pas pantoute électrique qui a voyagé en Boeing 747 en pariant que l'univers est un DC 8 nourri d'hémoglobine. C'était à elle de la faire réparer avant son départ. Ce qu'elle n'a pas fait pour des raisons tout à fait hors-texte. Ou comment la réalité, parfois, dépasse la fiction. Quelques minutes plus tôt, au beau milieu d'une phrase en suspens, une allumette s'est glissée dans le clavier, bloquant le p de «prose», et elle a bien été obligée de se rappeler cette pyromane qu'elle avait rencontrée, un mois plus tôt, sur le traversier de Lévis.

Elle a beau accommoder et comme Io piquée par le taon, parcourir toute l'Europe à folle allure, Rrose Sélavy, encore lui échappe. Elle a des remords en forme de mariée mise à nu par ses célibataires, mêmes. Ce qu'elle est voleuse alors! Elle se rappelle si bien ses ailes mais vole ras et rond pour l'instant... L'instant de rattraper ce silence où on aurait entendu une mouche voler, quand elle perdit de vue ce qu'elle cherchait au juste comme dans ces taches où on vous montre un couple de profil, comme sur le point de s'embrasser; ou alors, si vous lisez plutôt l'interstice, une cruche. Image subliminale encore, cette photo-couverture de Playboy où on voit le corps d'une fille en bikini, tête et jambes hors-champ: là où elle pose la main sur sa cuisse, entre l'échancrure du slip et ses longs doigts bronzés, se dessine un pénis. C'est à se demander si ça n'a pas quelque rapport avec cette publicité du métro de Paris sur laquelle on voit une série de filles brunes en bikini brun et que ça clame d'une station à l'autre que «c'est vous qui ferez rougir le soleil cet été». Le jour où l'on s'étonne que toutes les Françaises soient aussi brunes, on découvre que c'est toujours la même fille, cheveux dénoués ou mouillés, avec lunettes-soleil ou sans. On comprend mieux pourquoi on n'a pas nécessairement ces muscles plats et ces fines attaches qu'elles ont toutes et pas de ventre et les hanches si minces. Elle, que voulez-vous, on lui a toujours dit qu'elle ressemblait à Brigitte Bardot. Côté intelligence s'entend. C'est bien normal qu'elles soient un peu vexées, elle et B.B.

Au moment où la langue lui apparaît comme un paradigme universel et qu'elle a envie de chanter sur tous les tons de bas en haut et de haut en bas de toutes les octaves, même si elle ne sait que l'air et pas du tout la chanson, elle se rappelle juste à temps que la langue, même maternelle, ne peut pas tout dire d'un coup et que ça doit-tu être long avant de trouver que c'est «Sésame ouvre-toi» le mot magique qui fait s'ouvrir la caverne d'Ali Baba et des quarante voleurs. Si Ali Baba n'était pas le nom d'un restaurant où elle a mangé un couscous quelques jours plus tôt et, en plus, le titre du premier film qu'elle ait vu à la télévision, elle s'inquiéterait peut-être moins d'avoir attrapé «l'agcent» de Fernandel et de se sentir comme une vache qui regarde passer les trains. Elle imagine de n'écrire qu'au présent pour retenir le cours des choses et renverser le courant. Ce qui se pose là comme dilemme effrayant, c'est la question des mots et des choses et de ce qui a priorité pour éviter les chicanes et les accidents. Attaboy! que ça dérape sur son papyrus rosé! Tellement glyptique que ça en devient un tic! Elle devrait plutôt dessiner des fleurs et des petits canards sur son beau papier à lettres lavande sur lequel elle n'a toujours pas écrit de lettre à sa jumelle. Elle ajoute qu'elle se dit qu'il y a beaucoup de fleurs dans les Laurentides de son cœur depuis que quelqu'un a écrit la *Flore Laurentienne*. Et que l'hiver, de force, il y en a même plus dans les livres, des fleurs. Que dans les Laurentides, l'hiver, en tout cas.

À Aurel, il en va autrement. Elle a commencé un herbier et, sous le nom des fleurs des champs qui, toutes, lui sont inconnues, elle a écrit des noms de lieux parce que d'appeler ce que quelqu'un identifiera comme de l'aubépine, un «clocheton», ça rime à quoi? Pas un seul botaniste amateur tatillon n'a rechigné sur sa méthode depuis que les «clochetons» sont devenus des «Martinville», les «ombrelles d'Argentine» des «Buenos Aires» et les «moutardes» des «Dijon»… Or elle s'est mise à écrire un roman policier dont l'action se déroule simultanément à Martinville, Buenos Aires et Dijon et elle en est à se demander si c'est bien d'une indigestion de moutarde forte qu'est morte la dame à l'ombrelle que le détective argentin dit avoir rencontrée, dans une vie antérieure, à Saint-Martin.

Comme dit l'autre B.B., les gens aiment les romans policiers, parce qu'ils sont intelligibles; alors que la vie, au cours de ce qu'on appelait il y a des décennies, «l'ère scientifique», la vie, elle, ne l'est plus. Je ne sais pas comment on dit, de nos jours. «L'âge de l'or noir» comme dirait Abdallah ou «l'ère du soupçon» comme dirait Abdul; «de nos jours», comme on dit souvent. «Dans la galaxie de l'Atlantique» comme on l'a déjà dit. Ou bien «l'ère du Verseau», pour faire un peu *Matin des magiciens*. Un violent besoin de nomination s'ouvre comme une chausse-trappe; ce n'est qu'un effet de trompe-l'œil qui expliquerait le trou de mémoire général. Et peut-être que la faculté de muer comme des serpents leur vient de là, de ce black-hole de temps qui mine l'espace de leur «doulce langue natale» et fait que les nouvelles vont si vite qu'on peut être revenu d'Égypte avant même d'être parti. Kephren, Chéops et Mykérynos, mes sœurs, dit-elle s'adressant soit aux deux lunes de Carnac ou alors à Rascar Capac dans *Le Temple du soleil*. Mais là, on n'a que la version de Tintin. Attendez celle de Milou!

Il est bien sûr question de temps et de langage et du temps que mettent les mots à franchir les lèvres, à être traduits, dans le cas où on parlerait dans une autre langue. De bégaiements et d'atermoiements et de cette vitesse folle à laquelle les mouches roses viennent se prendre dans un net quand elles glissent entre les lignes, même si ce n'est que pour dilapider des restes. Et d'épouvante, et d'émerveillement.

J'attends une lettre. L'individu qui se fait ici passer pour un facteur n'a pas grand-chose à voir dans cette histoire. Seulement, depuis dix-neuf jours qu'il n'apporte pas de lettre, en fin de compte, ça compte. Demain, on est le vingt et j'écrirai demain que cette lettre vint. En attendant, j'écris que je l'attends.

Parfois, la nuit, je crie le nom de ce «l» apostrophe qui tient à on ne sait qui. Je ne sais plus quelle lettre j'attends. Il y en a bien une qui m'arrivera, mais laquelle, je ne sais pas. J'attends peut-être encore la moins probable, une réponse à celle que j'ai envoyée, il y a longtemps déjà, d'un autre endroit et qui s'est peut-être perdue, on ne sait pas. Il y a bien une lettre qui m'est revenue, mais ce n'était pas la même. Le retour du même a le tour de se travestir à tel point qu'on ne le soupçonne qu'en étant très soupçonneux, de sorte qu'on en devient parfois presbyte au point de confondre des contraires.

En plus de guetter l'estafette jaune du facteur, je mange des fraises, je chante «la la la la la la lavande» en buvant de la Clairette de Die, je prends mon temps. Il arrive de drôles de choses au temps: les nouvelles vont si vite qu'on est revenus d'Égypte avant même d'être partis. Ça s'est produit, déjà, dans le métro...

En réalité, j'aurais dû descendre à Beaubien

pour prendre le bon autobus. Mais je me suis trompée: je m'en allais au cegep de Rosemont, alors quand j'ai vu le nom de la station Rosemont, je me suis levée et je suis descendue. C'est seulement quand j'ai vu qu'il n'y avait pas de miroir que j'ai commencé à me réveiller. D'habitude, je débouche dans un miroir à Beaubien parce que je prends toujours la rame à Sherbrooke, vis-à-vis les premières banquettes de la station. Pendant toute une session, ils ont laissé cette publicité-miroir qui m'attendait ponctuellement et j'avais l'habitude de me dire bonjour en passant. Sur le coup, j'ai cru que le panneau-réclame avait été remplacé; mais il n'y avait même pas d'emplacement pour un panneau-réclame. J'étais déjà rendue près des escaliers: ils n'étaient pas mobiles! J'ai reconnu la station et, finalement, je me suis rappelée que c'est à Beaubien que je descends.

En rebroussant chemin, je suis tombée sur Maud Sorel. Ça faisait des années qu'on s'était pas vues. Elle fait le chiffre de nuit au Bell et elle rentrait de son travail. C'est elle qui, la première m'a parlé de l'incendie. Ça s'était produit le mois précédent, entre Rosemont et Beaubien, justement. Elle y était, c'est pour ça qu'elle en parlait. Cette fois-là, elle s'était endormie et elle avait passé tout droit à Rosemont. Le feu avait pris juste avant que la rame n'entre en gare à Beaubien et c'était le bruit de l'explosion qui l'avait réveillée.

Le plus curieux, c'est que dans le même wagon, ce jour-là, il y avait Lotte et que Lotte, Maud ne l'avait pas revue depuis Cardinal-Léger. C'est quand on étudiait là qu'on s'est connues toutes les trois.

Ce qui m'a beaucoup intriguée c'est qu'elle m'a

dit: «Tu vois, elle est bel et bien revenue de New York». J'avais vu Lotte la veille et à ma connaissance Lotte n'était pas allée à New York depuis des années... Mais une nouvelle rame arrivait et je l'ai prise parce que j'étais déjà très en retard.

Ce n'est qu'au cours de l'après-midi, que Bryan m'a dit, quand j'ai téléphoné, que Lotte avait trouvé une job à New York, qu'elle n'avait pas eu le temps de me rejoindre avant de partir mais qu'elle m'écrirait. Il m'a dit que non, elle n'avait pas emmené les jumelles, que c'était leur grand-mère qui les gardait. J'ai fini par comprendre que quand on était allées voir Pink Floyd la veille, Lotte ne savait pas encore la nouvelle, qu'elle ne l'avait apprise elle-même que ce matin-là. Mais j'ai cherché longtemps pourquoi Maud avait dit de Lotte qu'elle était «bel et bien revenue de New York», alors que, de toute évidence, le lundi matin où elle m'a annoncé ça dans le métro, Lotte n'était même pas encore partie.

C'était quand même assez surprenant. Comme les cours étaient suspendus pour une assemblée générale des étudiants au sujet de la cogestion de la cafétéria, ça a continué à trotter dans ma tête. Je suis allée me chercher un café à la Coop et, en remontant à mon bureau, j'ai rencontré Greenberg qui m'a encore parlé de sa fameuse fille qui est si contente d'être hôtesse de l'air. C'est quand il a dit ce que tout le monde dit, que «ça permet donc de voyager», que c'est reparti. Tout en montant l'escalier et en renversant mon café, je pensais aux privilèges comme celui d'avoir le temps d'écrire des romans policiers entre les heures de cours, ou de voir tous les shows gratis quand on est placière à la Place des Arts ou barman au Patriote. Et je me suis dit que peut-être Maud avait écouté sur la ligne. Lotte avait bien dû téléphoner au moins à sa mère pour lui demander de garder les petites. Oui, mais c'était il y a un mois, le jour de l'incendie, que Maud avait vu Lotte; pourquoi m'aurait-elle dit d'un air triomphant qu'elle était «bel et bien revenue» si elle venait tout juste d'apprendre son départ?

Là, je suis tombée sur un message de la secrétaire de mon dentiste qui me rappelait un rendez-vous. Mon dentiste s'appelle, de son petit nom, Bruchési, ce qui m'a toujours fait penser au jeu de parchési. Ça m'a menée, ché pas trop comment, à la croix de Malte et aux *Lieux-dits* qu'on étudiait dans le cours de «roman français contemporain», et au fait que j'avais des copies à corriger. Cette session-là, il y avait un étudiant qui indiquait toujours un nom différent sur ses copies. Des fois, il écrivait juste son prénom et l'initiale, des fois il ajoutait un qualificatif ou précisait que son nom s'écrivait sans cédille, sans tréma ou sans accent circonflexe, ce qui était bien évident; ou bien, c'était carrément un pseudonyme. C'est comme ça que j'ai eu le plaisir de lire les théories/fictions de Batlam et de connaître le fond de l'âme du frère André sur *Rose saignée* de Xavière Gauthier. Ça m'amusait; je commençais toujours par sa copie, ça me donnait un «ton» pour mes remarques dans la marge. Cette fois, c'était la copie du subtil Hypocrite Etircophy que je m'apprêtais à lire…

Ça vasait beaucoup en effet… De vasage en jasette, mes remarques au stylo rose m'ont rappelé ce que Nane disait du temps qu'elle travaillait au Bell, qu'elle n'avait jamais tant parlé qu'au cours de cet été où elle travaillait à l'interurbain. Au début, elle faisait des heures brisées; c'était toujours le rush et elle n'avait pas le temps de souffler. Mais quand elle a changé pour le bureau de nuit, elle disait qu'à partir de deux heures du matin il n'y avait pratiquement plus d'appels et que toutes les filles placotaient. Mais qui donc aurait pu raconter à Maud que Lotte était partie puisque anyway c'était un mois plus tôt que Maud avait constaté qu'elle était «bel et bien revenue»?...

Mais je t'ennuie avec tout ça. Le fin mot de l'histoire, je ne l'ai appris que quelques jours plus tard, quand Éva-Vera est venue souper. Cette chère Vava m'a d'abord abondamment gratifiée de «comme c'est bizarre et quelle coïncidence ma chère Bobby Watson» avant de bien vouloir cesser de faire le sphinx. Elle avait revu Maud, quelques années auparavant, à Québec, lors de la manifestation contre le Bill 63. Vava avait vu quelqu'un s'enfarger dans le gazon devant le Parlement. Malgré les feux que les manifestants avaient allumés un peu partout, il faisait relativement noir, mais elle s'était dit ça, c'est Maud Sorel, ça ne peut qu'être elle. Et c'était bien elle, plus pataude que jamais, mais qui riait aux éclats et chantait: «Je m'en vais revoir ma blonde, je m'en vais revoir ma mie, car on dit à la ronde que la guerre est finie», en tenant par le cou un beau grand noir aussi fou qu'elle. Je m'en rappelle, disait Vava, parce que c'est comme ça que j'ai rencontré Benoît.

J'ai dit bon c'est bien beau tout ça mais qu'est-ce que ça a à voir avec Lotte? Un peu vexée, Éva-Vera m'a tendu son verre de vin vide. Je suis allée chercher une autre bouteille dans le frigidaire et j'ai dit pis, c'est quoi la coïncidence? Vava dit, tsé mon frère qui étudie à Laval? J'ai dit oui, pis? Bon ben, une fois je lui ai téléphoné à frais virés parce que j'étais pas chez nous.

Je devais être chez Julien je pense, pis ça devait être quand y m'ont coupé le téléphone, sans ça, j'aurais juste transféré les frais à mon numéro... En tout cas... Toujours ben que tu devines-tu c'est qui la téléphoniste qui a fait mon appel? J'ai dit Maud? Vava dit ben oui! Comme si c'était là le plus grand des hasards. Je commençais bien à m'en douter un peu... J'ai dit ben veux-tu ben me dire où tu veux en venir? Vava dit qu'elle était restée sur la ligne après son appel et qu'elle avait jasé un peu avec Maud. Elles avaient bien sûr parlé de leurs connaissances communes: de Benoît, de Lotte et de moi, entre autres. Tu venais juste de partir pour New York, de dire Vava. Je m'en rappelle très bien parce que quand je lui ai annoncé ça, Maud a dit qu'elle avait rencontré ta sœur la veille et que ta sœur ne lui en avait pas parlé...

On en a conclu que Maud avait dû croire que Vava m'avait nommée, moi, par erreur, que c'était Lotte qui était partie pour New York. D'où sa surprise quand elle la rencontre dans le métro, le jour de l'incendie, peut-être seulement quelques jours après la conversation téléphonique qu'elle avait eue avec Éva-Vera. Pendant un incendie, on ne cherche pas midi à quatorze heures: elle n'a même pas dû aborder le sujet avec Lotte.

Quant au «bel et bien», j'ai dû me contenter d'hypothèses: la plus probable, c'est que Maud aura, par un hasard extraordinaire, rencontré quelqu'un d'autre connaissant Lotte, entre le moment où Éva-Vera lui apprend que je suis à New York et qu'elle entend qu'il s'agit de Lotte, et le moment où je la rencontre, moi, un lundi matin, dans le métro. Quelqu'un à qui elle aurait raconté l'incendie tout en ajoutant, incidemment, que Lotte se trouvait, elle aussi, dans ce wagon-là. Quelqu'un qui aurait dit que ça ne se pouvait pas puisqu'elle était à New York à ce moment-là; quelqu'un qui aurait été l'objet de la même méprise et qui nous aurait aussi confondues, Lotte et moi.

Certaine d'avoir bel et bien vu Lotte ce jour où le feu a pris entre Rosemont et Beaubien, Maud se met peut-être pourtant à en douter. De sorte que lorsqu'elle m'aperçoit un mois plus tard, dans le métro, Maud a un flash, nous confond une seconde fois — car, quelque part, dans un coin de sa mémoire, il doit bien y avoir moi, partie pour New York puisque c'est bien ce que Vava lui avait dit — et m'annonce, contente de son coup, que je suis «bel et bien revenue», en persévérant dans la substitution de nos prénoms et de nos identités. Aberrant! Mais qui dit que le temps ne l'est pas?

Je t'écris la nuit pendant que quelqu'un qui est de passage ici est en train de lire, dans une chambre du deuxième étage, le roman policier que j'écrivais à cette époque et qui s'intitule finement *Meurtre au cegep*. C'est une histoire de jumeaux — un gars et une fille — qui, par jeu, se substituent l'un à l'autre en échangeant leurs vêtements le jour de l'initiation pour la rentrée des classes. L'un des deux, on ne sait pas trop lequel, est tué et le coupable est un prof de judo qui a profité de l'illusion temporelle en prenant l'avion pour Val d'Or en passant par Ottawa où il a fait une escale-alibi avant de revenir par un autre avion qui atterrit à Dorval au moment même où il prétend s'être trouvé dans le Nord-Ouest où il ne connaît malheureusement personne qui pourrait corroborer son témoignage. C'est un peu compliqué à expliquer, je t'en donnerai un exemplaire pour que tu le lises.

C'est une lettre un peu alambiquée, je sais. C'est ce qui arrive quand on attend trop une lettre, on se met à tout prendre au pied de la lettre et à ratiociner à la loupe. N'est-ce pas mon cher Watson? Toujours est-il qu'il est fort possible que Solange ait cru qu'on soit revenus d'Égypte comme elle te l'a dit, mais le fait est qu'on n'est pas encore partis. On est très bien à Aurel. Ça sent la lavande que c'en est étourdissant. Il y a un torrent qui s'appelle la Colombe, et des rivières dont l'eau est d'un vert de rêve.

Je suis en train d'écrire un roman qui me donne du fil à retordre parce que ça se passe au Mexique et que j'y ai jamais mis les pieds. C'est un policier mais érotique avec une intrigue parallèle qui oppose les figures mythologiques de Pan et d'Éros et dans lequel il y a un personnage que j'aime beaucoup et qui ne dort jamais.

Moi non plus si ça continue... Dans le journal d'Anaïs Nin que je suis en train de lire, elle rapporte qu'Henry Miller parfois dort trop et que je sais plus qui, pas du tout. Elle dit que ché pus qui a dit (Rank peut-être) que «la névrose altère le sens du repos». Ça m'a rappelé l'époque où, pendant un bout de temps, j'écrivais jour et nuit, ne dormant pratiquement pas alors qu'il y avait des semaines où je ne me levais que pour me recoucher au plus tôt. Je devais faire une névrose, mais je pensais juste que c'était parce que je m'ennuyais. C'était quand B. voyageait au Mexique et que j'attendais obsessivement ses lettres. Si c'est encore moi qui attends une lettre, cette fois c'est moi qui suis partie. Et ce n'est plus une lettre de lui que j'attends, puisqu'il est ici et, qu'à ce que je sache, il ne m'a pas écrit d'Aurel à Aurel. La maison est grande mais pas au point qu'on ne sache plus se parler. Bon ben là, c'est à moi d'étirer ma copie, comme tu vois. Je t'écrirai une autre lettre moins vaseuse la prochaine fois.

      À bientôt,

          Laure, de son nom d'Aurel

À l'aquarium de Cozumel elle voit un hippocampe vivant, tout petit, et ça l'étonne parce qu'elle
ne savait pas que ces animaux existaient... Il pleut
très fort quand elle arrive au El Presidente où
Raphaël-Antonio Novelli y Res lui a donné rendez-
vous. La terrasse est désertée mais des touristes américains se sont rassemblés sur le bord de la plage pour
voir sauter les barracudas dont on voit très bien les
ailerons menaçants.

Elle est en train de demander au garçon mexicain
si c'est dangereux pour la baignade quand Raphaël,
dans son dos, lui répond qu'elle n'avait qu'à ne pas
aller voir *Jaws*. Il l'entraîne au bar de l'hôtel où il
commande deux «cuba libre». Elle s'enfonce dans un
des grands fauteuils de cuir beige et dit qu'elle est un
peu étourdie, qu'elle ne se sent pas très bien. Il dit
que c'est à cause du temps, que c'est trop humide.
Elle dit que chez elle, quand les gens parlent du beau
temps mauvais temps pour trouver quelque chose à
dire, comme partout dans le monde, ils disent toujours: si c'est trop chaud, que ça serait moins pire si
c'était pas aussi humide, et si c'est trop froid aussi.

Elle a dit ça en espagnol mais on dirait qu'il n'a
pas compris. Il parle maintenant d'*Open Sea*, qu'il
est en train de lire et qu'il trouve passionnant au
point de le lui raconter à mesure. C'est un roman
d'aventures et ça se passe en haute mer uniquement,

tour de force assez prodigieux pour un roman de plus de six cents pages! Il en est au moment où les naufragés constatent que l'eau n'est plus salée et donc, potable, ce qui leur sauve pour la xième fois la vie... Ça l'ennuie; Raphaël semble avoir oublié le motif de leur rendez-vous et elle n'ose pas le lui rappeler. Mais comme les naufragés sont encore loin de voir le bout de leurs peines, elle se décide pourtant à lui glisser un: «Et alors, tu pourras me la présenter cette chanteuse maya?»

Au même moment, un cri hystérique fuse dans l'humidité. Oubliant les requins, le groupe de touristes se rue vers l'hôtel. La panique est telle que Raphaël se lève pour courir lui aussi jusqu'au bassin de ciment où flotte une noyée, le visage déjà un peu bleui, un nénuphar recouvrant pudiquement son sein droit. Une Américaine entre deux âges, en bikini platine et robe de plage de dentelle blanche, s'est fracturé le crâne en s'évanouissant, et le sang coule dans le bassin et se répand autour de la noyée, formant un halo mauve assez hallucinant.

Elle dit qu'elle ne se sent pas bien, qu'elle retourne au camping où il n'a qu'à la rejoindre quand il en aura terminé avec la blessée. Mais Raphaël s'empresse de céder sa place à un médecin de Détroit, Michigan, qui dit que c'est à lui de s'occuper de sa compatriote. Il dit: «Viens on va boire un «cuba libre» au bar avant de partir, ça va te remonter». Soudain un cri fuse et les tables sont renversées, et c'est un Allemand qui était en train de se baigner sous la pluie et qui a vu son premier barracuda, au large, mais il a eu peur, comme il leur explique dans un anglais très film de guerre, et il tremble dans sa grande serviette aux couleurs de l'hôtel. Ses cheveux sont même pas mouillés tellement ils sont courts et coupés en brosse. Elle dit excusez-moi un instant et elle cherche longtemps les toilettes.

Elle est là, seule dans la grande salle de toilettes en céramique blanche du chic El Presidente. Elle est toute en sueur; elle a vomi mais elle a encore mal au cœur. Elle dit: «Bryan, Bryan, Bryan» mais personne ne l'entend. Ensuite il y a des Américaines qui envahissent la salle de toilettes et qui chialent à cause du mauvais temps. Elle se perd encore dans les corridors de l'hôtel avant de se retrouver sur la terrasse. L'Allemand n'est plus là, et Raphaël non plus d'ailleurs.

Elle demande à l'employé de la réception de lui appeler un taxi et, pendant qu'elle attend, des cars de police s'arrêtent devant l'hôtel. Il y a tellement de bruits et de cris, elle a mal à la tête. Mais lorsqu'elle veut prendre une aspirine elle s'aperçoit qu'elle n'a plus son sac. Elle se lève, épuisée, dans l'intention de se rendre à la terrasse où elle a dû l'oublier. Mais Raphaël sort en courant de l'hôtel, s'engouffre dans le taxi qu'elle a elle-même appelé et lui lance qu'il doit retourner ce soir-même à Buenos Aires.

Le garçon mexicain a retrouvé son sac. Elle prend deux aspirines et demande qu'on lui appelle un autre taxi.

mardi, jour martien et de la guerre
19 ième jour sans lettre

Bonjour cher!

   Le petit ton agressif et moqueur me vient du facteur qui n'a toujours pas de lettre pour moi. Mais
c'est farceur au fond car mon cœur vole quand même
et ça farandole car je danse dans les «vogues». Hier
j'ai marché tout l'après-midi dans une rivière verte
comme tes yeux.

   Je t'écris dans le vide et c'est comme écrire un
roman; et dans «La Vie en prose» il y a «lives near
Poe», ce qui s'écrit sur un air de chat-chat-chat et de
mystère... Il y a aussi des néopares de Lévis qui bouf-
fent du nouveau et qui lévitent de l'éviter, ce «l»
apostrophe qui tient à on ne sait qui ou quoi. Mais
Lévis, c'est l'ère du paon, elle le vit serpaon, elle
s'avise en prose, elle pose et s'éprend de sa veille
comme une narpose, ou alors un opéra? À Lévis on
parie puis on s'en va à Paris, on pare à quoi? Comme
Hypocrite on décode l'étircophy. On dit que dame
yin volera l'île et que quand on s'appelle Noé-
Vladimira Yelle on crie qu'on attend Godot. Mais il y
a tant de mots dans l'arche qu'on est Mielle et ravie
dans l'eau. Alors on écrit en bleu qu'il y a un
démiurge qui bâille dans l'air, un ange abryan, un
gémeau, l'énergie de Rimbaud, un djinny dans une

mare d'air et que c'est beau. On dit je t'aime et té majie et c'est magique.

Lisle

Tout lui devient oracle. Aussi bien le nom des saints sur le calendrier de 1966 — dont les dates, pourtant, correspondent à celles de l'année — que les livres qu'elle ouvre au hasard. Dans celui-ci, qu'un invité a oublié, elle lit: «Mon regard tombe d'abord sur les bas-reliefs qui ornent les socles des gracieuses colonnes terminées en arc, dont l'ensemble forme loggia. Là est représenté le combat de Samson contre le lion, et en face, Hercule étouffant le lion de Némée». C'est une histoire qui se déroule à Prague; mais ce qui l'a frappée, davantage que le nom de cette ville qui n'éveille en elle qu'un souvenir vague, c'est cette allusion aux deux lions.

Quelques jours plus tôt, elle a acheté, à Avignon, un cahier Oxford de 288 pages pour écrire à la suite les différents épisodes de son roman qui devient tentaculaire au point de l'étouffer. Elle perd le fil et a décidé de s'y retrouver en recopiant chacun des passages, espérant découvrir comme par «enchantement» comment tout cela s'enchaîne. Car cela s'enchaîne, elle en est certaine. Or voilà qu'écœurée d'essayer de se retrouver dans ce magma, elle ouvre le livre au hasard et qu'il est question de deux lions auxquels deux hommes livrent combat. Sur le cahier qu'elle vient de mettre de côté, deux lions debout se font face.

Celui de gauche se détache en blanc sur un fond

violet, celui de droite sur un fond bleu marine. Chacun des fauves se trouve encadré dans un rectangle qui est lui-même inséré dans une bande de couleur contrastante. Le lion de gauche se trouve ainsi enchâssé dans une bande bleu marin, celui de droite dans la surface violette. Alors que les rectangles qui cadrent les lions se correspondent de façon symétrique, les bandes de «couleur de fond» sont inégales, la bande bleue n'occupant qu'un quart de la surface totale de la couverture. Elle désigne d'ailleurs ce cahier comme son «cahier violet», pour le distinguer des multiples cahiers noirs, du cahier rouge et du cahier bleu dans lesquels s'éparpille son roman. Du temps des cahiers noirs, elle faisait, à chaque nouveau cahier, des farces sur le fait que celui-là, oui, serait son carnet d'or. Mais plus maintenant.

Cela lui rappelle ces objets barométriques qu'elle a vus dans une boutique près du pont d'Avignon sur lequel elle a dansé en rond. Ces objets, bleus ce jour-là, parce qu'il faisait beau. Mais la vendeuse avait expliqué qu'ils devenaient roses quand il pleuvait et mauves quand le temps était incertain. C'étaient d'affreux bibelots, mais ça l'avait intriguée.

Son cahier, un peu bleu, surtout violet, dans lequel elle transcrit ce roman où il pleut tout le temps, lui sert aussi d'oracle. Elle se demande si deux lions, beau temps mauvais temps, peuvent s'affronter quand l'un des deux, bleu de rage, se perd dans la violence du violet et que l'autre incertain navigue dans le bleu profond comme les yeux de celui qui commence ses lettres en disant que «le temps est nuageux avec périodes ensoleillées» et les termine en disant que «le temps est ensoleillé avec périodes nuageuses». Celui-là même qui disait d'elle, quand elle entrait dans la pièce où il était en train de travailler, qu'elle sentait la panthère, qu'elle avait les cheveux fauves, qu'elle était royale quand elle prenait cet air-là.

Elle se dit que, puisqu'il arrive de drôles de choses au temps dans la vie — une fois, à la campagne, il y avait eu une giboulée en plein mois d'août — il pourrait bien en arriver dans les romans. Il lui est déjà arrivé de sauter l'hiver et de se retrouver, après l'automne, dans l'été. Elle se dit que c'est peut-être pour ça que, parfois, il l'appelait Aurélia-suivie-des-filles-du-feu, un peu pour rire d'elle quand elle lui lisait des passages de ce roman où il pleut tout le temps et où pourtant la pluie n'arrive pas à éteindre les incendies de forêt qu'elle allume un peu partout, à Prague, à Oxford, ailleurs aussi.

Dans une lettre, elle lui écrit que le roman, comme le cahier, devrait commencer sous le soleil exactement, dans le bleu bleu bleu du ciel de Provence, et s'enfuir dans la lavande quand le temps se fait nuageux avec périodes ensoleillées ou ensoleillé avec périodes nuageuses. Dix jours plus tard, elle reçoit une lettre de lui dans laquelle il lui explique que si de son côté de l'océan il reste trois longues semaines avant qu'ils ne se retrouvent, de son côté à elle, il ne reste plus que deux semaines. Alors elle retourne le cahier et constate que si on lisait le manuscrit par la fin, ça commencerait par du temps variable, des sautes d'humeur comme des giboulées d'août ou des étés des Indiens fin novembre, des jours de crachin au petit matin et de soleil à midi quand on est en mer.

Mais pour ça, il faut se déplacer. Et, au bout du trajet, il y aurait un happy-end, une grande nappe de beau temps, proportionnellement plus petite mais plus dense que le temps mauve, d'un bleu profond comme au large de l'île où ils avaient campé ensemble.

Sur l'endos de la couverture il y a, dans le violet, ces mots: *couverture pelliculée lavable/ papier afnor VII qualité supérieure* et, en blanc sur fond bleu: *288 pages/ Réf: 38730.*

Il lui apparaît alors que du point de vue du dénouement de l'intrigue, Celle-qui-a-hésité finit par s'effacer alors que les différentes «couvertures» qu'elle s'est données pour qu'on perde sa trace la lavent de tout soupçon et que Celle-qui-s'est-effacée peut alors monter sur son trône de papier et se faire couronner Afnor VII, pharaon de la 21 ième dynastie d'Égypte. C'est à ce mot que la pellicule se met à grésiller et que la lumière revient dans la salle de projection.

Elle se dit alors qu'elle n'aura jamais assez de ces 288 pages pour venir à bout des aventures de Sabeth, reine violente du royaume des eaux et de Nefertari, chanteuse d'Amon, figures dressées l'une contre l'autre comme dans ce film de Jacques Rivette où Léni, fille de la Lune et Viva, fille du Soleil, se livrent à une lutte millénaire pour la possession de la «fée marraine», que les mortels prennent pour un diamant d'Amsterdam, mais qui est, en fait, un mystérieux talisman qui fait passer ceux qui le possèdent de ce monde dans un autre monde.

Dans *Duelle*, c'est Lucie, une mortelle, qui réussit à s'emparer de la «fée» et proclame à la fin que «tous les murs peuvent s'abattre». C'est alors seulement qu'on entend les bruits de Paris. Elle se dit qu'il manque dans son roman une mortelle pour briser l'ennui du conflit. Et elle reprend le livre qui s'intitule *L'Ange à la fenêtre d'Occident*, dans lequel il est question d'Élisabeth la Première, celle de l'ère élisabéthaine, et d'une escarboucle mystérieuse qui, d'après les illustrations, ressemble comme une jumelle à la «fée marraine».

Précis d'énergie solaire

Précis d'énergie solaire. Le papier s'imbibe d'huile pour bébé. Je suis toute enduite et sous le soleil exactement, comme dans la chanson, même si c'est pas celle-là qui tourne à Radio-Monte-Carle. D'autres effets V. L'étrangeté des postes-télégraphes-téléphones. Être anges *étrange*, on l'a déjà dit, et nos lettres se croisent au-dessus de l'océan mon ange, et jamment aux P.T.T. ou bien au bureau de poste, station G, Montréal. Je voudrais écrire précis et je ne sais pas. Précisément comme tout s'efface dans une vague d'air chaud et que je t'oublie en le regrettant mais en me disant que c'est «comme ça».

Ma voisine aux chèvres a reçu du courrier encore ce matin. Je la soupçonne de plus en plus d'écrire au courrier du cœur... La deux-chevaux jaune du facteur Cheval local s'arrête tous les matins; je bondis hors de mon lit, je descends en trombe et c'est toujours pour Mme Chauvin ma voisine. Ce maudit facteur français, que je suis en train d'assassiner dans un roman policier très dijonnais, met un plaisir très atrabilaire à me faire signe que non, il n'y a pas de courrier pour moi.

Malgré le feu du soleil, j'ai toujours froid; et je mange beaucoup de chocolat, c'est nouveau. C'est pour me tenir au chaud. Mais aussi peut-être, parce que mon organisme a besoin de sucre, je ne le nie pas. Mon amour, après ces trois jours où j'ai reçu des lettres de toi, je n'ai plus rien reçu. Le deuxième jour, quand j'ai téléphoné à Montréal pour entendre ta voix, on m'a répondu — et cette voix avait l'accent du facteur — que tu étais à Val d'Or. Je me suis demandé ce que tu pouvais bien faire là mais ce n'est que le troisième jour, dans ta troisième lettre, que je l'ai appris.

Et j'ai compris pourquoi il y a une de mes lettres que tu n'as pas reçue. Je t'y parlais de *A Letter for Queen Victoria* et d'une autre lettre adressée quelque temps plus tôt à celui que tu appelles «mon sorcier» et qui porte le même nom que toi. Je t'y racontais que je l'avais postée justement le Jour de la Reine, et que depuis elle est restée lettre morte. Mais peu importe que tu ne l'aies pas reçue et qu'elle me soit revenue avec la mention «non réclamé». Elle ne t'était peut-être pas destinée.

Et peu importe que tu n'aies pas été là quand j'ai téléphoné. Ce n'est pas d'entendre ta voix que je me meurs de désir, c'est d'en lire le grain dans le grain d'un papier à lettre que j'imagine vert, sur le modèle sans doute de cette toute première lettre que tu m'as remise en mains propres.

Le plaisir de te lire est encore différé, ça fait partie des effets V. À force de distanciation, j'ai peur qu'on en arrive à perdre de vue que *si* on a commencé cette correspondance, c'est pour, un jour, en arriver à se lire. Ce que c'est que de se lier par un contrat de lecture implique toujours un délai que les multiples démons déguisés en employés des postes peuvent parasiter à leur gré. On a beau rêver d'assassiner le facteur Cheval, on n'assassine toujours qu'un de ses avatars. Les formes qui ont impressionné la rétine de l'historique facteur Cheval, au cours de ses tournées, et qu'il a reproduites dans ses délires architecturaux, ces formes sont la terre même, la vie même. Ça nous mènerait à quoi d'éliminer le facteur qui nous les a transmises?

C'est pourtant mercredi, jour de Mercure. Le mercure monte dans le thermomètre mais le dieu des communications ne transmet aujourd'hui que le silence. Je te jure que c'est pas facile d'imaginer chevillé d'ailes cet avorton messager que je suis en train de prendre en grippe. J'oublie qu'il a déjà été porteur de tes hiéroglyphes et qu'il y a en Égypte une ville du nom d'Hermopolis.

Mais tout espoir n'est pas perdu pour aujourd'hui. Peut-être auras-tu écrit aux soins de M. et Mme Lamarque, comme je l'ai indiqué quand je t'ai donné l'adresse. Il y avait beaucoup d'ironie dans ta remarque quand tu as demandé si c'était nos noms d'emprunt à B. et à moi. Je sais bien que tu m'en veux d'être partie comme on en a tous voulu un jour à notre mère de nous avoir abandonnés à cette vie, mais est-ce que ça suffit pour qu'il n'y ait plus de lettre? J'espère que tu n'as pas poussé la plaisanterie jusqu'à ne pas indiquer mon nom sur l'enveloppe. Mme Lamarque est peut-être en train de lire une lettre d'amour qui ne lui était pas destinée. Embêtée de s'être immiscée dans notre liaison dangereuse, elle aura fait comme si de rien n'était et aura déchiré la lettre, ce qui expliquerait pourquoi sa petite Laetitia n'est pas déjà là devant la terrasse, toute essoufflée d'avoir pédalé dans la pente et toute contente de me tendre l'enveloppe de papier avion estampillée à l'étranger et dont elle brûle d'envie de me réclamer le timbre pour sa collection, comme lorsqu'elle m'a apporté ta première lettre. Même si tu avais inscrit mon nom sur l'enveloppe, le subtil facteur provençal avait fait mine d'ignorer que cette étrangère qui depuis dix-neuf jours le guettait tous les matins et celle à qui cette lettre de l'étranger était adressée, étaient la même personne. Il s'était conformé au libellé littéral de l'adresse, laissant aux Lamarque cette lettre qui m'était adressée à leurs soins.

Mais si une lettre m'arrive aujourd'hui, via les Lamarque, ce ne sera pourtant pas Laetitia qui cette fois me l'apportera. J'oubliais qu'elle traîne encore sa rougeole. Mme Lamarque enverra plutôt Félix, qui s'est rétabli beaucoup plus vite que sa jumelle. Une carte postale d'Italie nous est arrivée il y a déjà quelques jours et c'est lui qui avait remplacé sa sœur comme messager.

Vava et Benoît nous ont écrit pour nous annoncer leur arrivée et le subtil cheval de somme qui joue les facteurs avait encore laissé le courrier chez eux, même s'il savait fort bien que cette carte postale nous était destinée. Vraiment très soupçonneuse ce matin-là, je l'ai intercepté tandis qu'il se hâtait d'un pas décidé vers la chaumine de la chauvine ma voisine et je lui ai demandé: «Est-ce qu'il n'y a *vraiment* pas de courrier pour moi ce matin?» Il a dû me trouver pénible le cher homme mais je ne l'en trouve pas moins. Car il a répondu que oui, il y avait une carte ronde. J'ai demandé: «Une carte de Rome?», car je savais que nos amis étaient dans ce coin-là. Il a dit que oui, ça venait d'Italie. Et il l'avait bien lue car c'est bien une carte postale ronde représentant la fontaine de Trévi autour de laquelle Éva-Vera et son chum mènent, paraît-il, la dolce vita, que Félix est venu nous porter au cours de l'après-midi.

B. l'a scotch-tapée sur le mur de la cuisine où il est maintenant en train de faire la vaisselle tandis que je t'écris encore une lettre que tu ne recevras pas. Mais ce sera, pour une fois, parce que c'est ainsi que j'en aurai décidé. C'est une lettre qui figurera dans mon roman et que tu ne liras qu'en différé. C'est toujours en différé qu'on se lit, de toutes façons. Je t'ai tellement écrit de lettres que j'en ai négligé mon roman; j'inverse tout simplement le courant. Il n'est pas dit que ce n'est pas à toi qu'elle s'adresse pour autant.

Quand tu m'as dit ton nom, j'ai su que c'était toi le lecteur inconnu pour qui j'écrivais. Il a suffi que tu me ressembles pour que je comprenne que c'est à moi-même que je destinais toutes ces lettres et les mots et les phrases et les paragraphes que j'en ai faits. C'est narcisse peut-être; et bien sûr que je ressemble à cette folle qui s'écrit de longues lettres à elle-même. Cette *Bien à moi, marquise* que Marie a mise en scène en même temps que cette *Duchesse de Langeais* qui pousse la farce jusqu'à parler au féminin. Et ni la marquise, ni la duchesse n'ont tort de croire qu'on est tout fin seul dans cet univers, même si on est toujours ben trois à parler toutes seules.

C'est peut-être toujours la même eau, mais ce n'est jamais la même rivière. Et je coule le long de ce papier lavande, de la même eau que celui sur lequel j'écris à mon jumeau et à ma jumelle les mots blancs de l'avent, en attendant le Mercredi des Cendres d'où renaîtront, pour la mille et unième fois, tous les oiseaux tombés du nid dont le vol rose n'est que la figure du phénix, ce soleil qui ne meurt que pour faire de nouveaux commencements.

J'ai peur que tu n'aies écrit que Lili ou Litote, ou un autre de mes noms familiers sur l'enveloppe. À moins que tu n'aies écrit tout au long mon nom secret. Alors ce facteur, un peu timbré mais pas très lettré, a bel et bien considéré que cette lettre ne s'adressait à personne. Il doit être en train de la lire, maintenant qu'il a terminé son odyssée à travers «tout le pays» comme ils disent ici pour désigner le village d'Aurel et, à un kilomètre, celui de Saint-Pierre.

En attendant, j'écris un roman, j'attends une lettre, je marche sur la route de Berthier de mon enfance en chantant:

«Vers, vers, vers, Vercheny

O, O, Aurel

Saint, saint, Saint-Nazaire-le-désert

Pont, Pont, Pont, Pont-de-l'Espenel»

Laetitia pouffe toujours de rire à «Pon, pon, pon», quand on chante cette chanson que B. et moi on a inventée au cours des mille et un kilomètres à pieds qui ont usé nos souliers d'Aurel à Pont-de-l'Espenel en passant par Vercheny. Mais on ne s'est pas encore rendus à Saint-Saint-Saint-Nazaire-le-désert parce que c'est trop creux.

«Sur la route de Berthier, il y avait un cantonnier; et qui cassait, et qui cassait des tas de cailloux pour mettre sous le passage des roues»: on a beau changer les mots, c'est toujours la même route. Et cette route est un pont sur lequel s'engage le facteur Cheval tirant un pousse-pousse dans lequel se prélasse une Laetitia très coquette dans sa barboteuse rose. Est-ce qu'il faut en rire ou en pleurer?

Le fin mot de la chanson c'est «Saillans et Die», villes jumelles distantes d'un bon trente kilomètres en autobus, où on va faire nos provisions. C'est une saillie vers l'eau, vers le sein de sa mère, vers le pont. Laetitia ça la fait rire les «ponts, ponts, ponts». Pourquoi est-ce que ça me donne envie de pleurer? Parce que je ne sais qu'y sauter à pieds joints pour les défoncer ou n'y danser qu'en rond?

Je sais que je ne suis pas folle, mais j'ai peur. Il doit être huit heures, il fait encore soleil sur le lac Labelle. Je suis étendue sur un lit, une couverture de laine sur mes genoux. Quelqu'un dort à côté de moi. Charles, que dans mon roman j'appelle Benoît. Depuis lundi, on a mangé trois ou quatre bols de riz. On est jeudi soir. On fait un régime au riz.

Hier, je me suis évanouie pour la première fois de ma vie. Aurélie voulait qu'on aille jusqu'à l'île au milieu du lac pour se baigner. On était fatigués mais on s'est dit que ça nous ferait faire de l'exercice. C'est Charles qui rame. Bien avant qu'on soit arrivés, Aurélie plonge. Je plonge aussi et on nage jusqu'à l'île. Là, on nage sous l'eau pour trouver les grottes sous-marines qui n'existent que dans sa tête. Après, elle joue à faire semblant de se noyer et il faut que j'aille la rescaper, elle adore ça. Quand je sors de l'eau, je suis à bout de souffle.

Je dis que je suis étourdie. C'est étourdissant aussi cette lumière crue du mois d'août, le bleu du ciel, le bleu de l'eau, le vert des montagnes, le vert des arbres. Je n'arrive pas à rattraper mon souffle. Les feuilles des arbres sont vertes, mais vertes, tellement vertes! Tout d'un coup, le vert pâlit et ça devient d'un blanc-vert éblouissant, comme dans une photo surexposée. Et là, c'est curieux, je dis que tout devient noir et c'est blanc que c'est, mais c'est comme si tout le paysage s'éteignait. Je tourne sur moi-même et je m'entends dire «j'ai peur», d'une toute petite voix. Je me tourne d'un autre côté, comme pour chercher la lumière, pour rallumer le paysage. Peut-être que l'idée que je deviens aveugle me traverse. Je ne sais plus. Je sais que, quand c'est obscurci partout, pas vraiment noir, mais comme de la brume blanche tachée par des trous d'absence de lumière, je me dis que c'est «un drôle d'état». C'est comme l'envers de ces flashes quand j'hallucine sur le pot. Ou l'envers de cet état second que je n'arrive pas à nommer, et qui s'est emparé de moi depuis quelque temps. Dans ces quelques secondes qui ont précédé le moment où je me suis assise par terre quand j'ai entendu Charles me dire: «T'es toute blême, viens t'étendre sur ta serviette», pendant ces quelques secondes, j'ai compris que j'étais, ça a l'air fou mais c'est ça, dans le lieu de mon roman. Peut-être aussi de l'autre côté de ce pont que j'ai si peur de traverser et que je franchis pourtant, toutes les nuits, dans mes rêves.

La nuit tombe lentement tandis que j'écris même si je suis faible. Un bol de riz par jour ça désintoxique un organisme nourri de hamburgers sur charcoal, de chips et de coke. Ça rend les idées nettes et on voit mieux le contour des choses. Pourtant tout s'embrouille. Je suis étendue sur un lit et j'écris. Quelqu'un dort à côté de moi. Laurent, que dans mon roman j'appelle Carl. On est au Château Laurier, à Mont-Laurier. Il pleut. C'est peut-être la même heure, mais c'était il y a quelque temps. C'est Laurent qui m'a prêté ce livre, *L'Ange à la fenêtre d'Occident* dans lequel je reconnais partout Karel et où je lis cette phrase qui m'a fait sursauter: «Nous sommes au jour de la fête de Saint-Laurent, le 10 août 1584 de la naissance de Notre-Seigneur. J'ai remonté le passé à cheval, me dis-je, et la chose me paraît toute naturelle». Gustave Meyrinck alias John Dee vient d'entrer dans Prague et je frémis de lire cette phrase, aujourd'hui, 10 août, fête de Saint-Laurent.

Tantôt Aurélie a amené un copain. Je croyais que c'était le même que l'autre jour et je lui ai demandé encore son nom, m'excusant de l'avoir oublié. Aurélie m'a rétorqué que ce n'était pas le même, un peu vexée que je les confonde tous, que celui-ci s'appelait Christophe, que l'autre, c'était Laurent... J'ai demandé si c'était son frère, trouvant qu'ils se ressemblaient. Le petit bonhomme m'a répondu que non, que Laurent, c'était son cousin.

Ce matin, j'ai reçu une carte postale de Solange qui voyage en Californie cet été. Elle était estampillée à Salinas. Hier, Nane Yelle, dans mon roman, était à Salinas... S'il arrive de drôles de choses au temps, il en arrive aussi à l'espace. Laurent est maintenant en France, là où j'ai écrit une bonne partie du roman.

Solange me dit que la sécheresse est terrible en Californie, qu'il y a des incendies partout et je me dis que tout a peut-être commencé à Montréal, au cours de ce «printemps rouge» de 1977 où il y a eu, au Québec, 103 incendies de forêt en même temps...

Il m'arrive des choses curieuses que je ne comprends pas toutes, dont cette envie de t'écrire ceci alors que je suis en train de lire le *Livre des morts des Anciens Égyptiens*, quelque part en Haute-Provence, la nuit du 15 juillet. Mais non, c'est déjà le 16: c'est sans doute ça le lien entre l'Égypte, *Tintin au Tibet* et cette lettre que tu ne recevras sans doute pas.

Je saisis mieux les fins de non-recevoir depuis que je sais à quoi, moi, et pourquoi j'ai tant résisté. Qui donc pourrait m'expliquer le rôle des sources et des esprits frappeurs, de ce Polterkeist fascinant qui s'est enclenché le 31 mai, très précisément? C'est bizarre et quelle coïncidence. Je ne sais pas si tu sais ce que je sais. Ni si tu sais ce que je ne sais pas. En passant par toi, quelque chose d'étrange m'est arrivé.

Ça a des noms. J'en ai parlé à des qui savent et qui m'ont aidée à ces heures-là. «Altered state of consciousness», pour en rester à l'entendement. Le plus fiable m'a parlé de Thot, mais je me méfie. Cet état modifié est pourtant durable. Je n'énumérerai pas tous les numas de cette métamorphose. Je ne me logerai nulle part: je ne suis pas une balle au cœur du sujet. Seulement une rubrique d'encre rouge permanent, un tracé rose sur du papier vélin.

C'est une stratégie d'appel: je ne sanctifie ni le peu que je sais, ni le peu que tu sais. Mais je ne sais pas ce que tu sais. Le degré d'incommunicabilité de ce savoir ne m'échappe pas: je ne suis pas morte pour rien. Mais des signes m'ont atteinte, dans ma peau que j'ai risquée de sang-froid et je m'étonne de cette science-fiction contagieuse. De son degré de contagion surtout. Les trajets sont étranges et j'apprends à suivre les mouvements de ma passion.

Reste ce livre de Thomas Mann que j'ai cherché en vain, cette histoire de jumeaux. S'il était possible que tu puisses comprendre ce que ça pourrait vouloir dire quand j'écris qu'en ne le trouvant pas ce livre des jumeaux, je l'ai pourtant trouvé? Le 6 août, c'est tout.

J'ajoute pourtant que si j'ai déjà parlé d'amour, c'était pour jouer la mise à mort de quelqu'un qui était moi et tu as bien vu qu'il était question de succomber. À ce moment-là, je ne savais pas qu'il était aussi question de ta mort à toi. J'étais, en effet, irresponsable. Mais c'est tellement blanc là où ça m'a menée que je suis ailleurs maintenant.

Comment te dire que le motif de cette lettre en est un de reconnaissance? Je n'ai ni la même voix que toi, ni la même voie. Il m'importe de te renvoyer, achevés, les signes d'une résurrection que tu attendais, assis sur une pierre à l'entrée du tombeau. Car j'entends «ton nom de Gabriel archange dans Aurel désert».

Or elle spécifie qu'il est possible de dé-lire ce délire et qu'elle sait ce qu'elle fait. Sans savoir à quoi tient le pronom ou le prénom. Ce n'est toujours qu'une stase avant le nom secret, si on arrive à voir jouer le temps, ce qu'elle ne sait plus très bien.

C'est, si tu veux, encore une fois, une lettre d'amour. Que tu y répondes ou pas n'a aucune

122

importance. Jamais je ne nierai la jouissance obscène de notre existence simultanée sur cette terre. Tous mes frères ne sont pas mes jumeaux et l'inceste qui me vient de loin ne m'empêchera pas d'aimer qui j'aime. Et tu vois, je t'aime. À ce point que la réalité dépasse la fiction. «When I do love you, who else do I love?»

Je marche dans Saint-Germain-des-Prés en chantant: «Il n'y a plus d'après, à Saint-Germain-des-Prés» et je m'assois entre la maman et la putain, au café Flore, comme un cliché. J'ouvre *Angst* que je viens d'acheter à la Librairie des Femmes qui a encore été dévalisée hier. «Il se passe parfois des choses extraordinaires en plein dans votre chair sans que vous le sachiez. Il se passe du temps, de l'être, des personnes possibles, des lettres qu'on ne s'adresserait pas s'il fallait qu'elles soient lues; et les réponses aux prochaines présences.» Je referme le livre, c'est trop dangereux. Ça recommence. Quelqu'un m'offre une rose. Je dis non, merci, je commande un campari soda.

J'en bois deux. Il y a un avaleur de feu sur le trottoir: il ressemble à Hans. Celui qui, dans le livre, s'appelle Carl. Le feu sort de sa bouche et c'est de la poussière d'étoiles sur le Prinsengracht. Toutes les Parisiennes sont habillées lilas, comment est-ce qu'on fait pour ralentir? Je commande un kir.

Il dit: «Vous venez souvent ici?» comme un personnage de Bretécher et qu'il aime mon manteau rose. Je dis que c'est pour aller avec mes bottes jaunes et que oui, je suis déjà venue ici, du temps où j'étais un personnage de roman. Il dit: «Qu'est-ce que vous faites dans la vie?», je réponds: «De l'espionnage». Il dit qu'il n'en croit rien, je dis que c'est pourtant tout ce qu'il y a de vrai. Il dit: «Et si je vous disais que je suis mort?» Je dis que la mort m'intéresse. Il dit qu'il était à Stromboli et que, dans un journal de Paris, on a annoncé la mort de Lionel Autant-en-emporte-le-vent, dans un accident de montagne, à Stromboli. Ce n'était que son homonyme mais ses amis, qui savaient qu'il faisait de l'alpinisme à Stromboli, quand ils l'ont rencontré, à la fin du mois d'août, dans une rue de Paris, aux Deux Magots, ou dans un autre cliché, croyaient voir un revenant; c'était amusant qu'il dit.

Ça m'étonne qu'il y ait eu deux Lionel Autant-en-emporte-le-vent, en même temps, sur la même île. Il dit qu'Autant-en-emporte-le-vent, c'est son nom de Paris et de Stromboli, qu'il en a un de Venise aussi, pour quand il drague au café Florian où Anna-Maria Guardi lisait des pages de ses livres.

Dans sa petite chambre rouge du quartier de la Monnaie, on boit du kir; il met «Y a d'la rumba dans l'air». Je dis que j'ai entendu ça, déjà, à Radio-Monte-Carle. Il me montre un exemplaire de son journal maoïste, je dis: «Mao c'est moa»; il dit: «Pourquoi tu m'as dit que tu t'appelais Mata-Hari?» Je dis que c'est beau comment il sourit en faisant l'amour. Il dit: «Comment, ils ne sourient pas tous?» Bien sûr qu'ils ne sourient pas tous, quelle idée! Il n'y a que ceux qui sont nés sous le signe de l'ange et des jumeaux qui savent sourire. Les autres ne font que rugir ou briller, à moins qu'ils ne foncent sur moi comme une bête de proie, ou qu'ils pensent que c'est une corrida. Mais toi, tu es un lion qui sait sourire comme un ange, même si t'es pas mon jumeau.

La Malbaie, 1er février 1978.

Midi. Minuit. N'importe où. N'importe quand. Peu importe. La terre. Un fjord: la neige noire, des blocs de glace erratiques vers la mer. La qualité du bleu du ciel vers cinq heures et demie du soir, quelque part sur la Côte Nord. Félicité Angers sourit vaguement dans son musée entre les premières éditions d'*Une immortelle* et de *L'Oublié*.

Malgré de grands éclats de soleil et de neige, des visions acides, un goût amer dans la bouche. Des films déroulés à l'envers, des pellicules démagnétisées. Malgré l'arrachement, tous les ponts, la terre.

Écrire zen, dans l'immédiateté. Un chat qui dort. Se vouloir vivre dans le rêve d'un chat. Les chats, toujours branchés sur le cosmos. Ce que je vois c'est vrai dans leurs yeux comme dans les tiens, soudain verts. Ô mes petits amoureux dont tous les regards m'obsèdent.

Les yeux noirs de l'amour fou. La distance de feu entre ta peau et l'air que traverse ma main. Il neige entre nos corps étreints. La différence nous déporte, on vole dans la Voie lactée. La terre n'est plus qu'une boule noire qui tourne dans tes yeux. Tu dis que c'est l'univers. Dans ta langue, l'univers sonne comme le mot «word» et c'est de vertige que je ferme les yeux.

Mille soleils irradient dans le noir à la vitesse de la lumière; on a perdu la ligne du temps. Je t'aime, je t'aime. «When I do love you, who else do I love?» Nos lèvres bougent comme les deux valves d'une huître et c'est le sein de ma mère que je tète quand j'embrasse ta bouche. Serre-moi fort dans tes bras, on tombe dans le vide. Ton sexe fond dans le mien qui mouille comme une chatte qui bâille et tout se dilate dans tes yeux de chat. Alpha du Centaure s'éteint, on entre dans la glace au-delà de Pluton qui brûle, noire, dans tout mon corps. Je t'aime, je t'aime et cela respire comme deux amibes dans l'eau verte.

Nous sommes dans le ventre du monde. C'est la Grande Ourse qui chante dans mon corps quand tu m'inondes infiniment pour que naissent tous les enfants du monde. Et c'est aussi Jonas dans la baleine qui chante: «Je voudrais bien m'en aller». Mille soleils chantent et tu rugis comme un soleil dans mon ventre tandis que je meurs et qu'on nage, poissons dans l'eau, dans les courants tropicaux. Et c'est parce qu'on a le mal de mer que tes larmes comme les miennes goûtent si salé et qu'on s'aime à en pleurer.

Et si de fièvre nos corps tremblent encore c'est qu'on l'aime et qu'on ne l'aime pas le gros ventre rebondi de Maïa. Mais si on est dedans, c'est le temps d'apprendre à passer doucement de vie à trépas, sans précipiter les choses, en profitant du plancton maternel et de la douceur intra-utérine de prajna qui nous fait douces sœurs mon frère et toute douceur. Et cela n'a pas à prendre neuf mois ou toute une grossesse. Rien ne peut nous avorter: c'est déjà les limbes et Maïa ne peut nous accoucher que dans la mort. Nous sommes mort-nés et cela respire pourtant quand tu me pénètres pour traverser le feu, la neige dans tes yeux noirs qui brillent comme Vénus un jour de printemps l'hiver.

Écrire lavande avec un stylo qui manque. L'encre fuit vers le blanc. Laure es-tu d'Avignon ou de La Malbaie? Qu'est-ce que c'est que cette danse que tu danses en rond sur le pont, au bout du quai, sur le traversier? Quelle rive quittes-tu, quelle rive atteins-tu? Passe Laure, passe Aurélia suivie de toutes les filles du feu. Qu'elle rive ses mots sur le papier.

La vie en prose, parce que la distinction n'existe pas. C'est l'univers du rose: entre le rouge de la révolution et le blanc de la fête. Une sorte de tremblement entre le noir et le blanc, un lieu dialectique où la membrane curieuse qui accomplit la mission de son ADN et s'obstine à écrire son nom, se saisit de l'hémisphère du silence pour dissoudre. Toute est dans toute et y a rien là comme dit cet être hybride d'une science-fiction mutante qui court les rues. C'est la pure vérité pourtant.

N'empêche qu'il faudrait bien que j'apprenne à écrire sans adjectifs et sans peur: les mots sont faibles hélas et j'ai pas vu tous les films de Jerry Lewis. J'ai lu, par contre, beaucoup de *Sir Jerry détective* et je me suis longtemps prise pour Alice au pays des merveilles, d'un autre Lewis que Lewis Furey dans *L'Ange et la femme*. Les mots sont forts hélas et ont tendance à s'imposer contre l'hémisphère du silence: j'aimerais arriver à écrire des silences qui s'entendent. Mais les mots tendent à la détente: les mots jasent et le texte est ravi par l'anecdote. On pourrait dire pétrifié aussi, c'est un peu du pareil au même. Et quand mes mots maternent le lecteur, je suis un peu commère de Windsor et j'en perds mon sel gemme. À imaginer comme une escarboucle ou un cristal dans les mains d'Alice de l'autre côté du miroir, si elle s'était retournée pour regarder la scène au lieu de débouler dans l'envers du décor. Pour l'instant, je vois bien que c'est tout comme quand je suis dans le noir: je peux écrire mais j'ai peur de me déplacer. Et j'ai peur que ce que j'écris ne soit pas lisible, mais quand il fait clair je peux toujours lire ce que j'ai crié.

Ce sel gemme, dans les mains d'Alice, c'est aussi ce diamant mystérieux que se disputent les filles de la Lune et les filles du Soleil depuis des millénaires. Alice s'est déjà enfuie dans la chambre aux miroirs et ce n'est pas pour rien que la Reine Blanche lui a dit: «It's a poor sort of memory that only remembers backwards». Mais ça, Lewis Carroll l'a déjà raconté. J'imagine Alice de l'autre côté et se retournant pour voir la scène. Tout est à l'endroit et c'est Alice qui voit tout à l'envers. Tout allant vers cette «fée marraine» qu'elle tient dans le creux de ses mains comme une boule de cristal dans laquelle elle lirait l'univers.

Alice fait du miroir ce qu'elle veut; Aice est un agent secret au pays des merveilles et de l'épouvante. Appelons-la Mata-Hari et regardons-la danser. Elle danse avec un jeune homme qui dit s'appeler «Vide intense», tient *Le Soulier de satin* dans sa main gauche et *Le Devoir* dans sa main droite. Elle se prend pour Anna Karénine dans la scène avec Vronski mais elle ne le dit pas parce qu'elle fait encore la différence entre la vie et l'amour comme dans les romans. Ils dansent loin de l'autre et leurs mouvements sont accordés; ils sont liés comme par un champ magnétique. Peut-être que ce sont leurs systèmes nerveux qui s'aimantent. À les voir danser ensemble on comprend qu'ils pourraient danser ensemble, lui dans l'Antarctique et elle au Pôle Nord, ou bien elle à la Terre de Feu et lui dans l'Arctique. On pourrait l'imaginer, elle, derviche tourneur au Moyen-Orient et lui galopant au Far West ou vice versa. De l'orient et de l'occident, du nord et du sud, leur amour fou pourrait déployer le rose du temps.

Mata-Hari tient la revue *Signe/Théâtralité* dans la main gauche et *Les Enfantômes* dans la main droite. Elle fume aussi: comme une cheminée, comme Jeanne Moreau dans *Jules et Jim*. Mais tout ça c'est de l'anecdote, c'est Alice à l'envers. Mata-Hari brille comme un feu: elle a des pastilles d'or ou peut-être des langues de feu dans ses cheveux.

À ce moment précis de la représentation, la voix de Zeus-le-père, pré-enregistrée sur magnétophone à cassettes, déclare que ça prend des allures de Pentecôte mystique. Mata-Hari, fatiguée, s'assoit et dit que, s'il le faut, elle est prête à raconter sa vie. Le public applaudit. Elle prend une autre bière, enlève ses souliers et dit que quand elle était petite, elle rêvait d'être missionnaire en Afrique. Comme les Pères Blancs. Et qu'à force d'acheter des petits chinois à la Sainte-Enfance, elle a fini par oublier l'amitié qu'elle avait toujours eu pour le Chinois bleu de la boîte d'empois quand sa mère repassait dans la cuisine le mardi jour de la guerre et jour martien de la chronique nécrologique avec la belle voix radiophonique plate comme la nuit et comme la mort de Camille Leduc. Quelqu'un dans la salle dit: «Tu capotes». Elle pousse un soupir et les larmes, ensuite, lui montent aux yeux. Elle se dit chus donc bébé, remet ses chaussures et sort dignement en chantant que ses bottes sont faites pour marcher.

Alice, couchée dans son petit lit froid, tricote mentalement une couverte en hippopotame armé.

Elle n'a que deux ans. C'est cette nuit-là que Mata-Hari a rêvé à son gros chat qui s'appelait Mootje comme celui d'Anne Frank — et elle pensait toujours à Anne Frank quand sa mère l'appelait «ma p'tite juive» —. Cette nuit-là, son chat est devenu un rhinocéros bleu en acier. Puis la carapace s'est brisée comme une coquille d'œuf de laquelle s'est envolée une libellule rose saumon légère légère légère. Plus tard elle a grandi, elle a eu d'autres chats que, dans ses rêves, elle voyait passer à travers leur neuf vies. Et au bout de la mutation, c'étaient les même chats, l'un qui ronronne comme un moteur, l'autre, le chat-klaxon qui miaule son malheur. Ils étaient pareils, mais on les voyait mieux.

L'été qui suivit l'épisode du feu et précéda celui de la neige, Alice avait vu le rhinocéros bleu dans la salle des antiquités égyptiennes du musée du Louvre à Paris. Sauf que c'était un hippopotame. À cheval sur le fleuve des mots, elle confond souvent les choses. Alice, dans sa période menteuse, avait l'habitude de dire qu'elle était une louve, qu'elle aimait les chats parce qu'ils venaient d'Égypte, qu'elle s'appelait Lisle. Non, L-i-s-l-e qu'elle disait en souriant. Et qu'un jour elle avait fait le pari d'aller au pari. «On dit: *à* Paris» qu'on lui disait. Elle disait non, *aux* Paris. Parce que Paris c'est une ville d'eau où tous les garçons s'appellent Patrick. Là elle riait parce que c'était même pas vrai. C'était à cause du trou de Saint-Patrick et du passage dans les autres mondes et des arcs-en-ciel qu'il y a au-dessus de Sorel et du ciel qui est si près de la terre dans le désert de l'Arizona. Et d'autres choses aussi que la Reine Blanche ne lui a pas encore permis de se rappeler.

Vava dit: j'aurais dû faire une hôtesse de l'air; c'est pas drôle la vie de romancière quand on est pas best-seller. D'après le dernier rapport du distributeur, les chiffres de vente de mon dernier livre atteignent les 73 exemplaires. Ce qui me fait, calcul vite fait, la fabuleuse somme de 36,50 $, pour payer mon compte de téléphone dont la dernière facture est d'un rondelet 122,00 $ et quèque. Alice demande où est-ce qu'elle téléphone pour que ça coûte cher de même; Carla dit qu'on devrait s'occuper de la distribution nous-mêmes, ça fait combien de fois qu'elle le dit?

Solange ramasse des sous pour aller chercher de la bière, maintenant que la tempête a l'air finie. Noémie demande à Nane, c'est-tu ton vrai nom ça Nane? Nane dit que non, que son vrai nom c'est Danielle Yelle. Que sa mère était une petite Labelle et qu'une chance qu'on est pas en Espagne, parce que ça aurait fait Danielle Labelle y Yelle! Elle dit que sa sœur aime ça, elle, qu'elle s'est donnée des ailes en se faisant appeler Noëlle, mais qu'en réalité son vrai nom c'est Noé-Vladimira. Je me demande ben où elle a pêché ça aussi, Isabelle Labelle, épouse de Lionel Yelle, dit Noé-Vladimira dont on a toujours cru qu'elle s'appelait Noëlle. Ça t'intéresse les noms, hein «Noémie»? Noémie rougit, elle dit que dans son prochain roman, elle promet de pas utiliser nos vrais noms.

On va-tu le publier sous «ton nom de plume» celui-là ou ben si on va écrire Éva-Vera Indianapolis tout au long? Ça fait bien un nom comme ça moi je trouve... qu'est-ce que t'as fait au bon dieu pour hériter d'un nom à coucher dehors de même? demande Laure-de-son-nom-d'Aurel. Maud dit: tu le savais pas que Vava s'appelle Dionne Lepage? Laure dit: mon doux! c'est ben écœurant comme nom! Vava dit, ché ben, ma mère trippait ben gros sur les jumelles Dionne... J'ai découvert récemment que Dione avec juste un «n», c'est le nom de la mère de Cupidon, mais c'est pas une raison pour revenir à mon nom de baptême. T'as pas remarqué que mes initiales sont une anagramme du mot «vie»?

Alice dit: franchement t'es allée chercher ça loin! Me semble que t'aurais pu trouver, ché pas moi, quèque chose comme Étiennette-Viviane Ildephonse-ville; t'aurais l'air de moins renier tes origines! Ou ben Églantine-Véronique-Isabelle, pis pas de nom de famille. Et elle rit tellement qu'elle s'étouffe. Nane court lui chercher un verre d'eau dans la cuisine. Ouen, ou ben Vitalie-Ida Eustache-la-trompe, on verrait que tu sais épeler dit Lotte. Alice part à rire, crache son verre d'eau dans la face de Solange qui arrive avec la bière.

Solange dit: vous êtes ben chanceuses de rire de même. Moi, chus assez déprimée... Chus complète-ment bloquée, pus capable d'écrire un mot. C'est ben simple, ça me donne mal au cœur. Rose dit fais-toi s-en pas, écris des poèmes, ça fait du vent. Solange dit que toute la littérature l'écœure, pas rien que les romans. Noëlle demande à Rose, pis, y achève-tu ton space-opera? Rose dit: couci-couça, mes personnages sont rendus dans un univers parallèle entièrement fait d'antimatière, je sais vraiment pas comment les sortir de là. C'est-tu là-dedans qu'y a des piscines à micro-ondes, demande Nane? Noëlle dit: tu devrais faire apparaître l'Antéchrist, y va toute t'arranger ça! Rose a la bouche toute grande ouverte. Après, elle dit: wow!, ça c'est une bonne idée! Je vas noter ça tu-suite! Tu dis pas ça sérieusement demande Célia, complètement dégoûtée.

Nane est allée chercher sa guitare. Elle chante: «Dis-moi le nom d'une ville qu'il y aurait sur la lune?» Rose lâche son cahier et se met à chanter à tue-tête: «Laïka, Laïka, Laïka». Nane enchaîne avec: «Dis-moi le nom d'un pays qu'il y aurait sur la lune?» Rose virevolte dans le local en chantant: «Il n'y a pas de pays sur la lune. Il n'y a que des piscines. Des spas. Et des saunas, ah ah ah ah» et sa voix devient presque grégorienne dans les «ah» qui n'en finissent pas.

Ah! ah! ah! chante Carla, quand est-ce qu'elle commence la réunionite, je commence à travailler à onze heures moi! Maud dit: tu travailles encore de nuit, pauvre p'tite! Tu devrais lâcher ça c'te job-là, ça te ruine la santé! Nane chante: «Ne me quitte pas, ne pars pas j'en mourrais… Un instant sans toi, et je n'existe pas…» Et Rose poursuit, sur l'air des *Parapluies de Cherbourg*: «Qu'est-ce ça donne d'aller t'enfermer comme ça. Passer la nuit à veiller des malades. Qui seraient ben mieux chez eux…» Nane est lancée, elle continue: «Tu devrais fermer l'hôpital. Amener tout le monde en campagne. Leur chanter des chansons d'amour. Leur dire que ça fait pas mal…»

Lotte est en train de montrer le roman-fleuve écrit par ses filles à Noëlle. Noëlle déchiffre à voix haute: «I LÈTÈ DE PETISAMI KISÈ MÈ LILI ET ODILE UN JOURE IL VU UN DINOZARE IL LON TUÉ». Passionnant dit Noëlle, c'est tout? C'est tout dit Lotte. Coudonc, c'est pus des bébés tes filles dit Vava, y savent pas écrire mieux que ça? Ben non dit Lotte. Bip et Pola trouvent que c'est arriéré comme moyen de communication, le langage. Qu'est-ce qu'elles ont trouvé, interroge Rose, curieuse. Télépathie dit Lotte. Alice dit ben, peut-être, vu que c'est des jumelles; mais c'est rare des cas comme ça.

Pas tant que ça dit Solange. Les petits dans ma classe, y sont télépathes des fois. Une fois, j'ai été assez surprise; je leur avais demandé de se fermer les yeux pis de décrire leur chambre tsé. C'est un exercice de mémoire sensorielle, c'est Nane qui m'a montré ça. Ben y a une p'tite fille qui a décrit son lit bon, pis le vent dans les rideaux, pis de la tapisserie mettons, avec des fleurs, pis y avait une poupée cassée sur son bureau, ça j'm'en rappelle. Quand je demande à la petite fille assise à côté d'elle, elle me fait exactement la même description. J'y demande, doucement tsé, pourquoi elle m'a dit la même chose que l'autre. A me dit que ben, c'est parce qu'elle a regardé l'autre petite fille pendant que l'autre petite fille pensait à sa chambre. A trouvait ça ben évident.

C'est ben évident aussi dit Alice. Pendant qu'a regardait l'autre, a pouvait pas penser à sa chambre à elle. Ça fait qu'elle a juste répété ce que l'autre venait de te dire. Solange dit: je pense pas que c'est ça qu'a voulait dire. Elle est au bord des larmes. Lotte dit ben voyons Solange, tu sais ben qu'Alice elle aime ça contredire!

Celia dit: Solange, c'est les hommes qui te massacrent de même. Quand est-ce que tu vas te décider à tomber en amour avec une belle fille comme moi aussi? Hein? Tu me trouves pas belle? Solange sourit, elle dit: ben non, Celia, c'est pas un chagrin d'amour que j'ai, c'est pas ça. C'est quoi demande Celia? Tout dit Solange. Excusez-moi, je pense que je vas m'en aller. Carla dit: attends Solange, je vas aller te reconduire. C'est déjà dix heures; y ont pas l'air décidées à faire la réunionite dans la soirée.

Nane dit qu'y a recommencé à neiger. Lotte demande s'il reste une bière. A vient pas ta sœur à soir? demande Noëlle. Lotte dit: non, Laure est à New York. Est allée voir des shows. Alice demande si y se replacent un peu les petites. Lotte dit que oui, qu'y sont encore pas mal folles, mais que c'est moins inquiétant. Nane dit: moi, je trouve ça fascinant des petites filles de dix ans qui se sauvent de la maison la nuit pour aller écrire des graffiti sur les wagons du métro de New York. Je te dis, moi, à dix ans, j'étais pas mal plus pissousse que ça! Je comprends, dit Noëlle, t'étais même pas capable de prendre l'autobus tu-seule à cet âge-là. Nane dit: ben c'était parce que c'était dans le temps du maniaque au rasoir, moman a trouvait que c'était trop dangereux. Pis à part ça, fais pas ta grande sœur, tu sais que j'haïs ça! En tout cas moi je les trouve ben au boutte d'avoir fait ça! Ah, moi aussi dit Noëlle. Lotte dit: ça paraît que vous êtes pas leur mère vous autres! C'était dangereux à mort de faire ça! Y fallait qui restent cachées jusqu'à la fermeture, pis à part ça les bums qui leur ont montré ça, c'était pas toute des saints. Je vous jure qu'elles m'en ont sorti des vertes et des pas mûres! Je comprendrai jamais comment ça se fait que ça m'a pris tant de temps à m'en apercevoir. C'est vrai que j'étais ben ben down dans ce temps-là. De toute façon, y sont beaucoup mieux depuis qu'on est revenues à Montréal. Pis je pense que l'influence de ma mère leur fera pas tort. Y a trouvent ben au boutte d'ailleurs. Y disent que c'est une fée pis que c'est rien qu'une petite fille, que c'est eux autres qui doivent en prendre soin. Ma mère elle les aime ben gros mais a trouve que je les ai ben mal élevées.

Rose dit que c'est assez beau dehors, que les flocons sont «gros comme ça». Alice dit, tu penses pas que t'exagères Hervé-mon-cher? Nane demande pourquoi c'était BAM BAM qu'elles écrivaient, Bip et Pola. Lotte dit: vas-donc savoir. Ché pas où y ont pris ça, mais y m'ont dit que c'était le nom de Dieu. Celia dit tu leur avais parlé du bon dieu? Ou ben c'est à l'école? Lotte dit non, c'était une école laïque. Non, je pense que ça doit être le concierge de la maison appartements où on restait à New York. C'était un ben drôle de bonhomme; y était témoin de Jého-vah pis y lisait des bouts de la Bible aux petites quand il les gardait. Alice dit: BAM BAM! C'est fort! Me semble me voir réciter mon «Gloire soit au BAM BAM et au BAM BAM et au Saint-BAM BAM». Nane dit: ben, c'est pas si fou que ça.

Maud demande c'est quoi leurs vrais noms à Bip et Pola? Lotte dit que Bip c'est Bibiane et que Pola c'est Pauline. C'est pas des noms de jumelles dit Vava... Lotte dit non, c'est à cause de *Bouvard et Pécuchet*, je trouvais ça génial dans ce temps-là.

Nane demande c'est quoi ça, *Bouvard et Pécuchet*?
Noëlle dit: c'est un roman de Flaubert inculte! C'est
un peu comme *En attendant Godot*. Et elle ajoute: en
tout cas, y risquent pas de finir scribes ces deux-là, si
on se fie à leur roman-fleuve!

Rose demande si on a vu *Close Encounter of the
Third Kind*. Elle dit qu'elle l'a vu trois fois, qu'elle
trouve ça quasiment meilleur que *Pink Lady*. Es-tu
folle toi dit Noëlle. C'est cheap ce film-là! Moi, *Pink
Lady*, je l'ai vu neuf fois. Rose dit que c'est elle qui
est folle. Que c'est vrai que c'est ben bon *Pink Lady*,
pis que peut-être que *Close Encounter* c'est peut-être
pas tout à fait aussi bon que ça. Mais a dit aie! c'est
beau comme une annonce de Corn Flakes ce film-là!
Pis c'est toute vrai à part ça, faut juste transposer.
Maud dit: ah les filles, vous me découragez quand
vous vous laissez attraper par des super-productions
hollywoodiennes! Rose dit que si y étaient entrés en
contact avec elle, a dirait peut-être pas ça. Qui ça *ils*
demande Noëlle? Les Tuniblues dit Rose. C'est quoi
ça les Tuniblues? demande Nane. Je sais pas trop dit
Rose, mystérieuse. Je les appelle de même mais y ont
pas de nom. C'est-tu des petits bonhommes verts
demande Alice, sarcastique? Ben non, y doivent être
bleus dit Noëlle. Y sont bleus, hein Rose? Rose dit:
riez donc si ça vous chante. Vous allez avoir l'air
fines quand y vont vous contacter!

Comment y font demande Nane qui vient d'aller
s'asseoir à côté de Rose. Ben c'est dans tête dit Rose,
c'est difficile à expliquer. T'en parleras à Solange,
elle aussi y l'ont contactée. Moi j'aime mieux pus en
parler. C'est-tu ça qui la rend peppée de même? dit
Alice. Ben, des fois, ça fait peur dit Rose. Au début.

Après, on s'habitue. Qu'est-ce qui font dit Nane? de plus en plus intéressée. Ben, y disent qu'y veulent un échange d'informations dit Rose. Mais eux autres y parlent pas avec des mots, c'est difficile à expliquer. Y sont pas dans des corps, eux autres. Ah! ah! y sont faits d'antimatière je suppose? dit Alice. Je commence à comprendre. Rose dit: fais attention Alice, j'ai comme l'impression que tu risques d'être shakée pas mal quand y vont t'appeler. Arrête, tu commences à me faire peur dit Lotte.

Alice dit: vous autres, vous fumez trop de pot. Ça serait pas après ton dernier trip d'acide que ça aurait commencé ça Rose? Rose dit que non, que c'est bien avant. Quand elle avait un an. Mais qu'a commence juste à comprendre. Alice dit: faut pas charrier! Tu peux quand même pas te rappeler quand t'avais un an! Rose, interloquée, dit: ben oui je m'en rappelle. Nane dit qu'elle se rappelle être tombée en bas de sa marchette quand elle avait deux ans. Lotte dit: moi je me rappelle la première fois que j'ai ouvert une porte. Celia, qu'elle se souvient de sa grand-mère qui est morte quand elle avait quatre ans. Noëlle, de quand elle a jeté sa suce dans le poêle à bois. Alice dit: ben câline! comment ça se fait que je me rappelle rien moi? Jamais rien dit Noëlle? T'es chanceuse.

Vava dit: bon, ben, je pense qu'on va regarder les manuscrits la semaine prochaine. Y commence à être tard là; j'ai un cours demain matin de bonne heure. On en a-tu reçu des nouveaux? demande Lotte. Oui dit Vava: *Le Livre-Sphinx*, par Gloria Olivetti. C'est-tu une Italienne ça? demande Lotte qui s'empare du manuscrit, le feuillette et dit: Nane, tout le monde va reconnaître la frappe crasse de ton dactylo, tu garderas pas l'anonymat ben longtemps! Franchement, c'est pâle pâle; t'es pas assez riche pour changer de ruban des fois? Nane dit: ché ben, je vas m'en acheter un électrique là, avec mon prochain chèque d'assurance-chômage. Ta sœur est pleine aux as dit Maud. A pourrait pas t'en prêter? Elle me doit exactement cinq cent quarante-cinq piastres dit Noëlle; je tiens pas à être soutien de famille moi! D'ailleurs, ma chère Maud, c'est pas parce que j'ai un petit contrat de temps en temps qu'on peut considérer que je fais partie de la classe dominante, comme tu le sous-entends si insidieusement. Par rapport à ta sœur oui dit Maud. Ben voyons-donc! dit Nane. Coudonc, y faisait quoi ton père toi Maud? C'était un banquier je suppose?

Vava dit: aie! les filles, partez pas de chicane là! Je m'en vas là moi, vous oublierez pas de barrer le local. On dit qu'on s'en va nous autres aussi. Lotte dit qu'elle va prendre le manuscrit de Nane. Vava dit: tu penses-tu que tu vas l'avoir lu pour la semaine prochaine? J'ai ben hâte de le lire. Nane dit: tu seras pas trop bitch, hein Lotte? Lotte dit: ma chère Nane, mes traits acerbes ne viseront que Gloria Olivetti. Pour toi, mon chou, je n'aurai que des fleurs. Nane fait la moue, Vava dit: bon, ben, on y va?

Épisode punk

Je suis allée prendre un verre chez John et Julien en revenant de travailler. Je suis complètement crevée. Charles dit qu'on devrait aller manger au restaurant, qu'y a rien pour souper à la maison. John dit qu'il a un petit rôti de veau qu'il pourrait mettre au four, qu'on va faire un petit souper. Charles dit: ah non! c'est trop compliqué. Pis, à part ça, je les trouve pas bons tes rôtis de veau. Je dis: Charles, t'es pas ben ben poli. Y dit: ben c'est vrai quoi, tu trouves pas que John y cuisine comme une vieille fille anglaise? Julien dit: t'es donc comique Charlot. Ok, on prend un autre verre pis on va manger au restaurant.

John dit qu'il ne veut pas aller à l'Escale Bretonne, ni au Mazot, ni à la Meson Barcelone. Bon ben, à la Vieille Lisbonne d'abord? demande Julien. Ben non dit John: y vont me reconnaître. Charles dit: toi mon cher, tu vas finir par nous faire barrer partout. La Vieille Lisbonne, c'est-tu la fois où t'es parti avec la nappe ou ben la fois où tu t'es mis à faire le service aux autres tables? Je dis: ben non, ça c'était au Jardin Saint-Denis. Julien dit: on est pas retournés depuis cette fois-là, hein? Charles dit: je comprends, c'est rendu assez cher. Y vendent même pus de sandwiches asteur pis y avait rien que ça qui coûtait pas une fortune. Je demande si Vincent travaille encore là. John dit que non, qu'il s'est fait mettre à la porte pour une niaiserie. Je dis c'est plate ça; y vient-tu au party des Rois chez Georges, Vincent? Y est tellement fin! Julien dit: oui, ça doit. Mais y sort pus ben ben depuis qu'y a cassé avec Jacky. Charles dit qu'on devrait ouvrir un restaurant, qu'on serait bons nous autres. Julien dit que c'est ben que trop de trouble, qu'on serait ben mieux d'ouvrir un bar. Je dis que je commence à avoir faim. Charles demande à John: la Bodega, ça ferait-tu ton bonheur? John dit que c'est un trou, la Bodega. Chez Henri d'abord? John hésite, dit que oui, Chez Henri, peut-être. Julien dit: bon ben faut se grouiller. Sans ça on va manquer le menu du jour, y est déjà six heures et demie passées.

On en est à notre troisième bouteille de Cuvée Madame. John dit qu'y pense qu'y va lâcher sa job pis qu'y va ouvrir une boutique de fleuriste. Julien dit qu'on devrait toute se mettre ensemble pis louer un local. La première année, nous autres on continuerait à travailler pis John s'occuperait de la boutique. Il dit: chus sûr que ça marcherait ben gros si on faisait ça au boutte un peu. Pis quand l'argent commencerait à rentrer, on arrêterait toute de travailler. Je dis que c'est un salon de thé qu'on devrait ouvrir. Pis on pourrait vendre des fleurs, pis des plantes. Pis on servirait des bonnes sandwiches dit Charles. Je dis: ah non, ça serait trop compliqué. On servirait juste du thé, pis du cappuccino, pis des croissants chauds, pis du chocolat chaud. Comme ça le monde y viendraient déjeuner quand ils veulent acheter des fleurs. John dit qu'on aurait toutes sortes de plantes exotiques très très rares. Pis des orchidées noires. Je dis: ouen, en fait, ça serait mieux une boutique de fleuriste. Mais on pourrait quand même servir du thé gratis, ça ferait sympathique. Julien dit qu'on ferait une bande sonore vraiment au boutte, pour faire une bonne atmosphère. Pis qu'on la changerait toutes les semaines. Ou peut-être même tous les deux jours. Je dis que si John travaille dans la boutique, il pourrait amener Eurydice. Est tellement belle! Pis a se promènerait, ça ferait une décoration vivante! Pis on donnerait une rose à tout le monde qui entrerait dans la boutique dit Charles. Pis on pourrait vendre quelques livres intéressants aussi. Pis des revues de bandes dessinées. John dit qu'il pourrait garder Istambul et Constantinople aussi. C'est vrai dit Julien: y aime tellement le monde ce chat-là, le monde seraient contents! Pas tellement ceux qui aiment pas les chats dit Charles: tu sais qu'Istambul saute dans les bras de n'importe qui, même si y ont la phobie des chats! J'ai comme l'impression que Lotte viendrait pas souvent dans notre boutique si on fait ça! Je dis qu'on pourrait vendre des vieux vêtements aussi. Julien dit: ouen, ça va en prendre des fonds pour la partir cette affaire-là! Je dis: ben non. Pas si on prend nos affaires à nous autres pour commencer. Comme je te connais dit Charles, on pourra pas vendre grand-chose dans cette boutique-là! Je dis: ben on a juste à rien vendre, ça serait juste pour regarder.

Henri doit trouver qu'on rit un peu trop fort, parce qu'il vient nous demander si on veut du dessert. On dit qu'on va ouvrir une boutique: qu'il va y avoir des plantes, des fleurs, des livres, du linge, des chats, des disques. Ben oui, on avait pas pensé aux disques! Charles commande une autre bouteille. Une chance qu'Henri a bon caractère. On dit qu'on va l'inviter quand on va pendre la crémaillère.

John dit qu'on pourrait peut-être prendre le

local qui est à louer sur la rue Roy; qu'on devrait aller voir comment ça coûte. Julien dit qu'y est sûr que ça peut marcher, qu'y sent qu'on a la bosse des affaires. Charles dit: moi, tout ce que j'aime pas là-dedans, c'est l'idée de travailler dans la boutique. Me semble que je m'ennuierais d'être enfermé entre quatre murs. Julien dit ouen, c'est vrai que ça vient peut-être tannant. John dit: ouen, ça revient peut-être au même. Je dis que moi non plus, je ferais pas ça à l'année longue. Julien dit: ben dans le fond, on aurait juste à travailler au début. Une fois que ça serait parti, on engagerait quelqu'un, pis nous autres on s'en irait aux Antilles! On dit ouen, ça c'est une bonne idée.

Je dis que ça serait le fun si y avait une piscine. Charles dit qu'on pourrait toujours défoncer un mur pis faire une piscine en arrière. Julien dit que y aurait des crocodiles dedans, des vrais crocodiles vivants, ça serait toute une attraction! John dit: ah oui! des crocodiles fumants! Mais on dit que ça serait peut-être mieux si y avait de l'eau partout. Pis on pourrait se promener en gondoles parmi les plantes, pis on pourrait bouquiner, pis écouter des disques. Pis le monde auraient le droit de se déguiser avec notre linge. Pis y aurait de la glace sèche pour faire comme de la brume à certaines heures. Pis on ferait apparaître des affaires. Charles dit: ouen, ben, à ce moment-là, on serait mieux de charger un prix d'entrée. Ça serait pus tellement une boutique... On dit ben non, ça serait ben mieux si c'était gratis. Pourquoi ça serait pas gratis? On dit que, sans farce, ça serait peut-être ben le fun d'ouvrir une boutique. John dit: ouen, ça serait ben ben le fun...

Je suis rendue à la page cent. Ça commence à avoir l'air d'un roman quand t'es rendue à la page cent! Leila, qu'est-ce que tu veux encore? Pourquoi est-ce que tu brailles tout le temps, hein, ma belle minoune lilas? T'aimes pas ça le bruit du dactylo hein?

Le téléphone sonne. C'est Solange. Elle dit qu'elle a peur. Je dis: ben non Solange, c'est pas dangereux. C'est-tu comme l'autre fois? Elle dit que non non, c'est pas ça. Que c'est moins pire que ça mais qu'a sait pas trop quoi faire. Je dis que y a rien à faire, qu'il faut juste pas avoir peur. Qu'elle a bien fait de me téléphoner.

Elle dit: non, tu comprends pas. C'est parce qu'y a quelqu'un ici qui me fait peur. Je dis: qui ça? A dit: tu le connais pas. Y s'appelle Bryan. Y est ben le fun, mais c'est un fou. Je dis: c'est fini avec ton jumeau comme ça? Solange dit: je sais pas, j'aime mieux pas y penser, je comprends pus rien. Je lui demande de quoi elle a peur. Elle dit que ben là, y est tranquille, mais que tout à l'heure y s'est fait attaquer par les soleils pis que ça y a fait peur. Je dis: comment ça «attaqué par les soleils»? Elle dit: ben, je sais pas. C'est peut-être à cause des électrochocs. Y dit qu'y en a eu pendant quatre ans. Je demande: y a quel âge ce gars-là? Solange dit: vingt-deux ans. Je dis: ouen, tu te spécialises dans les petits jeunes ma

vieille! Solange dit: arrête donc, j'ai rien que vingt-
six ans, c'est pas si vieux que ça. Je dis: écoute, tu
penses pas que tu pourrais le mettre à porte si y te fait
peur tant que ça? Solange dit: ben, y est deux heures
du matin... Je dis: pis? Elle dit: ben, c'est parce qu'il
reste nulle part, chus quand même pas pour le mettre
à porte pendant une tempête de neige! Je dis: comment ça «y reste nulle part»?

Solange dit qu'elle n'a pas trop compris, parce
qu'a comprend pas la moitié de ce qu'il dit; mais
qu'elle en a déduit qu'il vit dans la rue, que c'est une
sorte de clochard. Je demande: pis, où est-ce que t'as
pêché ça cet agrès-là? Elle dit: à la Place Desjardins.
Je dis: «à la Place Desjardins»! c'est du plus haut
romantique! Elle dit ben, c'est parce que je suis allée
voir *Pique-nique à Hanging Rock*, tsé? le film australien. C'est ben ben bon. Pis quand je suis sortie, y
était comme au deuxième étage pis y m'a appelée. Je
l'ai regardé mais y me regardait pus. Y parlait tu-seul
en fait. Y parlait d'énergie, de la terre, des affaires de
même. Fa que j'ai pris l'escalier mobile pis je suis
allée lui demander à qui y parlait comme ça. Y a
répondu qu'y parlait aux soleils. J'ai trouvé ça au
boutte quelqu'un qui parlait aux soleils après avoir
vu *Pique-nique à Hanging Rock*. Ah! tu l'as pas vu,
c'est vrai. C'est ben curieux: c'est l'histoire de trois
filles qui disparaissent sur une sorte de rocher en
Australie pis on dirait que c'est la terre qui les a man-
gées, on dirait que le rocher s'est ouvert pis qu'il les a
englouties, parce qu'y trouvent un morceau de la
robe d'une des filles pris dans la pierre. Je dis: pis
qu'est-ce qui est arrivé? Elle dit ben, y font ben des
recherches pis ils les retrouvent pas. Ah oui, y a une

des filles qui revient à la fin, a réapparaît, je sais plus trop. Je dis: oui, mais avec ton fou je veux dire?

Solange dit: ben, y m'a demandé comment je m'appelais. J'ai dit que je m'appelais Raphaëlle, je sais pas trop pourquoi. Y pense encore que je m'appelle de même d'ailleurs. Y m'a montré son livre. C'est comme un gros cahier dans lequel y écrit toutes sortes d'affaires. Pis y a plein de ben beaux dessins aussi. Il dit que c'est la Bible qu'il est en train d'écrire: y se prend pour Jésus-Christ. Y y ressemble d'ailleurs. Je demande: y te faisait pas peur? Solange dit que non, qu'il était très gentil. Qu'il lui a demandé de faire un dessin dans son cahier. Elle dit: j'ai dessiné les têtes que je vois tout le temps, tsé? Je demande: est-ce qu'il les a reconnues? Solange dit que non, pas vraiment, mais qu'il avait l'air de savoir ce que c'était. Elle dit: fa que là, je lui ai demandé d'en faire un dans mon cahier de notes pour mon roman tsé? Là chus rendue à «l'épisode du feu», mais ça avance pas tellement, je trouve que j'écris rien que des niaiseries. Fa que sais-tu qu'est-ce qu'y m'a dessiné? Je dis: quoi? Elle dit: des pyramides! Avec comme un drôle d'animal aussi pis des drôles de sortes de fleurs. C'est ben beau. C'est à peu près toujours le même dessin dans son cahier à lui, mais y a d'autres personnages pis d'autres animaux avec des noms compliqués. Y fait ben des fautes d'ailleurs; je pense qu'y a ben des mots qu'il écrit au son. Tu sais-tu comment y m'appelle? Je dis: Raphaëlle? Elle dit non, je pense qu'y s'en rappelle même pus. Y m'appelle: China Lady Mouse. Je dis que je sais pas si je serais flattée. Elle dit: ah oui, c'est gentil comment il dit ça.

Je demande s'il fait bien l'amour au moins. Solange dit: ah oui! il dit que c'est sa mission. Que c'est la seule façon d'empêcher les soleils d'attaquer. Je dis: pis Charles? Solange dit: ah! Charles... je pense qu'y est chez Monelle. Charles y peut pas le sentir parce qu'il fait des drôles de sons tsé des fois, pis y parle à Istambul en rugissant comme un lion. Charles dit que ça fait peur au chat mais moi je trouve pas; Istambul y a l'air d'aimer ça. Je dis: cou- donc, ça fait-tu longtemps qu'y est là? Solange dit: ché pus, deux ou trois jours. Chus pas allée travailler. Je dis: ah bon, je vois! Ben coudonc, c'est plutôt au boutte on dirait, de quoi t'as peur?

Solange dit: ouen... Ben tsé, c'est qu'à cause de sa mission, y veut tout le temps faire l'amour. Au début, je trouvais ça drôle, évidemment. Mais à un moment donné, j'ai commencé à être tannée. Il dit qu'il faut qu'il écrive dans le livre le nombre de fois qu'on fait l'amour, que si c'est écrit, c'est une preuve et que les soleils peuvent pas effacer son livre. Je riais comme une folle au début! Là, je pense qu'on est rendus à trente-deux. Je dis: trente-deux? Vous devez même pas prendre le temps de manger! Solange dit: ah! non, y mange pas. Je dis: ah bon! parce qu'il mange pas en plus? Solange dit: ben y dit que c'est pas vraiment nécessaire de manger, qu'on a besoin de manger quasiment rien pour vivre. Mais y a mangé des amandes tantôt. Y voulait pas de yogourt parce qu'il dit qu'il mange pas des affaires qui font de l'hu- mus ou du mucus, quèque chose de même. Parce qu'il fait de l'asthme. Je dis: vraiment, il a toutes les qualités! Y doit pas être ben ben gros en tout cas. Solange dit: non, y est ben maigre, mais y est ben beau, dans son genre. Je pense que c'est un génie tsé... Je dis que j'en doute pas, mais que j'ai toujours pas compris son problème.

Elle dit: ben, dans le fond, c'est peut-être juste parce que j'avais besoin de parler à quelqu'un d'ordinaire. Je dis: ben, merci! Solange dit: ben non, je sais ben que t'es un génie toi aussi. Mais tsé ça commence à faire longtemps que je suis avec lui, j'avais peur de trop embarquer dans ses affaires je pense. Y est quand même un peu fou tsé... Pis, y a autre chose aussi... Je dis: ah! oui, quoi? Solange dit: ben tsé, t'à l'heure, je commençais à être un peu fatiguée pis ça me tentait pus tellement de faire l'amour. Tu savais-tu que ça se dit: «to ball», en anglais, faire l'amour? Je dis que oui, que je sais que c'est une des expressions qu'on peut employer... Solange dit qu'a trouve ça ben beau, que c'est comme «aller au bal». Je chante: «Moman, moman, veut pas que j'aille danser. Moman moman veut pas que j'aille danser». Solange dit: ouen, ça doit être ça, en riant.

Je demande: qu'est-ce qu'il fait, là? Elle dit qu'il est dans sa chambre, qu'y parle tout seul. Ou ben à Istambul, qu'y parle en tout cas. Elle me demande si elle m'a réveillée. Je dis que non, que j'étais en train d'écrire. Elle me demande si j'ai fait apparaître l'Antéchrist finalement? Je dis que pas encore, mais que je commence à avoir une idée de quoi y peut avoir l'air. Solange demande, inquiète: tu penses-tu que c'est lui? Je dis: qui ça, ton gars? Je dis: ben, non voyons-donc, lui c'est Jésus-Christ; il peut pas être l'Antéchrist quand même! Elle demande: t'es sûre? Je dis: ben oui, c'est bien évident. Qu'est-ce que t'as? Freake pas Solange, ça donne rien de freaker. Je n'entends plus ce qu'elle dit. Solange, Solange, qu'est-ce qu'y a?

Elle dit que c'est parce que tantôt, quand elle a refusé de faire l'amour, il lui a dit: «If I find you're a sterilizator, I'll kill you». Je dis: ouen, c'est pas Jésus-Christ en personne c'est sûr, mais qu'est-ce qu'y a fait? Y a-tu essayer de te violer? Solange dit: ah non, non. Je lui ai dit que j'étais pas un «sterilizator», que c'est juste parce que j'avais pus envie de faire l'amour. Y a trouvé ça correct. Y m'a dit de me reposer, qu'on ferait l'amour plus tard. Je dis: ouen... j'ai comme l'impression qu'y s'est installé! Solange dit: ouen... pis tu vois le problème, c'est que je suis pas sûre de pas être un «sterilizator» moi; je sais même pas ce que c'est un «sterilizator». Fa que si jamais y découvre que je suis un «sterilizator», y va me tuer. C'est ça qui me fait peur. Je dis: Solange, Solange, c'est effrayant comme t'as peur des mots! Voyons donc! Écoute, je pense pas qu'y soit ben dangereux, mais comme je te connais t'es capable de te mettre à freaker pis vous allez avoir peur tous les deux. De toute façon t'es quand même pas pour l'emmener au réveillon dans ta famille j'imagine? Solange dit: ben non... Aie! j'ai même pas acheté mes cadeaux encore! Je dis: on est le 23 décembre ma belle, tu devrais peut-être commencer à penser à le mettre à la porte? Solange dit que c'est triste s'il passe le réveillon de Noël, tu-seul, dans la neige. Je dis: ben écoute, y doit quand même savoir ce qu'y fait un peu! Y a-tu l'air si malheureux que ça? Ah! pantoute dit Solange. A part les soleils. Mais j'y ai dit que je leur dirais de pus l'attaquer. Y était ben content. Il dit qu'il sacrifie sa vie pour garder la terre en vie parce qu'il aime les «earth energies» mais que y a jamais personne qui l'aide, à part ses femmes. Je dis: ah, parce qu'il est marié? et bigame en plus? Solange dit: non, d'après ce que j'ai compris c'est toutes les femmes avec qui y fait l'amour ses femmes. Mais y dit que y a déjà été marié avec une fille qui s'appelle Rosemary pis qui est devenue lesbienne, d'après ce que j'ai compris. Je dis: je vois, je vois... Solange dit: as-tu vu si c'est beau dehors, c'est tout blanc, la tempête est finie. Je chante: «Minuit, chrétiens, c'est l'heure solennelle où l'ange Dieu, descendit parmi nous...» Elle rit. Je dis: je commence à m'endormir là, y doit ben être trois heures du matin. Elle dit: ah oui, c'est vrai, je m'excuse. Bon, ben je vas essayer de le convaincre de s'en aller. De toute façon, Charles sera pas content de le trouver encore ici demain matin. C'est drôle, Bryan y fait comme si Charles était pas là: on dirait qu'il le voit pas, pis y a pas dit un mot depuis qu'y est ici. Je bâille. Je dis: ouen, peut-être que c'est pas le Messie pour tout le monde. C'est Bryan qui s'appelle? Elle dit: oui, Bryan O'Brian, c'est son vrai nom, j'ai vu une de ses cartes. Il vient de Nouvelle-Écosse. Je dis que c'est plutôt irlandais comme nom mais que je suis heureuse d'apprendre que le nouveau Messie a des cartes d'identité. Solange dit: ben oui, ça m'a surpris moi aussi. C'était une ancienne passe d'autobus, y avait quinze ans dessus. C'était avant qu'y aille à l'hôpital psychiatrique. Sa fête c'est le 13 décembre. Je ris, je dis, je pensais que c'était le 25?

Je dis: écoute ma belle Solange, on a l'air parties pour parler toute la nuit mais faudrait ben que je dorme un peu. Je pars demain soir pis y me reste ben des affaires à faire. Solange dit que ben oui, c'est ça, qu'elle a moins peur maintenant, qu'elle me remercie de l'avoir écoutée. Je dis: tsé, si t'as encore peur, tu peux toujours me rappeler. Solange dit qu'elle pense que ça va aller.

Le livre-sphinx

Cette superbe Olivetti, tout aussi italienne que le décor, ne fait que des points majuscules! Il faut apprendre à presser la gâchette à la fin des phrases, sinon on se retrouve avec un point-virgule et dans l'obligation d'étirer indûment une phrase qui se mourait de sa belle mort avant que n'intervienne ce lapsus mecanicae qu'un sémiologue anti-psychiatre s'avisera peut-être un jour d'interpréter; même si Cooper, Laing and co ne semblent pas prêts de s'intéresser au subconscient des machines. On peut toujours mettre une cache de blanc sur le malencontreux point-virgule, mais cela requiert un certain courage et une dextérité manuelle que le nombre infâme de cigarettes que j'inhale réduit de beaucoup. Plutôt que de lâcher le clavier, je préfère souvent tapocher quelques précisions oiseuses qui sont en train de constituer une intrigue parallèle assez emberlificotée...

Une fois maîtrisé, ce dispositif, qui range le point final parmi les capitales, a cependant l'avantage d'embrayer la machine à écrire pour l'opération suivante et inévitable qui consiste à commencer une phrase par une majuscule. L'Olivetti ferme et ouvre du même coup, l'opérateur n'ayant qu'à intercaler l'espacement entre le point final et la capitale énigmatique qui présidera à la fatidique «phrase suivante» dont on sait qu'elle n'est elle-même que la matrice des possibles paragraphes générateurs à leur tour d'un tissu événementiel dont le processus karmique de l'écriture ne fait que mettre les trous à jour, bien qu'on ait l'illusion, qu'au contraire, il les tisse. La barre qui commande l'espacement n'est que la prothèse mécanique de cette opération mentale qui consiste à trouer le chaos du langage en lui ravissant les termes du lexique pour faire le relevé cartographique d'une intrigue dont le territoire reste secret.

L'acte de dactylographier est un mudra. De sélectionner les touches qui représentent les lettres, d'actionner successivement ces touches-lettres pour former des mots, d'insérer irrégulièrement une distance pour que du magma des lettres, des mots, se dégagent des mots, des phrases, on en arrive, par le corps, à voir la fragmentation imbécile du langage et le dérisoire étincelant de ces «marques» qui, au lieu de faire surgir la fiction, n'en font que mettre à jour les mailles, tout comme du réel jamais les mots ne sauront rendre compte. La litote n'est pas une figure de style; le langage est lui-même une litote et ses productions, peut-être des super-litotes. Il y a peut-être davantage de réel dans le «a noir» de Rimbaud que dans n'importe quel traité sur l'aleph, la Grande Mère, le sunyata ou l'être et le néant. Il y en a peut-être encore davantage dans la lettre «a» elle-même. Et il y en a certainement davantage quand alpha elle-même s'éteint.

Mais le ciel étoilé lui, ne s'est pas éteint, je viens de vérifier. Rien ne vaut l'expérimentation quand on se met à douter du réel, ce qui revient, assez paradoxalement, au même qu'à douter de la fiction. Depuis le début, j'écris à la main car l'Olivetti très italienne, non contente d'avoir ses caprices quant aux

160

points, s'est avisée de se rendre au bout de son ruban que je ne sais comment remonter, n'étant pas Italienne et, en général, assez peu mécanicienne, même en ce qui concerne cet outil de travail dont le fonctionnement me reste étranger bien que j'en sache suffisamment pour le faire fonctionner.

La machine donc m'a manqué, de sorte que je retrouve ce geste qui a l'air «inné» et qui consiste à tenir un crayon et à le faire se déplacer selon des trajets relativement compliqués sur une feuille de papier. Ce geste, pourtant, j'ai eu bien du mal à l'apprendre; surtout, qu'à l'époque, c'était une plume qu'il fallait savoir tenir et que l'encre fuyait sur le papier brouillon de mon premier cahier sur lequel j'ai dû écrire, au tout début, la lettre «a». Et puis, un jour, j'ai su écrire mon nom. On ne se rappelle malheureusement pas comment c'était quand on ne savait pas.

Probablement que l'écriture «moderne» doit beaucoup à l'invention du stylo bic et du crayon feutre. Du temps des plumes-fontaines, c'était l'encre qui décidait souvent du trajet et les pâtés involontaires trahissaient le manque de maîtrise du scribe qui gaspillait beaucoup de son énergie à ne pas se trahir alors que les stylets actuels se chargent désormais de cette tâche. On devrait sans doute savoir renoncer aux charmes manuscrits que sont les ratures, les flèches, les enluminures de points, les mots repassés et les dessins dans la marge, le temps d'une cigarette de réflexion avant de poursuivre parce qu'on pense qu'on a perdu ce qu'on voulait dire ce qui est bien la plus démente version de la fiction. Ou son versant le plus dément. Pourquoi relit-on ce qu'on vient juste d'écrire, sinon pour contrôler le degré de pertinence linguistique d'un message dont on risque de perdre ainsi la suite qui de toute façon n'existait pas puisqu'on est revenus là, au point de départ. L'éternel retour des choses et des mots...

Comme j'écrivais ceci, une forme mouvante, verte, sur ma main, puis, devant mes yeux. C'est une araignée. Je me lève: elle remonte le long de son fil jusqu'au plafond, c'est une araignée dans le plafond. L'expression remonte du fond de ce que Todorov appelait hier «la mémoire collective» pendant que je regarde l'araignée retourner là d'où elle vient. J'ai pensé l'arrêter mais je ne savais pas comment faire sans la tuer et j'avais pas très envie de m'en approcher. Mon hésitation à la tuer vient de mon assez récent training bouddhiste dont j'ai peu à peu laissé tomber tous les principes, sauf celui qui interdit de tuer quelque être vivant que ce soit. L'araignée est toujours au plafond et ça m'est plutôt égal. Mais peut-être que c'est bête: ma chambre est pleine de mannes qui se cognent au plafond, il y avait une bebitte il y a deux minutes sur la page de droite de mon cahier, dieu sait où elle est maintenant. Sans doute sur le lit où je suis assise maintenant, parce que l'araignée, elle, se trouve toujours au plafond, presque exactement au-dessus de ma tête là où j'étais assise tantôt. En Italie, ils ont beaucoup d'insectes mais pas de moustiquaires. Je vais au moins fermer le rideau avant que ma chambre ne devienne une volière de papillons de nuit. Une chance que les pigeons ne volent pas la nuit... et j'espère qu'il n'y a pas de chauves-souris dans le coin! Ça commence à prendre des allures de film d'horreur et j'ai toujours pas fermé le rideau. Un, deux, trois, j'y vas!

C'était horrible. Ce l'est encore. C'est plein, mais plein de papillons et de bebittes vertes que je ne connais pas. Je tremble. J'ai tué l'araignée... Castaneda dit que... J'ai trop peur...

□

Le lendemain, dix heures et dix, sans farce. J'écris: «sans farce» parce que *cela était écrit*. Par moi, il y a quelques années, dans un premier texte que j'écrivais sachant qu'il serait le *vrai* premier, ne sachant rien de ce qu'écrire pouvait vouloir dire, pour vrai. La phrase me revient comme un boomerang, traverse le temps et, de l'absurdité première de ce: «il faut attendre dix heures et dix pour que l'agression soit», dont je n'entendais alors que l'injonction réitérée de *dire*, je perçois maintenant la fonction signalétique qui m'enclenche à décrire son effet de retour alors que je m'apprêtais à écrire sur ce qui venait de se passer ce matin.

J'avais écrit: «le lendemain», je ne savais rien de la suite que je croyais pourtant connaître puisque je cherchais comment m'y prendre pour raconter ce qui s'était passé hier, après le moment où j'ai dû interrompre le texte. Un supersonique vient d'envahir le fond sonore: c'est sans doute mon propre désir de franchir le mur du son qui me fait l'écouter au point d'en faire le sujet alors que la phrase précédente avait de toutes autres intentions de développement... Pour revenir au fin fond de l'histoire, je m'efforcerai maintenant de relater sans détours ce qui s'est passé entre le moment où j'ai écrit: «le lendemain» et celui où j'ai ajouté: «dix heures et dix». Donc, j'écris: «le lendemain», c'est aujourd'hui mais je sais ce que je veux dire. Ensuite, je cherche comment écrire ce qui s'est passé hier, après le texte...

Voyez ce que c'est: j'allais écrire: «le texte qui a été fermé», car ce n'était pas vraiment moi qui voulait l'interrompre et voilà qu'une femme de chambre italienne vient briser ce texte-ci. Elle est entrée sans frapper, disant quelque chose que je n'ai pas compris au sujet de la «camera». Mais j'ai bien sûr saisi son intention de «faire la chambre». Ils sont vraiment traités aux petits soins ces étudiants italiens!

Toujours est-il que son intervention m'a fait perdre le fil et que me voilà expulsée de ma chambre, assise sur le banc le plus près et soumise aux stimuli plus grands d'un autre environnement. Il y a l'ombre du platane, peut-être — je ne connais pas grand chose aux arbres, c'est peut-être un hêtre —. Il y a des langues de soleil sur la page de droite de mon cahier, il y a ce bruit de machine à écrire tout près, que j'avais déjà entendu et qui fait aussi partie de l'histoire de ce qui est arrivé hier, ce qui m'y ramène. Il ou elle vient de changer de ligne — le crich caractéristique — et de s'interrompre.

Je fais de même pour me relire car je ne sais plus d'où je suis partie. Le bruit reprend. S'arrête. Reprend. Des voix, des pas, du monde qui passent dans les escaliers de béton en terrasses qui mènent au foyer de ce collège universitaire où ça a tout l'air qu'on est au moins deux à écrire un roman. L'autre dactylographie peut-être ses notes de cours ou sa thèse, je n'en sais rien. Mais elle ou il travaille semble-t-il sans arrêt, ce qui m'incite à croire qu'elle ou il y prend un certain intérêt. Le bruit, depuis cinq jours que je suis ici, provenait de la partie de la résidence qui se trouve un peu plus haut dans la pente, là où je suis maintenant assise. Je ne l'entendais qu'en me rendant à ma chambre et c'est d'ailleurs quelqu'un d'autre qui m'a fait remarquer qu'il y avait ce qu'il a appelé: «un autre romancier»...

Une radio ouverte quelque part vient de me faire entendre: «Mussolini», qui est peut-être le seul mot italien que mon oreille pas très italienne ait su reconnaître dans le magma des sons. On dirait que c'est un haut-parleur... C'est inquiétant... L'air est doux, il y a de la brume de chaleur sur les rondes collines d'Italie mais des ondes d'agitation sociale les traversent. Hier, le professeur Valosio a envoyé un télégramme de Bologne, s'excusant de ne pouvoir se rendre au Centro de Semiotica i Linguistica pour y prononcer sa conférence, vu «l'agitazione». Faudrait bien que je me décide à déchiffrer un journal italien; je ne sais rien de l'actualité internationale depuis mon départ de Montréal. Après la nouvelle de l'assassinat de Moro, je n'ai entendu parler des Brigades rouges qu'à l'aéroport Luton de Londres, par une Italienne de Turin qui attendait avec moi le charter pour Milan. On a jasé longtemps, l'avion ayant une heure et demie de retard; elle disait que c'était rien, que la dernière fois, elle avait attendu huit heures!

Je ne sais pas ce que «huit heures» veut dire pour elle, moi, ça ne me dit rien. Mais ça me ramène à dix heures et dix, à ce moment entre: «le lendemain» et «dix heures et dix» où j'ai expulsé ce que j'espérais être une dernière bebitte de ma chambre. C'est en cherchant dans le beurre, pour trouver la suite au «lendemain», que mes yeux sont tombés sur cette

belle bebitte dont je voyais le premier spécimen —
l'univers des insectes est d'une prodigieuse com-
plexité... j'ai pu m'en rendre compte hier... J'ai pris
une feuille de papier, je suis montée sur ma chaise et
j'ai essayé de la diriger bien gentiment vers la fenêtre.
Elle est disparue. Je ne l'ai pas cherchée. Si elle est
morte et que son cadavre jonche le plancher, la
femme de chambre l'aura ramassée. Elle s'est peut-
être tout simplement envolée...

Ensuite, je suis revenue à mon cahier, j'ai lu: «le
lendemain», je me suis dit, bon, comment continuer.
J'ai pensé préciser l'heure, j'ai retourné le chronomè-
tre de pacotille qui me sert de montre et j'ai lu: dix
heures et dix. Peut-être grâce à Timex dont la publicité auto-analytique s'est longuement, par l'intermédiaire de ce cher Gaétan Montreuil, étendue sur la
raison du choix de l'heure, j'ai remarqué, justement,
le choix de l'heure. Si les publicitaires règlent la montre à deux heures moins dix... (Une femme en rose
vient de descendre l'escalier; mais j'y reviendrai.) Si
les Timex, donc, marquent deux heures moins dix,
avant comme après le choc; avant que le skieur nauti-
que ne fasse des acrobaties susceptibles de détraquer
le mécanisme délicat de toute autre montre qu'une
Timex, aussi bien qu'après, expliquait sur l'écran ce
Gaétan Montreuil fin sémiologue, c'est pour que le
téléspectateur ne soit pas induit en erreur au point de
croire que la montre Timex ne possède qu'une
aiguille, ce qui pourrait se produire si, d'aventure, les
publicitaires avaient choisi de lui faire marquer deux
heures et dix ou dix heures moins dix... Toujours est-
il que le fameux «dix heures et dix» de cet ancien
texte m'apparaît maintenant destiné à simplement

réapparaître, aujourd'hui, relié de nouveau à un acte d'agression. Non dans les mots, cette fois, mais dans les faits, puisque je viens de peut-être tuer un insecte...

Si j'en avais déjà entendu le «dis et dis» dont le deuxième «isse» comme un compteur Geiger, j'en vois maintenant le *sens* qui consistait à décoller la grande aiguille pour qu'elle traverse l'espace qu'il y a entre le dix du cadran et le deux qu'on nomme dix quand il est désigné par elle, de sorte qu'on ne puisse plus la confondre avec la petite aiguille. Visuellement, «dix heures et dix»...

Nouvelle interruption. Celui qui m'avait fait remarquer que quelqu'un dactylographiait, revient du café où il est allé boire un cappuccino et m'apporte un espresso qu'il s'est procuré dans la machine distributrice du collège. Il me parle encore du «romancier parallèle» qu'on entend toujours dactylographier, me demande en riant si c'est moi ou l'autre qu'on entend, dit que c'est vraiment trop chaud, qu'il espère bien qu'il va mouiller, qu'il s'en va lire dans sa chambre.

J'ai suivi son exemple et je suis maintenant en train d'écrire dans la mienne. J'ai laissé les rideaux de coton gros bleu fermés pour que n'entre pas la chaleur et pour écrire dans le noir. Mais c'est une métaphore car j'ai allumé le spot mobile qui me sert de lampe. Le rideau ne fait cependant pas obstacle aux bruits et ils m'embêteraient peut-être moins si je ne les reconnaissais pas. Mais d'entendre ces bruits de camions, de drills et de scies mécaniques causés par l'agrandissement du Collegi di Cappuccini dont les nouvelles ailes s'étendront en contrebas de ce qui est temporairement ma chambre, me rappelle trop ces mêmes bruits qui ont rythmé mes étés citadins d'Ahuntsic, quartier dont la plupart des maisons ont été construites pendant que je grandissais. Là où j'habitais, c'était au début la campagne mais il y a eu des maisons en arrière, en avant et de chaque côté de la mienne et après ils ont même fait la rue et je me rappelle très précisément le jour où ils ont coulé le ciment des trottoirs et l'odeur de l'asphalte fraîche. Et les boules de feu qu'ils installaient pour qu'on ne se prenne pas les pieds dans le ciment... et qu'elles étaient magiques parce qu'elles vomissaient un feu qui ne brûlait pas...

Je viens d'aller faire pipi, j'ai faim, parce que j'ai arrêté de fumer depuis un quart d'heure, sinon je vais m'étouffer, surtout que j'ai à peine dormi, avec ce qui s'est passé hier. Le corps est terriblement encombrant avec ses besoins d'air, de nourriture et de sommeil. Mais l'esprit l'est tout autant avec sa compulsion à se réfugier dans la dimension du temps, dans le «dix heures moins dix», grandes et petites aiguilles jammées dans le passé que j'imagine *sinistre* parce qu'un jour quelqu'un a remarqué que les profils tournés vers la gauche que je griffonne partout révélaient une tendance à se réfugier dans le passé. J'étais bien choquée! N'empêche que, depuis, ce qui va vers la gauche s'assimile automatiquement pour moi à un mouvement de régression. En termes politiques, je n'oserais quand même pas dire que ce qui va vers la droite amorce un mouvement vers le futur, mais c'est peut-être ça «la montée du fascisme» qui menace encore parce que l'humanité bloque à deux heures et dix; ce qui n'est guère mieux que dix heures

168

moins dix pour ce qui est de distinguer les deux aiguilles dont le dispositif dix heures dix ou deux heures moins dix a au moins l'avantage d'ouvrir vers le haut comme dans ce geste des bras que font les charismatiques qui invoquent le Saint-Esprit, comme dans le V du peace des flower children, comme dans la figure que forment les deux bâtons que tient dans sa main la jeune femme de l'arcane XXI du Tarot de Marseille, celle qui marche dans un cercle comme un cobaye dans sa roue.

L'ange, l'aigle, le bœuf et le lion qui soutiennent et s'appuient sur ce cercle ne sont pas que les symboles de Mathieu, de Luc, de Jean et de Marc dont les textes sacrés arrêtent la roue — ce que Castaneda et son sorcier yaqui appellent: «to stop the world». L'ange, l'aigle, le bœuf et le lion sont des êtres réels que des humains m'ont fait voir en les prenant pour totem, explicitement ou non, que des animaux m'ont fait voir en cessant d'être des animaux... Le «Cet homme est un lion» de l'exemple rhétorique est à peine moins mystérieux que le «Ce lion est un homme». Et si l'on interprète différemment, parce qu'on choisit dans un cas le sème commun de *courage*, tandis que dans l'autre, c'est plutôt quelque chose comme *la sensibilité humaine* qu'on attribue parfois aux bêtes, il n'empêche que les deux propositions signalent la parenté fondamentale de tout ce qui vit, qui n'est elle-même que le signe de la relation du même au même qui fonde le substrat des «dix mille choses» du Tao Te King dont l'infinie variété n'est ni réelle ni illusoire mais les deux à la fois.

Le texte, cette fois, n'est pas interrompu mais suscité par une voix qui demande l'heure. Rien à voir avec les voix de Jeanne d'Arc; c'est mon copain qui m'interpelle à travers la mince cloison qui sépare nos chambres... Et je réponds: «une heure moins vingt», un coq chante. C'est curieux cette croyance que les coqs ne chantent que le matin. Inévitablement, ça me rappelle le reniement de Saint-Pierre et le chiffre trois depuis une nuit d'insomnie et de terreur, un vingt-six décembre que mes biorythmes annonçaient comme fatal, dans une chambre obscure du Yucatan envahie par les cris des coqs en pleine nuit. C'était l'époque où je lisais *Chambre obscure* de Nabokov, roman dont j'ai complètement oublié l'intrigue comme j'ai oublié celle d'à peu près tous les livres que j'ai lus au cours de cette sombre période à l'exception peut-être de *Vendredi ou les limbes du Pacifique* de Tournier, roman dont quelqu'un me disait, il y a quelque temps, que c'était simple ce que j'ai approuvé. Et pourtant, ce roman, qui me revient comme un boomerang de beaucoup de noir, devait bien dire un peu la vérité, à ce moment-là du moins, pour moi, puisqu'il m'a frappée alors que la fiction avait, à cette époque, cessé de le faire au point que je me mourais de manque de réalité.

C'est bien beau tout ça, mais c'est l'heure du dîner. Je suis assez contente de moi quand je suis assez sage pour avoir faim quand j'ai faim et que des éclairs d'intelligence me rappellent la sagesse fondamentale du singe qui se bouche les yeux, les oreilles et la bouche pour voir, pour entendre et pour parler d'or. Je ne suis pas du tout certaine de ce que je veux dire et du sens «évident» de ce proverbe chinois que j'inteprète à tort et à travers parce que le temps d'écrire est révolu et que j'ambitionne sur le pain béni en me refusant à mettre un point final, ce qui est la première chose à apprendre à faire quand on veut faire des phrases. Comme d'admettre sa mort pour apprendre à vivre. Ça devient franchement quétaine franchement! Stop that! ajoute-t-elle dans une autre langue dans laquelle le sur-moi, au moins, ne se confond pas avec le cataclysme cosmique de la naissance qui figure l'instance paternelle de la langue maternelle. Stop it!

□

La métaphore de l'accouchement de l'œuvre dans la douleur, mon œil! C'est pas d'accoucher qui est difficile, c'est d'en être empêchée par cet horrible instrument de torture qu'est une machine à écrire. Ça s'appelle une machine, ça ne devrait pas se mettre à renâcler comme une monture récalcitrante! Je sors d'un rodéo épique; l'Olivetti indomptée vient de m'expédier sur mon lit et me voilà dans l'obligation de reprendre l'écriture manuscrite dans mon cahier gris et rouge pour raconter les «nouvelles aventures d'Arachné», alors que j'avais l'intention de dactylographier celles de Nane Yelle à Los Angeles...

Je suis désolée, très désolée. J'envie la légèreté de cette Nane Yelle qui batifole dans la brume en chantant des airs de comédie musicale américaine alors que je suis aux prises avec cette horreur italienne qui me crache ses vis en pleine face et dont le ruban s'est emberlificoté au point qu'il est devenu impossible de dactylographier, même en rouge. Et puis il pleut, et puis on devait aller à la plage, X. et moi, et puis c'est très désolant tout ça... Tant pis pour Nane Yelle que j'écrivais il y a deux ans dans ma chambre rose que j'appelais ma «chambre de lévitation» et qui l'est devenue depuis. Ma chambre rose fenêtre ouverte sur les Sourdes-Muettes que j'ai installée pendant que c'était lui qui, comme le personnage de ce roman que je commençais alors, voyageait en Californie, ce que je n'ai appris que quelques semaines plus tard. Celui pour qui Nane Yelle éprouvait cette passion violente et inexplicable dont j'ai souffert, moi, tous les dédales au point d'en être arrivée à l'imaginer totalement irréel, un peu comme ce schizophrène dont parlait Cooper qui, «pour ramener ses sentiments à la normale, a changé les autres en cuirassés».

Incroyable mais vrai: un groupe de sœurs italiennes vient de passer en chantant sous la fenêtre de ma chambre bleue d'Urbino, ville double d'où j'ai envoyé hier à précisément sept heures vingt, parce que ça fait partie du jeu, l'image dérisoire de la «città ideale» déserte. Œuvre d'un anonyme de l'école italienne du XV ième siècle, la peinture se trouve maintenant au Palazzo duccale d'Urbino et sur des cartes postales en couleur dont l'une se dirige actuellement «via aerea» vers celui que j'appelais «mon jumeau», à l'époque où je vivais de mythes.

Le châle jaune avec des roses que je portais la nuit de notre rencontre magique une nuit de pleine lune, dans un champ, à Lévis, est maintenant étalé sur une chaise dans un coin. C'est triste de voir à quel point les choses passent moins vite que les êtres. Djinny fluide vif-argent est disparu comme il était apparu, un mercredi, jour du mercure, et ce n'est plus moi qui chante maintenant mais des sœurs italiennes qui s'égaient sur la pelouse, noires et blanches comme les touches de ce piano piano qu'est la vie sans extase, dans ces moments a-stases qu'on écrit en quête d'intensités.

□

L'araignée m'est revenue aujourd'hui mais ce n'était plus une vraie bebitte. La «bebitte a rush», mais c'est que dans ma tête, j'ai bien vu, l'autre nuit... C'était même pas une araignée, c'était Arachné, dans le tome II des *Métamorphoses* d'Ovide, seul livre en français à peu près potable que j'ai réussi à trouver dans la biblioteca sinistre du collegi universitari où j'ai passé la fin de l'avant-midi car il pleuvait à verse. En ouvrant le tome II, qui commence au livre sixième, je suis tombée sur Arachné, ce n'est quand même pas un hasard!

La jeune Lydienne — je sais ça depuis ce matin, qu'Arachné venait de la Lydie, qu'on appelle aussi la Méonie, ah! ce que c'est passionnant la culture! — la jeune Lydienne, donc, prétendait égaler Minerve dans l'art de tisser la laine. Les nymphes venaient admirer ses tapisseries; mais la déesse, jalouse, s'étant déguisée en vieille — et je l'imagine assez sous les traits de la matrone grise aux cheveux pris dans une résille qui fait la loi à la cafétéria —, Minerve, donc — mais Ovide l'appelle parfois Pallas — se faisant passer pour une vieille femme, avertit la vantarde Arachné qu'elle peut bien prétendre être la meilleure tisseuse d'entre toutes les mortelles, mais wow les moteurs, pas question de s'imaginer l'égale d'une déesse. Arachné lui dit de manger de la marde, la vieille se métamorphose en Minerve et le combat commence. Et tatati et tatata, Minerve tisse une belle tapisserie très chic pendant qu'Arachné la pas fine raconte dans la sienne les amours coupables des dieux et des déesses. Et c'est, paraît-il, de toute beauté! Minerve, choquée, donne un coup de baguette magique à Arachné qui est juste complètement insultée et qui se pend avec la cravate d'Hercule. La vierge aux blonds cheveux — ça, c'est Minerve — se met à compatir à outrance et, pour adoucir le sort de la pôvre petite Arachné, elle lui dit: «Tu vivras mais tu seras, toi et tes petits neveux, toujours suspendue; tire la chevillette, la bobinette cherra». En substance. Et là, Arachné devient une araignée en perdant le «ch» de «cherra» et c'est pour ça qu'elle reste suspendue et qu'elle a plein de doigts et un gros ventre pour tisser autant de tapisseries choquantes qu'elle voudra.

Quand Arachné m'est passée sous le nez, l'autre nuit, je n'ai d'abord pas voulu la tuer. Mais quand j'ai voulu fermer le rideau parce que je commençais à remarquer qu'il y avait vraiment beaucoup de mannes dans la chambre, j'ai vu qu'il n'y en avait pas seulement beaucoup, mais beaucoup trop. C'était noir de papillons de nuit, au plafond, sur les murs. Il y avait aussi des bebittes vertes très légères, qui avaient l'air de sauterelles et des nuées de micro-insectes noirs. Je commençais à douter du fait que ça ne me dérangeait pas vraiment, comme je l'avais écrit, ou comme j'avais voulu l'écrire, je ne sais plus, au moment où j'avais tout simplement changé de place pour ne pas avoir à tuer l'araignée. Ça ne silait pas. C'étaient des bebittes assez silencieuses; mais, de temps en temps, un gros papillon niaiseux se cognait contre le plafond et ça commençait à être pas mal freakant.

J'ai éteint dans l'espoir que le groupe s'en aille mais je sentais comme des yeux de papillons fixés sur moi dans le noir. Quand j'ai rallumé, ils étaient tous là et, au nombre qu'ils étaient, j'ai eu peur qu'ils se retournent contre moi. Ça fait longtemps que j'ai vu *Les Oiseaux* d'Hitchcock et je ne me rappelle plus ce qu'ils font pour s'en débarrasser mais moi j'ai trouvé un très subtil stratagème. Je me suis emparée du spot mobile constitué par une sorte de grosse épingle à linge en métal sur laquelle est vissée une ampoule et qui constitue le principal éclairage de la chambre. J'ai ouvert la porte et je me suis rendue au bout du fil, ce qui m'a menée à environ deux pieds de la porte sur le balcon. J'ai déposé le spot par terre et je suis venue m'asseoir sur mon lit, haletante, en me disant que y a rien là. Puis je suis allée voir ce qui se passait; c'est là que j'ai compris que mon «subtil stratagème», au lieu d'attirer les mannes endormies dans ma chambre, avait plutôt convoqué plusieurs de leurs copines qui n'y étaient pas, de sorte qu'il y avait maintenant un véritable pullulement de mannes et de bebittes vertes dans le vestibule.

J'ai repris le spot en main et c'est là que j'ai entendu un bruit. Ça m'a figée; j'ai vu ensuite que ce n'était qu'un résident qui rentrait. C'était quand même curieux; il devait bien être au moins quatre heures du matin. Je ne devais pas avoir l'air moins curieuse, dans la porte de ma chambre, à cette heure-là, en kimono bleu, avec un spot allumé dans une main et l'air complètement terrorisée. Je n'ai pas pu identifier le promeneur tardif; j'ai seulement noté qu'il portait une chemise rouge et je me rappelle vaguement qu'il m'a fait un salut de la tête avant de se diriger vers l'escalier qui mène à la section de la résidence d'où proviennent ces bruits de clavier qui nous font supposer à X. et moi, l'existence d'un romancier parallèle. Et c'est alors que j'ai remarqué que le parallèle, lui, n'écrivait pas la nuit.

Je suis rentrée, j'ai réinstallé le spot sur la rampe de métal qui court le long du mur, je me suis assise sur mon lit et je me suis dit que, bon, dans ces cas-là, il doit être permis de tuer. Je me suis rappelée que le sorcier yaqui explique à Castaneda qu'il doit tuer le lapin qu'il vient d'attraper, que le temps de vie de ce lapin s'est écoulé et que ce lapin existe pour être tué par lui. Je me suis levée d'un bond, j'ai pris un gros paquet de papier de toilette rose dans la salle de bain, j'ai grimpé sur la chaise et j'ai assassiné Arachné.

J'ai aussi tué un ou deux papillons et puis j'ai regardé tout ça. J'ai compris que je ne pourrais jamais tous les tuer, je suis tombée assise sur mon lit et je me suis mise à trembler. C'étaient mes jambes qui tremblaient, seulement mes jambes. Je les regardais trembler et c'était comme si ce n'était pas moi qui tremblait, comme si «moi» j'étais loin, très loin, très très loin de ces jambes qui tremblaient, qui n'arrêtaient pas de trembler et qui secouaient tout mon corps. Et pourtant, «moi», on aurait dit que je ne tremblais pas.

Et tandis que je tremblais, une voix en moi disait que c'était bon pour moi, que c'était toute l'ancienne terreur qui sortait de mon corps. J'ai trois ans. Je suis dans la cour chez grand-moman avec Ninine. On joue avec trois petits minous. Papa sort sur la galerie et il est très fâché et il prend une barre de fer et il tue les trois petits minous et maman est sortie sur la galerie et elle appelle papa par son nom, plusieurs fois et elle dit: «Fais pas ça devant les petites; c'est pas les chats, c'est le bébé». Et c'est Ninine et moi et le petit bébé-frère que papa vient de tuer et je ne suis plus là et c'est noir et je suis un petit minou mort comme maintenant et que mes jambes tremblent et que ce n'est pas moi qui tremble.

Ce n'était pas la première fois que cette ancienne terreur «sortait de mon corps». Je l'avais criée déjà, sur le plancher jaune de la cuisine, dans le noir, tandis que je pleurais au téléphone et que Djinny me disait de respirer, de respirer, que ça irait. Et le rouge qui respirait sur le mur au-dessus du poêle, il venait de cette scène-là. Comme le noir qui m'était revenu une autre fois quand Pierre-Pierre-Pierre m'avait expliqué qu'on ne pouvait pas avoir peur d'un ours qui n'est que dans sa tête. Je m'étais levée très brusquement et, comme une gifle, le noir, ce noir-là, m'a sauté au visage. Je criais, je criais, je criais et pourtant ce n'était pas moi qui criais. Et Pierre-Pierre-Pierre m'avait entraînée vers le lit et il m'avait mis un oreiller sur la tête puis il m'avait dit de respirer, de respirer et c'était fini. Et tandis qu'il était là, souriant, dans son jeans blanc et son chandail blanc, debout, à côté de mon lit, je lui avais dit, en souriant moi aussi, qu'il ressemblait à ce personnage en blanc dans la dernière séquence de Rosemary's Baby. Je ne sais pas si, pour lui aussi, ce personnage-là représentait le diable; mais le diable n'était qu'un sorcier blanc qui faisait sortir les images de mon corps. Cette fois-là, ça m'a pris deux jours avant que la douleur ne s'en aille; et je tombais partout dans les coins et X. me ramassait et il disait que je ne devrais pas croire ce que n'importe qui me disait. Et j'avais comme une barre dans le ventre, comme quand mon mononcle me tenait dans ses bras au-dessus du poêle à bois et que je jetais ma suce et que maman disait que je ne le regretterais pas, que j'étais une grande fille maintenant. Et ça n'a pas été vrai que je ne l'ai pas regretté. Je me promenais dans la maison, les cheveux sales, en sueur et j'essayais de faire le ménage mais le porte-poussières me faisait brailler et je m'assoyais par terre dans la salle de bains avec une boîte d'Ajax dans une main et un chiffon J dans l'autre et c'était comme si je sentais la chaleur du feu sur mon visage et cette barre dans le ventre c'était encore le rouge qui bougeait sur le mur la fois où je parlais au téléphone et que même mon jumeau ne pouvait pas comprendre, parce que ça venait de trop loin. Quand je me suis mise à respirer, je me suis rappelée que c'était la robe de la petite fille qui donne du lait aux trois petits chats du poster du «Lait de la Vingeanne» qu'il y a au-dessus du poêle, que c'était juste la robe de la petite fille, le rouge; et je voyais le poster maintenant, même s'il faisait noir dans la cuisine.

Et c'était encore dans ce même lieu, à ce même moment, que je tremblais dans ma chambre bleue d'Italie comme dans ma chambre rose de Montréal, quand celui qui se prend pour Jésus-Christ et se dit attaqué par les soleils arrête brusquement de me faire l'amour parce qu'il dit qu'il entend dans mon corps pleurer un bébé qu'on vient de tuer, ce que moi, moins télesthésique que lui, je n'entends pas. Et c'est encore la même scène qui se dévoile derrière un claquoir de cinéma quand je médite à côté de celui qui dit qu'il vient de Vénus et dont le corps dégage la chaleur d'un feu, celui qui lit mon exemplaire relié de *La Divine Comédie* à six heures du matin en buvant de la bière dans mon lit pendant que les images lèvent obstinément dans ma tête et quand je crie, il dit que je suis folle et je dis: mon petit christ, je ferai certainement pas de l'acide avec toi. Ce sont sans doute les mêmes engrammes qui ont été débarrés le jour où l'acupunctrice qui revenait d'Égypte a ajouté, sur ma demande, quelques aiguilles supplémentaires pour me débarrasser non seulement de l'hépatite qu'elle traitait mais aussi de ce «délire d'images» qui m'assaillait depuis plus d'une semaine et que je lui racontais tandis qu'elle disposait des aiguilles sur mon thorax, sur mon nez, sur mes pieds. Quand elle a été partie, que je me suis retrouvée dans la cabine fermée par des rideaux, l'engourdissement habituel s'est produit; c'était comme si je dormais, et je descendais, lentement, c'était bon. Tout à coup, je me suis mise à pleurer. Et j'ai pleuré, là, sur la table d'acupuncture, toutes les larmes de mon corps. Et elle me donnait des kleenex, et elle disait que c'était bon pour moi, que ça sortait de moi, que je devrais peut-être aller à une réunion des Rose-Croix, que c'était intéressant, qu'elle en faisait partie et qu'elle me donnerait l'adresse. Et, pour la première fois depuis que j'avais vu la pyramide dans ma main, ça s'est arrêté. Je me suis rhabillée, j'ai vu qu'il y avait ce que j'avais appelé dans mon délire du «ciment». Ça avait un nom surtout parce que ça m'étonnait qu'il n'y en ait plus. Et là, je voyais de nouveau du «ciment», et ça me rassurait mais je regrettais un peu comment c'était avant et j'étais allée acheter trois roses roses pour mon jumeau dont c'était la fête ce jour-là et j'avais oublié les Rose-Croix.

Le tremblement ne cessait pas alors j'ai essayé de dire les mantras mais la séquence du OM MANE PADME HUM revenait tout en désordre. Alors je prenais juste le $\mathcal{F}$ mais il y avait encore toute une partie de moi qui surveillait le tremblement et qui commençait à paniquer de peur d'avoir peur et que ce soit dangereux de trembler longtemps comme ça. Je ne touchais le sol que du bout des orteils; alors j'ai déposé la plante de mes pieds sur le plancher. Et comme quand on claque des dents, si on ferme bien la bouche, on cesse de claquer les dents, mes jambes ont cessé de trembler. J'ai reposé les talons et il y a eu une autre grande secousse. J'ai eu peur, j'ai essayé de bien sentir le sol, et ça a été fini, complètement fini.

J'ai pris mon sleeping-bag dans l'armoire, j'ai éteint, et je suis allée réveiller X. pour lui demander si je pouvais dormir dans sa chambre. Il avait fermé les rideaux et il n'y avait pas la moindre manne, comme j'ai pris soin de m'en assurer. J'ai refusé qu'il me cède son lit, offre qu'il n'a pas faite avec trop d'insistance, et comme on se connaît depuis trop longtemps pour encore trouver ça charmant de dormir dans le même lit simple, j'ai installé mon sleeping-bag sur le linoléum, je me suis glissée dedans et j'ai regardé la lumière doucement apparaître derrière les rideaux de coton gros bleu.

☐

Le lendemain de l'assassinat, j'ai écrit une très longue lettre à ma sœur, pour sa fête de lionne entre la dame de pique et la dame de cœur qu'elle a rencontrées le même vendredi soir à la Cour Saint-Denis.

Ma lettre était fondée sur un lapsus dans la sienne qui ne m'est apparu qu'au moment où je l'ai relue avant de commencer à écrire ma réponse. Elle avait écrit: «C'est déjà la fin de moi et je n'ai pas l'impression d'avoir commencé à vivre l'été», ce que je n'avais pas vraiment saisi au moment où j'avais d'abord lu sa lettre, debout dans la cuisine de l'institut d'études tibétaines, à l'heure du thé, l'avant-dernier jour de mon départ d'Angleterre. Et je n'avais pas répondu tout de suite à sa lettre noire, à la fois inquiète et convaincue que si elle avait touché le fond, c'est qu'elle devait bien s'en être sortie maintenant. Et je m'étendais, dans ma lettre, sur la mort, celle de l'araignée la veille, et la mienne, un an plus tôt, et la sienne, que j'imaginais sur le modèle de la mienne, et sur notre mort ancienne qui date de ce que j'appelle le *souvenir-écran*, qu'elle a pleuré avec moi, adolescente, dans notre chambre de Pont-Viau, alors que ce n'est que l'année dernière, à la Cour Saint-Denis, mais de Québec et non de Montréal, qu'elle m'a appris qu'elle comprenait ce que je voulais dire mais qu'elle ne se rappelait pas, elle, avoir été là.

C'est en relisant ma propre lettre que j'ai compris, en lisant, par erreur: «la fin de *mai*», alors que j'avais voulu transcrire: «la fin de *moi*» comme elle avait écrit dans sa lettre, au lieu de: «la fin du *mois*». Et j'ai bien vu que le lapsus était le mien et que si je ne l'avais pas fait la première fois, c'était peut-être parce qu'avant la mort de l'araignée, je savais moins bien que les mots: «la fin de moi» et «la fin de mai» suscitaient une équivalence pour moi qui étais morte à la fin de *mai* de l'année précédente. Ma sœur avait tout simplement écrit que c'était la fin du mois de mai, qu'elle n'avait pas l'impression d'avoir commencé à vivre l'été et mon interprétation abusive était fondée sur le fait que les «a» et les «o», dans son écriture manuscrite, comme dans la mienne, se ressemblent comme deux gouttes d'eau.

Dans l'amphithéâtre bruyamment climatisé du Centro di Semiotica i Linguistica, Tzvetan Todorov rappelle que l'objet de ses conférences est de montrer le fonctionnement du symbolisme linguistique etc etc etc, ce que les vagues de la mer ont peut-être effacé au cours du week-end et je me rappelle comment l'eau verte de la plage de Pesaro a réussi à apaiser l'état d'agitation mentale dans lequel j'étais au cours du trajet d'autobus entre Urbino et Pesaro, écrivant je ne sais quoi dans le petit cahier à motifs de lys roses que je m'étonne de ne plus retrouver dans la chambre bleue où je viens d'arriver. J'avais besoin des notes qui s'y trouvent pour continuer ce texte, mais je m'en passerai car je n'ai pas le courage de remonter tout de suite les trois ou quatre volées d'escalier qui mènent à l'amphithéâtre où je l'ai sans doute laissé.

J'aurais peut-être dû écouter le lézard le long du mur et m'étendre au soleil pour une heure, mais je préfère l'ombre de ma chambre et écrire plutôt que de faire le lézard même si je ne suis pas du tout sûre que ce soit la meilleure solution au problème que m'a causé cette distinction entre le discours littéral et l'autre, la littéralité n'étant qu'une limite utopique dont le pôle opposé serait la transparence totale, ce que je n'arrive même pas à imaginer car Todorov n'a donné aucun exemple de ce que pourrait être un discours approchant cette transparence, disant simplement que les euphémismes en constituent un bon exemple. J'ai beau savoir à peu près ce qu'est un euphémisme, je n'en ai absolument aucun à l'esprit. Tzvetan disait aussi que de ne pas comprendre est la seule façon de déjouer un pouvoir qui s'exerce dans les discours fondés sur une complicité qu'on ne peut refuser qu'en s'interrogeant avec ruse sur le sens second d'une phrase dont on comprend pourtant fort bien ce qu'elle veut impliquer.

Là, c'est un taon, et non une araignée, qui vient de me faire changer de place. Il y a une fine brume de chaleur au-dessus des collines, les drills sont lancées à nouveau; j'attends mes menstruations en pensant aux larmes d'Harry chantant: *Singing in the Rain* dans le Londres de *Chapeau melon et bottes de cuir*, sans chapeau melon et sans bottes de cuir. À Harry qui s'appelle en réalité Patrick, ce que je n'ai pas eu le temps de comprendre parce que je partais ce matin-là pour Milan, que j'étais encore ivre d'amour et de bière irlandaise; et alors, je ne lui ai pas demandé pourquoi il m'avait dit qu'il s'appelait Harry — et d'ailleurs je l'appelais Hally, parce qu'avec son accent je n'entendais pas les «r» — s'il s'appelait Patrick tandis qu'il restait là, debout, les mains dans ses poches, dans une station du *tube* dont j'ai oublié le nom, un dimanche matin de pluie londonienne que j'aurais complètement oublié quelques heures plus tard, en marchant dans l'air brûlant d'Italie, me dirigeant vers la terrasse de l'aéroport Malpensa d'où X., qui avait fait couper ses longs cheveux m'envoyait joyeusement la main.

Ce dimanche qui, comme je l'ai constaté ce matin, correspond au jour d'alerte rouge de mon cycle perturbé par le stérilet que j'avais perdu en rêve la veille du jour où je suis allée en Écosse sur le pouce avec une Australienne dont les ancêtres étaient Écossais comme ce mystérieux Harry qui porte le très irlandais prénom de Patrick et qui savait que c'était à cause de l'Irlande que Kate pleurait dans ce bar de Chelsea où il y avait plein de soldats. Et elle m'avait raconté ses trips de *strawberry field* dans les années soixante, qu'elle avait un fils et que je lui ressemblais, à elle. Et, de l'autre côté de la table, Harry me parlait de sa mère qui vivait encore en Écosse en m'embrassant dans le cou et l'Australien qui m'avait traitée de putain recommençait à voir rouge et Kate pleurait.

Dans le taxi qui nous emmenait dans un pub irlandais des faubourgs de Londres, je me suis rappelée ce que m'avait dit ce Chinois de San Francisco qui avait lu dans ma main. Et j'avais si peur que j'appelais Hans et quand Harry m'a demandé qui était ce Hans que j'appelais, je n'ai pas su quoi répondre. Ce Hans que j'appelais n'est que la figure d'une transparence dont j'ai la nostalgie bien qu'il ne soit, dans les faits, qu'un agent karmique qu'il m'est aussi difficile de comprendre que celui dont j'en suis venue à nier même l'existence et dont Hans n'est peut-être que, rétroactivement, la figure d'un «état antérieur de l'être». Image d'un fils que je ne voudrais peut-être pas mais que rêvent de me faire tous ces hommes qui affichent: «J'aime maman» dans leur chambre de sociologue ou tatouent une colombe tenant dans son bec une banderole sur laquelle on peut lire: «À ma mère» sur le cuivre de leur peau de peau-rouge quand ils ne disent pas carrément qu'ils aimeraient faire un enfant dont je serais la mère qu'ils ont tant aimée comme me le disait ce Patrick qui m'aimait si bien au cours de cette nuit d'amour fou dans sa petite chambre pleine de bouteilles de bière au-dessus d'un restaurant chinois, dans je ne sais quel quartier de Londres. Et je lui étais reconnaissante d'être le premier à être aussi littéral et il ne comprenait pas ce que je voulais dire par là mais je l'aimais vraiment de toute mon âme et j'espère que ça n'a pas suffi pour matérialiser dans mon ventre cet enfant que je veux et que pourtant je ne veux pas, toujours pas, même si je commence à être épuisée par ce combat contre l'espèce en moi.

Le jour où, après des années de lutte et de pilules anticonceptionnelles, j'avais enfin cédé à l'espèce en faisant l'amour avec celui que je prenais cette nuit de pleine lune-là pour le Saint-Esprit, et qui pratiquait la lunaception, mais avec une autre, l'espèce n'avait pas pris ses droits. Je me prenais vraiment pour la Sainte-Vierge et tandis que, pour la première fois de ma vie, un homme me pénétrait sans que j'aie prévu le moyen d'empêcher la rencontre de nos cellules reproductrices, je disais à mon corps de la prendre cette chance, s'il la voulait, que je ne la lui donnerais pas une seconde fois. J'en avais assez de croire que mon corps voulait peut-être ce que *moi* je ne voulais pas, parce qu'à l'époque, je pensais qu'il y avait une grande différence entre mon corps et moi.

Je sais bien, qu'en transparence, il n'y en a pas puisque je me disais, simultanément, que «le verbe se fait chair», ça voudrait peut-être dire que j'écrirais enfin ce roman que je traînais depuis aussi longtemps que cette envie d'avoir un enfant et peut-être pas littéralement que je donnerais, encore une fois, naissance au Christ. Et, effectivement, ce n'était pas le Messie... Quand j'ai raconté ça à X., à l'île d'Orléans, quelques jours plus tard, il a été plutôt horrifié, à cause de toutes les précautions que je l'obligeais, lui, à prendre, depuis tout ce temps qu'on vivait ensemble; mais il voyait bien qu'on ne choisit pas ses moments d'obédience à l'espèce et il a été lui aussi très content quand le sang est arrivé, beaucoup plus tôt que prévu, sans doute parce que mon corps voulait me signaler très vite qu'il ne l'avait pas prise cette chance qu'il a peut-être prise maintenant alors que je n'ai pourtant perdu qu'en rêve cet obstacle que j'interpose entre mon destin biologique et moi. J'ai perdu depuis quelque temps déjà l'illusion qu'on peut déchiffrer des lois générales de ces patterns karmiques et j'ai beau me dire que ma peur d'être enceinte repose cette fois sur des motifs aussi artificieux que cette autre fois, même s'ils sont assez hallucinants par antithèse pour me faire craindre que le résultat n'en soit pas le même, même si, objectivement, j'ai beaucoup moins de chances d'être enceinte maintenant que cette fois où j'ai consciemment laissé l'espèce décider. Quant à savoir si on peut se mêler de «laisser l'espèce décider» ou de l'en empêcher...

La grossesse nerveuse de Rose Vel a bien duré six mois et j'espère ne pas avoir à recommencer ce processus qui fait prendre ses désirs les plus secrets pour la réalité. Ça m'étonne d'écrire cela alors que tout mon conscient ne reconnaît absolument pas ce fameux «désir secret». Ces jeux de cache-cache entre l'espèce et moi commencent pourtant à beaucoup me lasser... D'ailleurs, je me demande bien ce qui m'incite à croire qu'il y a une différence entre l'espèce et moi. Tant que je suis un corps, en fait, je n'ai pas tellement le choix…

□

X. m'apporte le carnet rose que j'ai oublié et me raconte ce qu'un conférencier raconte au sujet de l'abominable homme des neiges que les Asiatiques assimilent à un ours tandis que les Américains en font un monstre tout aussi «étranger» en l'assimilant au singe, animal introuvable en Amérique du Nord comme l'est, paraît-il, l'ours en Asie. Au dîner, celui que, dans notre langage codé, on appelle Fonsine parce qu'il nous rappelle «non monsieur non» dont on s'est rappelé depuis qu'il s'appelait Jacob Salvail, dans *Le Survenant* de Germaine Guèvremont à la télévision, mais ça fait rien, ce nom de Fonsine lui est resté. Celui-là, donc, a lu à voix haute mon chandail «bionic woman» tandis que je me levais de table pour aller porter mon cabaret. Sur le coup, je n'ai pas compris ce qu'il disait et après, je me suis dit que je m'affichais peut-être autant que lui derrière son chandail aux couleurs de je ne sais trop quel «centre de sémiologie et d'animation culturelle» qu'il promène partout depuis des jours, à croire qu'il en possède une bonne douzaine à moins qu'il n'en change jamais, ce qui m'étonnerait, vu la blancheur immaculée du dit chandail. Quant à Anna-Maria Guardi dont on a pourtant pas entendu le nom dans Venise désert, on commence à remarquer qu'il parle tout seul à la cafétéria comme dans ses cours. Et de lapsus en lapsus, on décode même Darry Cowl et on regarde évoluer la cruche blonde qui a osé le contester au sujet du «tant va la cruche à l'eau qu'à la fin elle se casse», intervention qui nous a permis de lui trouver un nom qui n'est pas aussi péjoratif qu'on pourrait le croire.

La femme en rose qui descendait l'escalier de ce texte un peu plus haut, portait ce midi un pantalon vert et un chandail littéralement «aux fines herbes» au moment même où Vicki secrétaire entrait dans la salle à manger d'un hôtel de Lugano, en pantalon vert et chandail jaune ou le contraire et que sa sœur lui disait qu'elle avait, ce matin-là, l'air d'une omelette aux fines herbes. Comme quoi c'est la prose de ce Patrick Saint-Lambert — qui était en réalité une femme, comme je l'ai découvert derrière un exemplaire de la série des «Vicki» quand ils ont mis sa photo — c'est la prose qui fonctionne avec des lourds *comme* alors que, dans la vie, une femme en rose n'a besoin d'aucune comparaison pour se muter elle-même en troquant sa robe rose contre un pantalon vert et un chandail sur lequel un industriel italien a eu la bonne idée de faire imprimer les mots: «saffrano, oregano» etc. de sorte que la vie métaphore d'elle-même sans qu'il soit besoin d'un observateur pour interposer un *comme* entre la couleur d'un vêtement et un des multiples sens seconds qu'on peut lui attribuer.

Mais il y avait, ce midi, à la cafétéria, une autre femme en rose dont la robe est identique à ma robe indienne en satin rose, sauf que la sienne est en voile, rose aussi, mais avec des fleurs brodées en fil beige dans le tissu. Il y a toujours une femme en rose dans le paysage de ce roman comme il y a toujours du rose depuis que j'en ai entendu la chanson, et surtout depuis que j'en ai vu tout le réel veiné ce seul jour de ma vie où j'ai été «bionique» sans encore porter les couleurs, ce que je n'ai fait que le lendemain, en achetant chez un juif de la rue Saint-Laurent, ce T-shirt bleu poudre sur lequel jumpe Jamie Sommers dont j'ai eu un jour l'oreille bionique tandis que tous les sons qui remplissaient la membrane dans laquelle je respirais m'étaient tout à coup perceptibles, dans cet espace/temps que Y. appelle, depuis, «le bal des p'tits souliers». C'est au cours de ces quelques douze heures sur Urantia que je me suis mise à tripper sur mes «bottines d'astronaute» que j'appelais ainsi parce qu'elles étaient lourdes et qu'elles me permettaient de rester sur terre du fait qu'elles étaient munies de ce dispositif gravitationnel qu'on voit dans *Odyssée 2001* quand les hôtesses de la navette vers la lune marchent perpendiculairement au plancher.

Et tandis que les escaliers de bois du Mont-Royal glissaient dans le vide sous mes pas, que l'herbe n'était plus qu'un ruisseau de bleu, que les arbres viraient au feutre noir et que toute la montagne se liquéfiait, je marchais sur la terre. C'était spongieux parce qu'on était au printemps, que le sol était encore trempé et que les écorces nues des bouleaux miraient rose dans les premiers rayons d'un soleil mourant qui venait de se lever et dont la splendeur nous attendait à l'Oratoire Saint-Joseph, d'hyacinthe et d'or et c'était franchement une mosquée à la place d'une usine et c'était bien la terre.

Quand je me suis retournée, il y avait un incendie rose dans la mer du ciel au-dessus de Montréal. Même Blue Bonnets avait l'air de la rampe de lancement dans *Close Encounter* et le caissier avait dit que c'était parce que j'étais une extra-terrestre que je savais qu'il lisait un livre sur les UFO à son copain qui s'en étonnait tandis que j'expliquais à Y. qu'on devait parier sur le cheval qu'il nous recommandait parce qu'il lisait un livre sur les objets volants non identifiés, un livre en anglais, ce que je savais, tout simplement, parce que j'avais vu le livre plus tôt, alors qu'il n'était plus sur le comptoir maintenant que les courses étaient bel et bien commencées et que la foule s'agitait autour des guichets, que le rose avait reflué même si je m'en rappelais assez pour mourir d'amour pour tout ce qui m'entourait. Et quand j'ai su qu'on allait gagner au quinella, j'ai compris qu'on risquait presque le power-trip alors on a décidé de partir tout de suite après pour aller dépenser le cinquante dollars qu'on venait de gagner pour qu'il ne nous reste rien de cette journée magique et qu'elle soit entièrement gratuite. Et je l'ai peut-être racontée parce qu'elle m'a fourni beaucoup d'indices, mais ce que je pourrai jamais en raconter, même en mille et un récits, n'aura qu'une vague et lointaine apparence de vraisemblance avec l'être vivant qu'est cette journée où les patterns du visible et de l'invisible se sont révélés liés à travers même ce nuage d'inconnaissance qui nous enveloppe amoureusement et d'autant plus amoureusement quand, par échappées, on se met à soupçonner qu'on peut lui échapper.

Celui qui lisait, ce jour-là, *Le Nuage d'inconnaissance* d'un mystique anglais du XIVième siècle publié au Seuil dans la collection «Points», dans l'immense salle à peu près déserte du chalet de la montagne, ne lisait certainement pas précisément ce livre-là pour que je m'en serve comme indice dans le trajet enchevêtré de ce signe de piste que je suis depuis ma naissance. Mais je n'ai que faire des intentions littérales de ce qui m'entoure même s'il m'arrive de rêver les voir de nouveau, dans ces moments où le sens prolifère à ce point que de me rappeler le sens littéral des mots et des choses ne m'est plus d'aucun secours.

À ce point du texte, la même femme de chambre italienne, blonde, ordinaire dans son smock bleu me demande si elle peut faire le «letto» et c'est bien le lit que ça veut dire car elle laisse des draps propres dans la chambre, disant qu'elle le fera «domani». Décidément, j'aurais dû me procurer l'Assimil d'italien avant de quitter Montréal, car je n'ai réussi à trouver qu'un «Parla francese» que j'essaie de lire à l'envers, ce qui n'est pas du tout commode, au point que je ne parle qu'avec un lexique très pauvre, sans autre syntaxe que ce «e» que je sers à toute les sauces quand un automatisme linguistique franchement ridicule ne me fait pas sortir des «muy bien» et des «pensao que», très idiomatiques mais espagnols à des boutiquiers italiens qui n'ont pas l'heur d'apprécier qu'on massacre à ce point leur langue.

X. a tout aussi de mal que moi avec l'italien, lui dont l'espagnol yucatèque était pourtant assez habile pour qu'il puisse faire des farces qui faisaient sourire aux éclats ces Mexicains très mayas que ses «porque no» déplacés projetaient sans doute dans des régions méta-linguistiques, car ils savaient bien que «pourquoi non», c'est oui qu'il faut dire au réel puisque le temps c'est l'espace et vice versa comme ils l'avaient écrit dans le nombre de marches de leurs pyramides dont ils savaient bien, eux, qu'elles n'étaient que des signes comme les mots, de ce qui se trouve en dessous et au-delà des mots. Et que le haut c'est le bas et que le bas c'est le haut, pourquoi pas?

So what? Nane Yelle piaffe d'impatience dans son autobus que j'ai mis en marche il y a déjà deux ans, au cours de cet été des Olympiques où j'étais restée dans le sauna de Montréal pour écrire ce roman que je suis en train de dactylographier, ce que j'ai cessé de faire quand c'est moi qui me suis mise à piaffer d'impatience devant cette Olivetti bête et têtue que X. a remise en état de marche. Il y avait des vertiges d'ironie dans mon: «Ah! que c'est donc commode un homme dans la maison», dont il a partagé au moins quelques sens seconds mais certainement pas le sens littéral que j'excluais moi-même, car il sait fort bien que c'est moi qui répare tout ce qui nous tombe dans les mains, des poignées de porte aux tiroirs de la cuisine, dans notre appartement de Montréal qui a pourtant vu moults combats épiques entre la machine à écrire et moi, combats dont il a toujours été l'arbitre réconciliateur à moins que ma rage ait été telle qu'il ait fallu faire appel à l'employé éberlué de Sterling Typewriter pour qui les écheveaux de ruban de ma machine constituent peut-être un mystère qu'il s'efforce de résoudre parallèlement à celui que lui cause peut-être le fait que je n'ai plus envoyé de chèques ni remis la machine louée depuis quelques mois, oubli que X. a à son tour oublié de réparer avant de venir me rencontrer en Europe, de sorte que mon dactylographe écrit peut-être un tout autre roman sans moi, à moins que ma chatte ne m'ait remplacée à ma table de travail pour raconter ses propres aventures tunisiennes, à moins que ce ne soit Z. qui, chaque fois qu'il vient nourrir les chats, en profite pour ajouter son zeste aux parties du texte déjà dactylographié de ce roman qui ne le sera toujours qu'en partie si je ne cesse pas de recenser mes états d'âme pour me mettre à la tâche. Ce que je fais: aussitôt dit, aussitôt fait.

☐

Le seul choix, pour les humains, serait de mettre au clair l'information disponible pour la communiquer à l'espèce afin que la planète puisse, un jour, en arriver à brûler comme un soleil. Ce qu'a fait Einstein en élucidant la structure atomique qui nous mène à l'apocalypse de la lumière via la force nucléaire ou vers l'expansion de conscience dont les explosions répétées produisent l'effet d'une traînée de poudre depuis l'apparition de cet acide qui mine le connu. Ou de ne pas, ce qui consisterait à faire le sourd-muet pour mieux faire le mort. Et de la mort comme de la vie humaine, on sait qu'elles ne font que faire tourner cette roue qui nous enferme dans la matière que des forces plus grandes que nous sont, de toute façon, sans doute sur le point de faire éclater.

☐

On s'étonne de ce qu'avec un vent pareil il puisse faire si chaud. Je suis allée boire un cappuccino au café en bas de la colle di cappuccino, la bien nommée! Et j'ai mangé une glace Fiordifragola dont la «fleur de fraise» est aussi suave que son nom l'indique. Quand j'ai travaillé comme un forçat toute la journée, je m'extasie devant les merveilles de la dolce vita. N'empêche que les aventures de Nane Yelle sont maintenant dûment dactylographiées, l'impétueuse Olivetti s'étant mise à filer doux. X. est en train de lire le manuscrit tout frais et j'attends son verdict de lecteur parfait. Par «parfait», j'entends qu'il trouve toujours ça au boutte et je n'en demande pas davantage pour avoir le courage de continuer. Les quelques rares fois où il s'est risqué à rechigner, je lui en ai tellement voulu que je pense qu'il n'osera plus jamais s'aventurer sur ce terrain-là. Il paraît que c'est pas d'avance comme méthode: mais ça m'est égal; je n'ai besoin que d'un élan et après, inch allah... Et aussi, de tester auprès de ce premier lecteur indulgent, les multiples pistes qui s'offrent à moi pour faire débouler toutes les autres. Ce n'est pas Leila qui me ressemble, c'est moi qui ai appris d'elle cette façon qu'elle a de jouer au chat avec la souris de laine que je lui ai rapportée du Mexique.

Ce vent qui souffle, c'est peut-être celui de la paranoïa qui me fait lire l'absence de mes règles dans un seul sens. Évidemment, celui que je crains le plus. Quand j'écris «Leila» pour désigner un chat et que je lis le nom de ce qui pourrait déjà être, au moment où je dactylographierai cette partie du texte manuscrit, celui d'une petite fille née dans la fiction mais alors bien réelle dans mon ventre. La vie en prose, parce que la distinction n'existe pas... Si elle n'existe pas, elle existe, pourtant, simultanément. C'était beaucoup plus magique quand j'ignorais encore le versant noir qu'on ne voit que lorsqu'on a traversé la frontière.

Je manque peut-être un peu de vie depuis que je me suis enfermée à double tour dans la prose. Mais ce n'est que le temps d'une tsampa, le temps de faire lever ces divinités roses comme le font ces lamas qui méditent pendant des années sur une déité de sorte que cette déité prend réalité. Je pense à ce petit moine grassouillet qu'avait créé Alexandra David-Neel, parce qu'elle ne voulait pas s'encombrer d'un dieu comme elle le raconte dans *Magic and Mystery in Tibet* que j'ai lu à cent trois degrés de fièvre au monastère de Samgyé-Ling. Elle avait réussi à le rendre réel au point qu'il s'affairait au moment du campement, buvait son thé beurré tout comme les très réels Tibétains qui accompagnaient Mme Neel. L'illusion était à ce point parfaite que les autres aussi voyaient ce petit moine qui n'était pourtant qu'une fiction créée par la sadhana à laquelle elle s'était livrée pendant quelques mois.

Impossible de ne pas se rappeler que le petit moine avait fini par se détacher d'elle, au point d'adopter un comportement assez imprévisible pour qu'elle en vienne à la prendre en horreur. Que ça lui ait pris six mois avant de dissoudre l'illusion ne m'étonne pas outre mesure. Les anges et les démons qui m'entourent depuis première année A commencent à peine à s'évanouir… Ces anges, tout droit sortis des images saintes que mère Saint-Séraphin distribuait aux petites filles tannantes que la maîtresse envoyait chez la directrice, à l'école des Saints-Martyrs-Canadiens, dans les années soixante. Ces anges que j'ai pris pour du cash jusqu'au jour où j'ai compris qu'ils n'étaient que des «pareils comme» les démons qui font se mouvoir les voiles de maya de sorte qu'on se met à confondre les mots et les choses, oubliant qu'«il n'y a qu'un Dieu qui règne dans les cieux» comme le disait la chanson de mononcle

Todore qui nous la servait, chaque année, chaque party de Jour de l'An que le bon Dieu faisait.

Or Dieu n'est que le timbre de voix d'un ange, une araignée noire courant sur le mur blanc d'une chambre d'Italie, la fleur de fraise d'un popsicle rouge qu'on suce en jouant au bolo quand il y a encore du sable de l'hiver sur les trottoirs. Et c'est, paradoxalement, un ange qui a soulevé pour moi un coin du voile de maya.

Je n'ai vu que mille et une fois une fraction de seconde la danse sacrée de Shiva et c'est un spectacle que je n'oublie pas. L'ange a guidé mes premiers pas vers cette scène que les Hindous appellent «lila». Mais cet ange était aussi un démon qui se riait de moi et me faisait boire des philtres soporifiques qui m'empêchaient de voir «lila» que je ne savais plus que lire et lier comme si j'étais devenue un computer électronique hypnotisé. J'en suis venue à détester l'ange comme le démon. Et je me contente du réel et de mes frères et sœurs humains à double tranchant quand il leur arrive — et ça arrive — de franchir le mur du *son*.

Je viens juste d'arriver à la représentation et je ne peux que rester bouche bée. «Le Québec serait cette poignée de comédiens bègues et amnésiques hantés par la platitude comme Hamlet par le spectre. Tout le monde a comme son texte sur le bout de la langue et personne n'arrive à se rappeler le premier mot de la première ligne de cette histoire insensée dont, faute de commencer, on ne connaîtra jamais la fin.» Ces phrases de *Trou de mémoire* me reviennent, portées par le vent d'Italie et si ni la platitude ni le spectre ne m'ont jamais à ce point hantée, ces phra-

ses, elles, m'ont hantée. Je ne les cite peut-être pas
très exactement, à force d'en ressasser la saveur absolument non assimilable au seul nationalisme ambiant
au moment de la parution du livre. L'infra-littérature
et la sous-histoire qui paraissaient à Aquin la bad-
luck crasse d'un Québec en état de fatigue culturelle, ne sont peut-être que les figures d'une infra-
littérature et d'une sous-histoire universelles qui sont
le lot d'une condition humaine dont on s'acharne à
nommer l'innommable avec ces piètres instruments
que sont les mots, tandis que l'univers sub-atomique
s'apprête à réduire en poussières nos prétentions peu-
reuses. Être résolument moderne, c'est peut-être
abandonner les actants: pharmacien révolutionnaire,
alchimiste ou rêveur impénitent. Pierre X. Magnant,
le Nicolas Flamel de la chanson et l'O.R. alchimique
d'*Un livre* de Nicole Brossard sont des dieux latents.
Comme les gnostiques de Princeton qui pratiquent le
montage positif, je veux voir la vie en rose et croire
aux utopies de Chamberland et à celles de mon
copain de Vénus, chômeur ben ordinaire qui n'a
pourtant pas froid aux mots comme j'ai pu le constat-
ter le jour où il m'a révélé ses origines tandis que
l'opticien réparait mes lunettes roses que j'avais brisées dans un moment de découragement. Ce n'est
peut-être qu'une danse de la vie en noir en rose,
comme me l'a écrit sur un carton d'allumettes un
inconnu ou une inconnue de la taverne Cherrier.
Mais c'est tellement évident le noir, que ça serait
cyclope de ne voir que ça. N'ouvrir que le bon œil
serait tout aussi bête. Alors je louche. Et s'ouvre
alors, parfois, le troisième. Trois petits chats, trois
petits chats, trois petits chats chats chats. Chapeau de

paille d'Italie et vaudeville du vent, un soir de juillet 1978. Que du vent; autant en emporte le vent... Et cette lettre à Chose que je dois écrire maintenant... Peu importe...

Le temps parle et rien ne se passe, ajoute-t-elle, très bitch comme voleuse de titres... Mais c'est une inside joke, très bissextile, vu qu'Urbino est une ville binaire qui attrape les logiciens-machines, qu'ils soient atteints d'une loghorrée verbale et/ou scripturale. Toto a effectivement «allumé un spot» dans ma tête — l'expression, étonnante dans sa bouche, est pourtant de lui... — quand il a donné un exemple des catégories inutiles. De répertorier l'univers en noir et non noir, en mouvant et non mouvant, ça nous avance, en effet, à quoi? Cré Toto! Mais c'est de toute beauté de voir la danse de quelqu'un qui aime à ce point le langage. Du moment qu'on sait que c'est encore «lila», alors on la lit, la danse, et on ne prend pas des vessies pour des lanternes. Quelle expression curieuse... le langage ne pourrait-il pas appeler un chat un chat?

□

Je commence à être si habile à détecter mes lapsus syntagmatiques que ça risque de n'avoir bientôt plus aucun intérêt. C'est très jaune-scab ces mots qu'on imagine neutres; ils passent leur temps à traverser les piquets de grève et se mettent le cœur joyeusement à l'ouvrage pendant que le boss, tout content, s'empresse de faire fusiller les grévistes de Five Roses. C'est bien arrivé dans le réel de l'été dernier, même si je n'en ai pris connaissance que de seconde main, par des amis qui m'en ont fait une relation détaillée dans la cuisine d'un petit village de Haute-Provence. Du changement d'orbite de la métaphore psychanalytique à la métaphore sociale, je ne suis pas directement responsable. Ce sont les mots qui ont tendance à confondre l'histoire personnelle à l'actualité régionale, nationale ou internationale. Et que la tendance existe n'est que la preuve par trois — tiens, ce n'est peut-être pas pour rien que j'ai bloqué, justement, à la règle de trois en mathématiques, science où je suis d'un cruche... — et que la tendance existe n'est que la preuve par trois petits chats qu'il y a ou qu'il n'y a pas d'équivalence entre les mots et les choses, entre le microcosme et le macrocosme. So what, c'est *ça* qui est *ça*. C'est l'expression populaire la plus brillante qui soit. Le lama d'Angleterre où j'ai appris à visualiser Manjushri que je néglige pour une dérisoire «Pink Lady» qu'un peu plus je vais prendre pour Shakti, notre très sainte mère à tous, le lama, j'y reviens disait, lui: «sunyata».

À la Bibliothèque nationale, au cours de cette semaine épique de la contre-culture, Burroughs en running-shoes, Pélieu en habit et Ginsberg en homme/OM se transformaient en statues de sel pendant qu'Anne Waldman, Nicole Brossard, Paul Chamberland, Josée Yvon, Lucien Francœur et Denis Vanier s'enflammaient chacun leur style tandis qu'en femme de Loth très moderne, le baron Philippe regardait l'incendie en criant que «y a rien là».

Moi, j'avais peur du chien de l'autre Chamberland, qui n'avait pas encore fondé le Cinéma Parallèle et qui se faisait alors remarquer par son garde du corps policier. Je croyais alors que «toute est dans toute» et qu'un chien policier se promène dans les rangées, ça me rappelait Flic, le chien-ange de grand-moman; et celui-là avait l'air, en comparaison, d'un démon. Il y avait, bien sûr, ce jour-là, des anges et des démons dans la salle. Il faut de tout pour faire un monde et je ne vois pas comment on pourrait s'aviser de décider qui est l'ange, qui est le démon, car ces figures circulent d'un être à l'autre à la vitesse de la lumière.

Je pouvais bien rire, l'été dernier, à Avignon, au cours d'un récital de poésie «féminine» qui semblait fondé sur la thématique du chien... Des chiens, il y en a plein dans ma vie et dans ma prose, ça en devient chiant. Clin d'œil aux psychanalystes: moi je déchiffre tellement vite maintenant et ça bloque toujours au deuxième chakra, alors c'est rendu que je m'en crisse. De tête de chien astral en Caniche Head, comme j'ai entendu la première fois ce nom de Conishead Priory où j'ai fait connaissance avec Manjushri, Chenrezig et Cie, en bouledogues hypnagogiques et en toutous très réels, comme cet autre chien policier que promenait le diable que j'ai rencontré rue Saint-Denis le jour où j'ai suivi la pleine lune du printemps qui était grosse à ce point que maman, dans l'auto, tandis qu'elle me reconduisait chez moi, l'a elle-même prise pour un OVNI. Maudites parenthèses! C'est que je pense à maman qui disait que je partais pour longtemps, qu'elle s'ennuierait et qu'elle se rappelait que du temps où elle allait au couvent, une de ses camarades lui avait dit qu'elle ne devait pas s'ennuyer de sa mère, que c'était la même lune que sa mère qu'elle voyait dans le ciel même si elle se trouvait si loin d'elle. Toujours est-il qu'ayant quitté ma maman, je suivais la lune rue Saint-Denis, vers

onze heures du soir, un lundi jour de la lune je parie-
rais… D'ailleurs, je pense que c'était bien un lundi…
Mais j'avoue, que là, je n'en suis pas si sûre… Si, si,
c'était le lundi: c'était un jour où papa travaillait car
j'avais passé l'après-midi à jaser avec maman et il
n'était arrivé qu'à l'heure du souper. Je devais partir
le mardi ou le mercredi et je suis bien partie un mercredi, mais seulement deux semaines plus tard, parce
que j'étais sur une liste d'attente et qu'il n'y a pas eu
d'annulation, ce qui m'a permis de suivre la lune pas
mal longtemps… J'en étais devenue lunatique
comme seul mon ange gardien le sait…

Ce soir-là, donc, lundi, jour de la lune, je suivais
la lune qui était maintenant tombée en bas de la rue
Sherbrooke et, en passant devant le Carré Saint-
Louis, j'ai vu la tête réelle du chien astral dont ceux
que j'appelais alors des «extra-terrestres» m'avaient
envoyé l'image. Le chien était en laisse et, au bout de
la laisse, il y avait le diable, qui s'appelait Frank ou
Franz, je n'ai pas bien compris, parce qu'il avait un
accent épouvantable et, ma foi, c'est vrai que le diable est anglais comme le chante Gainsbourg… Je
viens de me rappeler qu'il me parlait en anglais!
C'était un petit homme à la peau assez foncée, le che-
veu noir, en habit gris avec, il me semble, un bracelet
au poignet; mais c'était peut-être une montre. J'étais
là, interdite, sur le trottoir, et il me disait de l'attendre, qu'il avait beaucoup d'argent pour moi et je ne
comprenais pas où il s'en allait. Je l'ai regardé dans
les yeux et je lui ai dit que je ne voulais pas lui vendre
mon âme.

Cette fois-là, ça n'a pas été trop pire car j'ai réa-
lisé quasiment tout de suite après que ce n'était pro-

bablement que mon corps qu'il voulait acheter. Je ne savais pas que ça pouvait faire aussi plaisir que ça de passer pour une putain! Il y avait une bataille en face de la taverne Cherrier et j'ai vu Z. revoler contre une auto stationnée. Je me suis approchée, même si le diable était là aussi, mais ce n'est rien le diable. Z. m'a dit que des agents de la RCMP venaient de le battre et il avait, en effet l'air très poqué et un œil au beurre noir. Il tremblait tandis qu'on marchait le long du Carré Saint-Louis et quand il m'a demandé où je m'en allais je lui ai dit que je suivais la lune, qu'il y avait du danger dans l'air et qu'il devrait se protéger.

C'était justement ce qu'il avait l'intention de faire et il m'a emprunté deux piastres pour prendre un taxi pour rentrer chez lui. La lune n'était plus visible mais je la soupçonnais à la hauteur de Sainte-Catherine jusqu'où je l'ai pourchassée. Ma petite expérience a vite fait de confirmer ce que j'avais déjà pressenti de son pouvoir d'autant plus puissant qu'en général on le tient pour négligeable. Toute la rue Saint-Denis était, ce soir-là, sous l'empire de la lune. Et je ne l'étais pas moins ce soir-là qu'un mois plus tard, dans la brume de deux heures du matin qui enveloppait le Priory tandis qu'abrillée dans une couverte de laine grise, j'écoutais Nikki l'Australienne me parler du diable qu'elle avait rencontré en Thaïlande ou au Maroc, c'était assez flou, entre Nagel son chum dont le nom veut dire noir et Kent son frère dont le nom veut dire blanc alors qu'elle était une Nicoletta, une petite mère. Lory, qui parlait constamment à ceux qu'il appelait ses «amis» et qui étaient invisibles pour nos yeux, est alors sorti du noir comme un diable d'une boîte et il s'est assis avec nous. Je n'entendais pas bien ce qu'il disait parce qu'il parlait tout bas mais je me rappelle qu'il parlait d'une lumière que Nikki et moi on n'arrivait pas à voir dans le ciel, peut-être parce qu'on ne comprenait pas trop de quoi il parlait.

On avait bien vu qu'il n'était pas aussi fou qu'il en avait l'air, car c'était ce fou-astronome qui nous avait appris, quand on la lui avait montrée, que ce n'était que Vénus cette grosse étoile blanche qui flashait comme une soucoupe volante dans le ciel encore clair de dix heures du soir en Angleterre. Nikki lui demandait s'il se déciderait bientôt à cesser de faire la conversation à ses «amis», ce que personne dans la commune n'appréciait particulièrement. Spécialement quand ça lui prenait au beau milieu du silence religieux qui régnait pendant que le lama nous entretenait des souffrances des esprits errants. Lory disait à Nikki que oui, peut-être, que le monastère était plein de fantômes. J'avais beau faire des farces et dire que le lama les tenait tous en laisse, j'étais pas brave brave quand il m'a fallu traverser le hall d'entrée complètement noir et parcourir tout le West Wing plongé dans l'obscurité. C'était quelque chose que de chercher les switchs dans le noir glacial de cette ancienne léproserie où quelques âmes lépreuses devaient bien flotter encore malgré les relents d'encens et les pujas purificateurs.

Est-ce la lune encore, qui est pleine ce soir, comme je l'ai constaté en remontant cette colline des Capucins que je ne descends que pour aller boire des cappuccini, est-ce la lune qui me fait écrire si tard dans la nuit et différer la lettre et raconter par le menu des segments de mon passé alors que le profil d'un dieu sur un sphinx de pierre dont l'autre versant figurait un livre ouvert, m'avait annoncé un renversement du courant puisque le profil regardait vers la droite et vers la terre.

Cela se passait au cours de ce que j'ai appelé un «strawberry morning» — tiens, les fraises, TOUTES LES FRAISES... Et ce frisson dans tout mon corps, encore. Dans le cimetière de Saint-Augustin, j'avais onze ans peut-être, mon frère Y. me parlait de Mme Chamard et des fraises et ce n'est qu'il y a quelque temps que j'ai compris pourquoi le nom de sa maîtresse de troisième année m'avait tant frappée. C'est encore le même chat mort dans le paysage, il n'y a même plus de quoi trembler.

Tandis qu'on parlait, dix-sept ans plus tard, encore de cette même Mme Chamard, non plus dans le cimetière, mais à la Cour Saint-Denis, ce vendredi de mai où Y. était, exceptionnellement, à Montréal, je ne savais pas encore que ces fraises — mais lui ne se rappelait plus les fraises — que les fraises me reviendraient de façon bien étrange, sur une plage d'Angleterre.

J'avais écrit un caractère tibétain sur cette pierre qui avait l'air d'un livre, au verso, même si j'avais cru, de loin, que c'était un sphinx de pierre. J'avais utilisé un de ces galets rouges et friables qu'il y avait en abondance sur le bord de la mer. Ce matin-là, je jouais «aux pouvoirs». Et c'était mon nom que j'écrivais car ce caractère, graphiquement, pour moi, du moins, en représentait les initiales entrelacées dans la magie du chiffre trois. J'ai fait bien des salamalecs au dieu de la couverture car j'étais en train de lire

Journey to Ixtlan et ça m'inspirait des craintes qui ne me sont pas très naturelles. Puis, très fière de mon coup, j'ai repris ma promenade le long de la plage en me disant que je repasserais bien au retour pour m'assurer que personne n'ait effacé ma signature.

Je repars donc d'un pied alerte — j'avais arrêté de fumer... — et je vais mon petit bonhomme de chemin quand quelques oiseaux noirs se mettent à croasser au-dessus de ma tête. Castaneda raconte que don Juan lui apprend à obéir aux mises en garde des corbeaux je pense, ou des corneilles, j'ai compris le mot sans savoir au juste de quel volatile il s'agit, en français. Anyway, je ne saurais distinguer un corbeau d'une corneille. Dans la nuit de l'ignorance, tous les chats sont gris. Toujours est-il que ça croasse en grande et que ça a tout l'air d'un mauvais présage mais j'ai pas du tout envie de rebrousser chemin pour une superstition d'autant plus idiote que je ne la connais que depuis la veille. Et je ruse en me disant que je pourrais bien aller par la route et revenir par la plage, puisque, de toutes façons, je veux repasser par là où j'ai écrit mon nom.

Sur ce, je me retourne; il y a, et c'est très curieux, quelqu'un, à proximité du livre-sphinx. Et une deux-chevaux jaune stationnée. Écrit, ça a un tout autre sens maintenant et je me sens de plus en plus sur le bord d'une lettre. Mais, à ce moment-là, j'ai juste compris que le livre-sphinx se trouvait juste vis-à-vis de la petite route asphaltée qui mène à la route parallèle à la plage et que je m'étais cassée la tête pour rien à trouver des points de repère pour le retrouver. C'était un très petit livre-sphinx, la pierre ne devait pas avoir plus d'un pied de haut et un pied de large, mais elle n'était pas carrée et elle était posée de biais sur la plage rocailleuse, c'était surtout ça qui lui donnait l'air d'un livre, au verso du dieu.

Je ne suis pas encore très loin de ce lieu-dit que j'ai inventé à peine dix minutes plus tôt et, après une seconde d'hésitation, je décide de m'approcher de cet individu qui ose s'aventurer près d'un territoire consacré par moi. C'est quand même rare de voir quelqu'un sur la plage, à cette heure-là. Et cet individu qui avait l'air tombé du ciel — hypothèse infirmée dès que j'ai aperçu l'auto — est quand même occupé à une drôle d'occupation. Je vois bien, maintenant, qu'il n'est pas en train d'effacer mon nom, mais n'empêche qu'il est penché, je me demande bien sur quoi. Je ne m'attends à rien de moins qu'à tomber sur un Martien mais ce n'est qu'un Anglais, un peu chauve, plutôt rondelet et qui parle un drôle d'anglais, mais ça, c'est probablement dû à ma drôle d'oreille qui ne s'y retrouve pas dans les accents internationaux entendus depuis un mois. Très curieuse, je me suis approchée tellement près que ça aurait l'air fou de ne pas lui parler. Ça a l'air aussi curieux de lui parler mais je me dis: «so what?» et je lui demande ce qu'il est en train de faire, refrénant poliment mon envie de le faire en utilisant ce: «what the hell are you doing?», expression que j'adore tout particulièrement. Il ramasse tout simplement du gravier qui est, dit-il, excellent pour les fraises. En fait, je ne comprends que «good» et «strawberries» et je devine à peu près le reste parce qu'il grommelle, penché, et continue à remplir un petit sac de plastique qu'il tient d'une main tandis qu'il pellette le gravier de l'autre.

C'était d'une banalité plutôt triste et je restais là,

plantée sur la plage, dans son dos, un peu déçue. J'aurais presque préféré qu'il efface mon nom. Croyant sans doute que je tiens à lier connaissance, il éructe un «nice morning» plutôt ours et je lui lance un «bye bye» avant de m'engager dans la petite route. Juste à l'entrée de cette route, il y avait une affiche en lettres blanches sur fond noir, sur laquelle j'ai pu lire qu'il était interdit de ramasser du gravier sur la plage. Et de un, c'était vraiment très banal puisque la situation était même prévue; et de deux, le bonhomme a dû me trouver pas mal garde-chiourme! Et de trois, et trois m'arrive tout juste, me revient, je ne sais plus, c'est tout à fait le sens de ces lettres blanches qui apparaissent sur le tableau noir de mon cauchemar égyptien de Paris. Et je me réveille dans un cri qui terrorise Élisabeth qui partageait ma chambre parisienne du sinistre Terminus Vaugirard. Élisabeth qui se trouve sans doute présentement dans une commune religieuse en Angleterre et on trouvait ça très curieux le fait qu'on faisait toutes les deux un peu le même trip et en Angleterre toutes les deux, en plus.

Mes futés lecteurs ne manquent sans doute pas de remarquer certaines intertextualités entre ce texte-ci auquel je donnerai le titre de *Livre-Sphinx*, voilà pour les sources, et certains des chapitres de *La Vie en prose* qui ne sont pour l'instant que manuscrits mais que vous aurez lus au moment où vous lirez ceci alors que je ne fais que m'en rappeler, car ils datent quand même de l'été dernier. Je pense en particulier à ce passage qui commence, je crois, par les mots: «Tout m'est oracle» et je vois bien que ça recommence. Si la fiction que j'exerce consciemment est responsable de plusieurs de ces intertextualités, il n'empêche… Je viens de fermer la fenêtre, car j'ai eu très véritablement peur de voir un ange à la fenêtre d'occident et c'est trop épeurant…

Il n'empêche que plusieurs d'entre elles sont de nature, non pas «surnaturelle» mais pour le moins étrange… On dirait qu'il y a des ponts entre la fiction et le réel puisque j'écrivais, il y a un an, au sujet d'une Élisabeth sortie d'un livre alors que j'ai rencontré récemment une très réelle Élisabeth, cheveux châtains, environ vingt-six ans, anglophone, originaire de Sydney, en Nouvelle-Écosse. Est-ce que je triche quand je me rappelle que son nom de famille c'était «Swann»? Swann, comme j'ai pu le lire sur une enveloppe qui traînait sur son lit. Cette Élisabeth me fait signe. Elle fait signe, mais de quoi?

Du nom, peut-être, qui n'a pas été effacé encore. Celui de Réal qui m'a retrouvée dans le bois alors que je m'en allais, à deux ans, vers la Montée-des-Anges. Celui de ce Réal bien réel et dont je ne peux pas transposer le nom car ça n'aurait plus de sens. Ce Réal, dont le nom, en anglais, désigne le réel. De ce nom qui est le mien et dont la représentation figure peut-être encore sur une plage du Cumbria. Ce nom dont les initiales sont identiques à celles de celui de mes frères qui m'a dit qu'il racontait à ses copains de Vancouver que c'était lui qui avait écrit ce premier roman que j'ai publié et sur lequel l'éditeur, à mon grand désarroi n'avait inscrit que l'initiale de mon prénom. Ce même frère qui, le jour où il a reparlé de Mme Chamard, dix-sept ans après la première fois où on a joué cette scène qui n'est qu'un atome de la danse de Shiva, ce même frère dont le nom figuré par un caractère tibétain se trouve identique au mien, ce même frère m'a annoncé, ce soir-là, alors qu'il était un peu saoul et que je ne l'étais pas moins, qu'il abandonnait la navigation. Ça m'a donné un coup au cœur qu'il change ainsi d'image mais j'ai fini par trouver que c'était une très bonne idée et je l'ai un peu cuisiné pour savoir qu'est-ce qu'il avait bien l'intention de faire. C'est alors qu'il m'a avoué, le cher ange, qu'il avait l'intention d'écrire un roman. Absolument ravie par le chiasme, car je rêvais, moi, d'abandonner la fiction pour le «nirvana de la navigation», expression qui me venait de lui et d'un heureux hasard qui nous ont fait nous rencontrer, mon frère, moi et le dictionnaire des Symboles que je traînais avec moi parce que je cherchais ce que symbolisait la neige, vu que j'étudiais *Soir d'hiver* de Nelligan au cegep où il était venu me chercher. À «navigation» qu'il m'a demandé de chercher, on a trouvé «nirvana» et Y. a dit, devant mon étonnement: «Ben, pourquoi tu penses que c'est ça que je fais?» Et on riait. Ce n'est que quelques mois plus tard, dans un bar de Montréal, qu'il m'a dit qu'il écrirait un roman et que ce roman s'intitulerait: *Le Soleil se lève à l'est*. J'ai trouvé ça sublime! Il est vrai que j'avais beaucoup bu... Ce n'est que le lendemain que je me suis demandée si c'était une farce... Mais toutes mes cartes postales ne parlent que du soleil qui se lève à l'est à Paris comme à Amsterdam, à Londres comme à Venise, ce qui va peut-être l'inciter à l'écrire un jour, même si c'était juste une farce. Ce soir-là, dans les vapeurs de l'alcool je lui disais qu'il ne restait plus qu'à convaincre Nane et Vincent et qu'on serait la famille Trapp de l'écriture! Et moi je m'en irais voguer sur un léger voilier jusqu'aux mers du Sud comme dans *Aventures dans les îles* le vendredi soir, à la télévision, dans le temps. C'est quoi, le temps?

□

Mon frère aura, samedi dans cinq jours, vingt-six ans, l'âge où on trouve le moyen de faire de son mieux. Selon une vérification expérimentale très très scientifique fondée sur un seul cas, le mien. Why not? Si personne le dit, qui donc vérifiera? Je dis ça, parce qu'en calcul théosophique, ça donne huit. Le huit est, selon la symbolique des nombres que m'a transmise Y., mais c'est pas le même, je devrais l'appeler A., comme l'initiale de son vrai nom... D'ailleurs, A. ce n'est pas mon frère de sang, mais c'est mon frère siamois comme il dit dans ses lettres et dans la vie. Donc le huit, ce n'est pas que l'infini, c'est aussi la découverte des moyens et la matérialisation. Je fais ma fine là, mais je ne le savais pas ça quand, à vingt-six ans, je suis tombée malade d'amour pour quelqu'un qui m'avait réveillée et qui veille encore, quelque part en moi, même si j'ai tout fait pour l'oublier cet être réel qui porte le nom de l'ange que j'ai inexplicablement rencontré par son intercession. J'ai sincèrement voulu mettre fin à ce holding télépathique qui nous a liés, de mon point de vue du moins, pendant des années. Et je crois maintenant y être arrivée. Et c'est même un peu triste.

Et je voudrais bien ne pas avoir peur même si j'ai cessé de rêver que d'aussi loin que cet être réel se trouvait, il me protégeait. J'aime beaucoup la terre et je préfère de beaucoup passer par les humains pour rencontrer des anges. Il vente si fort et je vois un ange qui se voile les yeux avec un pan du rideau de gros coton bleu. C'est un tout petit ange, ça ne doit pas être bien dangereux. Mais reste encore caché mon ange, encore un peu.

Le vent souffle très fort, je me blottirais bien dans les bras de quelque chose, mais cet ange a l'air d'un enfant et je préfère de beaucoup me dire que demain matin, ce ne sera qu'un pli dans le rideau et que c'est dans les bras de Morphée que je devrais me blottir, car c'est, littéralement du moins, le meilleur ami de l'homme. Ce qui ressuscite Murphy, petit cheval roux d'Angleterre, que je n'ai même pas eu besoin d'apprivoiser car une vieille dame en rose me l'a donné ce matin où j'ai chanté *Strawberry Morning* avant d'aller prendre le café en sa compagnie chez de respectables villageois anglais dignes d'un roman d'Agatha Christie qui me parlaient du Priory avant qu'il soit devenu «very strange indeed» avec ces histoires de bouddhistes et du monstre du Loch Ness qu'ils n'avaient pas vu mais dont un vieil Écossais leur avait dit qu'il l'avait vu de ses yeux vu. Et d'Écosse en Irlande, je tombe encore dans mon trou de Saint-Patrick microcosmique et vais de ce pas vérifier si le sang est enfin venu. La lune me doit bien ça, il me semble!

□

J'ai ouvert les yeux sur du bleu dans ma main gauche ouverte sur le mur blanc. X. est venu me chercher pour aller dîner et m'attend maintenant dans sa chambre. Le sang n'est toujours pas là. Je prends une douche froide, car il n'y a de l'eau chaude qu'entre sept et dix heures du matin; sans doute une idée de la vieille chipie en gris…

Dans le miroir de la salle de bains, je pense que Rosemary n'est qu'une femme qui aurait voulu consciemment faire un enfant et qui s'est fait manipuler par des alliés de Satan. Harry avait, à un moment donné, comme je le lui ai dit, le visage tout rose dans le petit matin gris. Mais ce n'étaient pourtant pas des visions d'enfer que j'avais même si, rétroactivement, j'ai tendance à y lire cela en surimpression sur mon plaisir comme je me suis déjà, une autre fois, prise pour la Sainte-Vierge en voyant le Paradis dans la froideur et l'absence de mon corps. Le feu, la glace, encore une fois; et Marie, rose, cette fois. Pendant que dans le réel très organique, le sang, lui, ne vient toujours pas.

□

Je continue au feutre vert, même si je n'aime pas ce vert-là. Le feutre bleu écrit désormais trop pâle et je n'ai plus d'autres stylos. Il faudra que je demande à X. de m'en rapporter d'Urbino cet après-midi. J'écris encore ceci au lieu de la lettre à C. que je devrais bien écrire avant quatre heures pourtant pour que X. puisse aller la poster en même temps que la photocopie des premières pages du roman qui seront publiées dans la livraison d'automne de ce journal d'écritures et d'images fondé par C. il y a cinq ans et auquel on collabore, X. et moi, depuis la première année de sa parution.

Après le dîner, on est assis sur le petit muret qui entoure la pelouse du collège et je parle à X. de mes craintes de la nuit dernière, de cette peur devant l'inconnu que j'arrive pourtant chaque fois à maîtriser mais que je ne cesse d'imaginer plus forte que moi.

X. dit que la réalité des anges, comme celle des démons, n'est qu'un produit de mon imagination, ce qui ne leur enlève rien de leur réalité.

Imaginer, c'est créer des images et cet arbre, me dit X., peut symboliser n'importe quoi, il n'en est pas moins un arbre. Je savais bien, hier, que le vent était le vent même si c'était, en même temps, un ange vert sur le point d'apparaître à la fenêtre d'occident, comme dans ce roman de Meyrinck que je regrette presque, maintenant, d'avoir lu.

X. me raconte que ce matin, Todorov, très toto, a déclaré que l'Orient n'existe pas, que ce n'est qu'une fiction inventée par l'Occident et je comprends à quel point son cartésianisme exacerbé n'est que le pôle inverse de cet Orient qu'il nie très illogiquement, de sorte que sa phrase l'y bascule, malgré tout. Le non-Orient, n'est qu'une autre fiction de l'Occident... Je n'avais pas l'intention de parler du tigre de papier mais plutôt de ce scarabée noir que des étudiants italiens étaient en train de photographier tantôt dans l'escalier qui conduit à ma chambre. Tandis que X. me montrait un nouveau chemin qui contourne le bâtiment et d'où on a une très belle vue sur la vallée, je lui disais que c'était comme d'apprendre à marcher. Que notre système nerveux, à ce moment-là, fonctionnait par essais-erreurs et qu'avec la peur de tomber, on en venait à apprendre l'équilibre. Maintenant, c'est très facile de mettre un pied devant l'autre mais notre système nerveux qui apprend à marcher ailleurs que dans la dimension physique éprouve encore une fois la peur de tomber. Je trouvais cette peur absurde, mais elle ne l'est peut-être pas...

Et il y avait, un peu plus bas, cette curieuse de bebitte sur une serviette jaune. Une des filles la tenait pendant qu'un gars la photographiait et qu'une autre fille observait la scène. C'était une grosse bebitte noire d'au moins trois pouces de long, avec une carapace brun-noir et une sorte de corne de rhinocéros sur le front, il me semble. X. a demandé si c'était un scorpion et ça m'a surpris. Je n'ai jamais imaginé qu'un scorpion puisse avoir cette dimension là! L'Italien a répondu que c'était un scarabée et très sémiologue, j'ai ajouté: «le scarabée d'or...» et ça ressemblait au chat-rhinocéros bleu qui était de la taille de cette bebitte-là avant de devenir une libellule rose-crevette très légère et aussi transparente que je rêve de l'être. Le mantra: «glemme» que j'ai entendu hier et qui sonne comme: «schnell», dans un deuxième temps, n'est encoe qu'un indice de la fluidité de ce «l» apostrophe qui tient à on ne sait qui ou quoi et qui remonte peut-être aussi loin que ce: «pas le ti-minou, j'l'aime» que j'ai réentendu avant de m'endormir et dans lequel le «l» apostrophe tenait à un chat, à un petit frère, à une petite sœur, à moi, et à mon père. Quant à la pilule G et à ce que c'est pour moi, c'est une toute autre affaire dont ça sert à quoi de parler? Pour Timothy Leary, en tout cas, c'est la mort enseignante qui débarre les engrammes de douleur.

Ils étaient en train de faire, ma foi, une photo «artistique» car la fille avait déposé sa bague, dont la pierre miroitait bleu, sur le tissu-éponge jaune et tenait la bebitte gigotante pendant que l'autre ajustait son zoom. Ils n'avaient pas du tout peur de cette bebitte-là, eux. En continuant la descente, X. disait que les Laurentides étaient pleines de beaux gros nou-nours gris qui grignotaient et qu'il aimait mieux ça que les colonies de fourmis et les toiles d'araignées partout, que ce vent de la Renaissance qui soufflait pour protester contre la construction de ces résiden-ces neuves dans les collines d'Urbino qui poussaient contre peut-être la volonté de cette petite église des Capucins qui est là depuis des siècles.

Pourquoi devrait-on avoir peur d'un scarabée très réel, simplement parce qu'il nous est inconnu, alors que ces Italiens, dont ce n'était certainement pas le premier scarabée, jouaient avec comme on joue, nous, avec des écureuils ou je ne sais quelle autre petite bête qui leur est inconnue.

C'était bien qu'ils aient été là pour faire le pont entre le réel inconnu de cette bestiole-là et le réel connu inscrit dans le mot «scarabée» que c'est peut-être Edgar Poe qui m'a appris.

Quant à l'image de cette femme en rose dans un carrosse tiré par un cheval qui traverse un pont qui a l'air d'un aqueduc romain sous lequel il y a de la neige blanche, c'est tout simplement la Chine et, depuis ce rêve-là, pour moi, la pure joie. Si quelqu'un me disait que j'ai tort d'écrire cela, je le croirais. Mais il n'y a personne pour m'interdire de l'écrire et j'ai beau craindre d'avoir l'air imbécile car j'ai lu je ne sais combien de fois que ceux qui savent se taisent et que, si la vérité était transmissible, tout le monde l'aurait communiquée à son frère, j'ai beau avoir peur, je l'écris quand même car je suis bien contente, moi, que ceux qui en savent un petit bout me le disent, même si, bout à bout, ces micro-vérités ne seront encore qu'une carte très approximative du territoire de l'Ultime Réalité.

□

D'avoir voulu ne pas écrire le mot «araignée», il y a deux ans déjà, m'apprend aujourd'hui, que le langage en arrive toujours à ses intentions, quoi qu'on fasse. Le mot «araignée» voulait se faire entendre et je lui avais refusé droit de cité parce que, que Lotte Arbour installe une «araignée géante» devant sa fenêtre, ça pouvait prêter à confusion. C'était pourtant cette plante que je voulais désigner, tout bêtement parce que c'était celle-là qu'il y avait dans ma fenêtre à moi. Mais j'avais consulté un quelconque dictionnaire des «Plantes d'intérieur» où j'ai déniché cette *sansevière* dont aucun lecteur ne verra précisément l'image alors qu'une plante araignée, on sait davantage ce que c'est.

Le mot m'est revenu par l'intermédiaire d'Arachné qui tissait sa toile au plafond tandis que j'écrivais l'éternel retour des choses et des mots. Et, cette fois-ci, j'ai pu l'écrire sans qu'elle revienne. C'est peut-être qu'il n'y a pas d'éternel retour, même quand on dirait qu'il y en a…

□

Ce matin, j'ai mis ma robe blanche pour aller chez le «medico». J'avais mis mon «parla francese» et mon petit dictionnaire français-italien dans mon petit panier de paille et je m'apprêtais à horrifier un médecin italien avec l'histoire de mes malheurs et de mes délires. Le stérilet qui a glissé dans l'utérus, d'où cette douleur qui, en Écosse, m'a fait jeûner pendant deux jours, puis à Venise, encore, moins forte mais qui m'arrêtait sur tous les ponts. La grossesse extra-utérine etc... Tout ça parce que le sang, pour la première fois, n'est pas venu au bout de vingt-et-un jours et qu'on est huit jours plus tard. X. a eu droit à une avant-première pendant qu'on buvait notre cafe-latte et je m'écoutais, absurde logicienne, lui démontrer par A plus B à quel point je faisais pitié. Je retournerais toute seule et tout de suite à Montréal et j'élèverais toute seule cet enfant extra-utérin du péché... C'est moi qui parle de le quitter et je suis en train de me faire accroire que c'est lui qui m'abandonne à mon sort... Habitué à mes délires d'hypocondrie, X. a essayé de me rassurer. C'est de moi-même que j'ai admis que je devrais au moins attendre encore quelques jours avant de consulter un médecin local, au cas où ce ne serait rien. J'ai pourtant vérifié ce matin, et je n'ai pas trouvé le corde du stérilet. Je l'ai perdu ou il s'est perdu dans les profondeurs insondables de ma féminité; ou bien, je ne l'ai pas trouvé parce que j'étais trop énervée... Je sais, pour l'avoir entendu dire, qu'il n'y a rien de pire que de s'énerver pour provoquer une aménorrhée. Alors, j'essaie de ne plus y penser.

Il est neuf heures et demie maintenant. Je vais dactylographier la suite du roman pour oublier que j'attends le sang.

J'ai découvert, hier, en lisant *The Tao of Physics* de Fritjof Capra, livre qui m'a passionnée jusqu'à hier, que le taoisme ne fait aucun sens pour une femme qui se demande anxieusement si elle attend un enfant. «Let everything be allowed to do what it naturally does, so that its nature will be satisfied» dit le Chuang-tzu. Est-ce qu'on a tout dit quand on a dit que la reproduction de l'espèce est un phénomène qui est dans l'ordre des choses?

D'où vient cette terreur qui remonte en moi à l'idée d'avoir un enfant et que je voudrais taire pourtant, pour ne pas handicaper le système nerveux larvaire de ce possible petit être par mon rejet viscéral? Si je suis mère, mon enfant n'a que vingt-et-un jours maintenant. Et qu'il me pardonne l'indignité de celle à qui son père, en disant qu'il aimerait lui faire un enfant, que cet enfant serait heureux de l'avoir pour mère, l'a peut-être fécondée. La belle phrase ambiguë... Il serait peut-être temps que j'apprenne à distinguer entre les mots et les choses, à cesser d'avoir peur des mots quand j'ai peur des choses et vice versa.

Saint-Augustin, qui est l'auteur à la mode dans ce colloque, a pourtant écrit que «les mots ne nous apprennent que des mots», que c'est «la vérité qui gouverne l'esprit lui-même au-dedans, les mots peut-être nous avertissent de le faire». So what? Allez, au travail ma belle! Que sera sera.

□

J'ajoute, après avoir relu une bonne partie de ce qui précède, que le verdict de X., au moment où il a relu le début du manuscrit, était tel que prévu. Qu'il m'a cependant fait remarquer qu'à la page sept du texte dactylographié, il y avait trois fois le mot «extriper». J'ai dit ah! ah! quel beau lapsus j'ai fait là. Et je pense que je vais le laisser.

Au moment où je dactylographierai ce texte-ci, j'espère que je vais trouver ça aussi comique...

□

«Comme ça, t'as réussi à t'embarrer dehors» me dit X. tandis qu'on grimpe jusqu'à la cafétéria. J'ai oublié la clé de ma chambre dans ma chambre. Après dîner, on boit de l'espresso, assis sur le petit muret qui entoure la pelouse. À l'ombre, il fait trop chaud.

Il dit, je ne sais plus à quel sujet, qu'elle s'est embarrée dans l'univers parce qu'elle ne voulait pas s'embarrer dans sa chambre. Et je sens que c'est vrai. Je lui montre le type en beige, assis plus loin, et qui est du même type humain que le père de mon hallucination. On a découvert le type «Cyrano» et le type «Roger Garceau», hier, Piazza de la Republica, après le spectacle de canto populare où j'ai pleuré parce que j'ai compris que je ne croyais plus au bonheur et que c'était absurde parce que la flûte flûtait, que le tambour tambourinait et que des voix allègres allégraient. Comme un peu plus tôt, alors que je dansais sur un air de flûte qui venait d'un des palais où il y avait un cours «international» de musique ancienne. Je dansais dans les escaliers de brique d'Urbino, en demandant à mon chum s'il trouvait ça le fun d'avoir une blonde poétique comme moi...

À un moment donné, c'était dans la cour intérieure d'un de ces bâtiments qu'ils appellent des châteaux et c'est là, d'abord, que j'ai entendu la flûte. J'ai fermé les yeux et j'ai dansé. X. me disait, attention, tu vas t'envoler comme dans la nouvelle d'Agatha Christie que tu m'as racontée. Et je riais, et je tournais. Et quand j'ai ouvert les yeux, je l'ai vu qui s'en allait se cacher derrière une colonne pour me jouer un tour. Au restaurant, je jouais au monsieur et à la madame avec mon couteau et ma fourchette. X. disait que la madame c'était pas la fourchette, que c'était la cuillère. Alors, j'ai pris la cuillère à soupe. La madame buvait de l'eau minérale, le monsieur du vin blanc. Tout d'un coup, la madame s'est mise à pleurer dans son verre d'eau minérale; alors le monsieur est venu la consoler. Là, le garçon a apporté les tagliatelles aux champignons et j'ai échappé la madame dans mon verre d'eau minérale. C'est au souper que j'ai commencé à pleurer. Et j'ai braillé quasiment toute la soirée, à cause des ondes vertes qui me veulent du mal et qui peuvent m'atteindre car X. tolère ceux qui émettent des ondes vertes. C'est pour ça que je veux le quitter. Je vais m'enfermer dans une maison rose à moi toute seule et je vais ne laisser entrer aucun émetteur d'ondes vertes. Ceux qui émettent des ondes vertes m'en font émettre aussi. Et je n'aime pas émettre ça. Ces gens-là ne sont pas dangereux quand ils ne vous voient pas; c'est pour ça que je veux devenir invisible.

J'ai réussi à trouver une des femmes de chambre et je lui ai sorti un: «la chiave de mi camera é dentro mi camera», l'air navré. C'était pas mal, car elle a compris. Elle a dit: «e que faire?», en tout cas, c'est ce que j'ai compris. Et elle m'a tendu sa clé, en souriant. En passant devant la chambre de X., il m'a lancé: «Fais attention pour pas t'embarrer dans ta chambre...» Je n'ai pas compris tout de suite qu'on ne peut pas s'embarrer à l'intérieur... Du moins, pas ici.

Alors qu'on rentrait au collegi, X. a dit: «Et regarde l'avenir qui t'attend!» C'était un bébé italien dans son pousse-pousse. X. lui faisait des guili-guili en lui disant «semiotica, semiotica», ce que bébé trouvait très comique... Plus tard, un examen gynécologique maison m'a assurée que mon stérilet était toujours en place. Je n'en attends pas moins le sang, mais je reprends mon travail le cœur plus léger.

Baudrillard raconte que ce n'est pas le désir qui est la vie, mais la séduction. Que le désir, c'est l'anti-chambre de la mort, que le sexe c'est la mort. Mais je n'en sais pas davantage. J'ai droppé les conférences depuis quelques jours. Je n'en ai pas encore fini avec cette déclaration d'un schizophrène cité par Cooper: «Si je devais revenir pendant mon absence, gardez-moi jusqu'à ce que je revienne. J'ai entendu des voix dire que je suis conscient de ma vie. Pour ramener mes sentiments à la normale, j'ai le sentiment de changer les autres en cuirassés.»

□

Le même soir.

J'ai travaillé jusqu'à huit heures, je ne m'étais pas rendu compte qu'il était si tard. J'ai passé l'après-midi à écrire ma mort en fumant une multi-tude de cigarettes. Dire que j'avais arrêté de fumer! Il ne faut jamais dire fontaine...

Je n'en revenais pas de pouvoir enfin raconter ma mort à froid; c'est, au moins, la cinquième ver-sion que j'en écrivais là. Plus je m'éloigne de «cela», plus c'est facile d'en parler. Bien sûr, je ne peux tou-jours que décrire en surface cette période où la vie l'avait à ce point emporté sur la prose qu'aucun texte ne pourra jamais rendre compte de tout ce qu'il y avait dans cet instant-là où j'ai vu et où j'ai hésité, comme si j'avais le choix. En fait, je ne l'avais pas, sinon, je serais morte pour de bon.

Je n'ai rien vu pourtant, cette fois où j'ai regardé le ciel et que ça traversait le temps. Je renonce à trouver les mots pour décrire cela que j'ai pourtant revécu, il y a quelque temps, sur un autre mode. Ce n'est que depuis que je comprends le dérisoire de cet instant fascinant.

Il faut que je dorme maintenant. Et je vais dormir en paix, car, au moment où je me préparais pour aller souper, j'ai vu que ma robe blanche était tachée. Le sang est enfin venu. J'ai bondi de joie comme Nane Yelle dans ses mudras. X. a dit: «Bon, tu vois, c'était pas si dramatique que ça...» Il a dit aussi qu'il me ferait cinq petites filles et qu'on habiterait une maison de bois blanc.

□

D'écrire l'épisode d'amour fou avec Djinny me rend malade de lui. Pas autant qu'avant. Mais si je ne riais pas, je sens que je pourrais facilement retomber dans cette passion qui m'aveuglait à tel point que j'en oubliais toute dignité. Je l'aimais, je l'aimais, c'était tout ce que je savais. Je me fichais du monde entier, c'est le cas de le dire!

C'est long et c'est difficile de sortir d'un mythe pareil. Djinny, c'était mon jumeau et, s'il ne l'est plus, c'est encore Djinny, heureusement.

Je m'étonne que, dans le roman, ce soit le jumeau qui soit parti alors que c'est moi qui partais. Quand je suis revenue, c'est lui qui est parti. Puis il est revenu. Puis il est reparti. Et là, c'est moi qui suis de nouveau partie. À mon retour, il m'a annoncé qu'il partait de nouveau. Et, cette fois, il est parti des mois. Et je n'ai reçu aucune lettre. Il n'était pas encore revenu quand je suis partie et on a bien dû être à Paris, en même temps, à un moment donné. Les rencontres magiques, ça ne se reproduit pas. Je lui ai quand même écrit parce que X., au téléphone, m'avait raconté qu'il avait vu Djinny à Montréal. C'était pour sa fête et parce que le jour où j'ai écrit la lettre, ça faisait exactement un an.

C'est déjà loin tout ça. Ça ne fait plus mal maintenant. C'est quand même un peu triste de s'être aimés autant pour être si peu des amis maintenant.

□

Dans le ciel, ce soir, il y avait une spirale de nuages roses qui montait du soleil couchant. De la terrasse, on voyait la brume lever entre les collines et des strates pastelles de jaune et de mauve et les effilochures roses bougeaient dans le ciel. J'ai demandé à X. s'il voyait ce personnage qui volait, là, dans la spirale. Il a dit: «Oui, la femme en rose...», ça paraît qu'il lit le roman à mesure. Et c'était, oui, une femme en rose qui planait dans le ciel, vers neuf heures et dix, un soir de juillet, en Italie...

□

J'ai reçu une lettre de Solange qui nage dans l'eau glacée de Provincetown et s'énerve parce que son livre paraît à l'automne.

Je lui ai répondu tout de suite et, comme elle me demande si j'assiste aux conférences, je lui ai fait un petit aperçu folichon des délires sémiologiques de ce colloque où l'auteur à la mode est, de plus en plus, Saint-Augustin. Je lui ai conté les farces de X. qui affiche sur le babillard des petits mots style: «C'est à Saint-Augustin que je dois d'avoir lu Julia Kristeva» signé Saint-Augustin etc. N'empêche qu'encore ce matin, Todorov citait à tour de bras le même saint. J'en ai du moins retenu que le Christ avait rebaptisé Simon Pierre, puisque les noms doivent être justifiés, et j'ai trouvé ça tellement hallucinant que je ne suis pas restée pour la période de questions.

Tandis que j'écris la version française des aventures de Noëlle, je ris et je m'énerve car je ne sais même plus si c'est dans la vie ou dans la prose que les indices sont d'abord apparus. Tout ça à cause d'un air entendu à Radio-Monte-Carle, de l'air de «Y a d'la rumba dans l'air» qui m'est revenu dans la vie, et dans la prose, le jour même où X. a entendu *Singing in the Rain*, version disco, à Urbino. But, «forget your troubles, come on get happy», je retourne à ma machine à écrire…

□

C'est une véritable cataracte rouge maintenant. J'ai dû revenir en courant de la conférence de Cooper parce que la vieille grise avait décidé de barrer les toilettes à côté de l'amphithéâtre. Je bois du coke comme ce subtil conférencier qui déclare que «la conscience de la conscience est la base de la conscience», c'est du moins ce que j'ai déduit de son grommelage traduit en italien par Richard Dreyfus qui cherchait désespérément du feu et qui a manqué de tomber en reculant sa chaise à roulettes quand une Italienne lui a crié qu'il cachait le tableau sur lequel Cooper venait de griffonner quelques schémas dont il ne se rappelait plus ce qu'ils voulaient dire. Pendant ce temps, une autre Italienne, noire comme l'inconscient dont l'autre parlait maintenant, murmurait quelque chose à l'oreille de Richard Dreyfus et là, tout le monde s'est mis à parler en même temps pendant que j'écrivais, dans le petit cahier les délires doubles de Sabada Dabasa dans la spirale vénitienne comme un *blind*, dans laquelle je me suis réveillée ce matin. Y a d'la rumba dans l'air, on dirait... Je dis ça à cause de la serviette jaune sur la corde à linge qui, à travers les rideaux bleus, avait l'air d'une cache couleur papier journal vieilli.

Ce qui me mène au Monde, qui traîne sur mon lit.

□

Je ne sais plus qui écrivait des lettres à ses amis et, ensuite les déchirait. Le courant télépathique était cependant établi et il lui arrivait de recevoir des réponses à des lettres qu'il n'avait jamais envoyées. Si tu as reçu les cinq ou six lettres que je t'ai écrites sans te les envoyer, pourquoi est-ce que tu n'as pas répondu?

Et pourtant, tu as répondu, je sais, à ta manière. Et c'était une très belle réponse, je te l'ai dit, ce jour où tu as parlé des deux camions chargés de nitroglycérine qui avançaient sur un pont dans la jungle de l'Amazonie je pense. Mais on dirait bien que notre salaire de la peur est différé à jamais. Est-ce que c'est pour ça que tu as dit que tu étais fatigué?

Moi aussi je suis fatiguée, très. Ce n'est pas que je ne comprends pas, c'est que j'ai peur de comprendre. Je suis encore une fois paralysée, assise à une extrémité du pont pendant que toi, assis à l'autre extrémité, tu me fais signe de la tête que oui, oui, il existe, le pont. Est-ce que c'est avant ou après que je l'ai défoncé en sautant dessus à pieds joints, je ne sais plus. C'est à vous regarder faire que j'ai vu que vous n'étiez que des ombres et je vous ai imités. Je suis passée, moi aussi, devant la lumière et j'ai vu des points noirs et des démons dans ce petit coin noir où je m'étais réfugiée. Mais, à force de fixer le noir, il y a eu des trous verts dans mes mains et c'est là que j'ai commencé à tourner comme un derviche tourneur dans le blanc pur de ma joie. Que c'était léger, que j'étais ailleurs. Ça m'a pris des mois avant de comprendre que je n'aimais pas être ailleurs. Un jour, je vais m'arrêter, je vais sortir ma vieille robe rose et je vais m'avancer sur ce pont.

J'avance déjà; tout le rouge s'est effacé et c'est enfin le sorcier blanc qui s'avance vers moi. Pourquoi c'est si difficile de marcher sur ce pont-là? Ce ne sont que des cordes. La fois où j'ai failli tomber, tu m'en as empêchée. Tu as dit que tu n'irais pas *là*, avec moi. Où est-ce que j'allais, est-ce que je n'y vais pas encore? Comment un pont que l'on a déjà défoncé peut-il ne l'être pas? C'était le pont de l'étage au-dessus, c'est ça? Mais qu'est-ce qu'on fait sur cet étage, est-ce qu'on met un pied devant l'autre, comme dans l'autre? Plus j'avance, plus c'est difficile. J'ai soif et il n'y a plus d'eau. Il n'y a que l'eau salée de la mer, sous le pont, et je m'y suis baignée pourtant. Pourquoi est-ce qu'on a un hippocampe de couleur différente; moi, le rouge, toi le vert et quelqu'un d'autre le bleu. Ou peut-être le contraire. Je veux revoir l'hippocampe translucide, ce petit cheval noir de Troie que j'ai réussi à démasquer.

Qui est ce démon, cet ange noir qui m'arrache à toi? J'ai vécu tellement de ces arrachements, je suis épuisée. Je peux danser, toute seule, ou avec d'autres, pendant des heures. Mais c'est toujours avec toi quand je danse la vie en rose. Est-ce qu'un jour j'aurai réussi à comprendre que les êtres emblématiques ne se logent jamais sur un seul être... Pourquoi est-ce que je sais, depuis ton premier regard, il y a une éternité, qu'on est là depuis le début des temps, à chacune des extrémités d'un pont qui nous éloigne au lieu de nous rapprocher? Dix ans de ma vie à ne jamais perdre ton nom ni ton ombre de vue bien que je sache que, dans cette incarnation, on ne verra peut-être jamais notre réunion...

C'est difficile et j'ai bien peur d'être bête. J'ai tué le sphinx trop tôt, oubliant que c'était un être vivant. Ma passion m'aveugle, je sais. Mais qu'on m'enterre vivante, je ne le permettrai jamais.

J'ai envie que tu me possèdes, dans mon corps, comme un démon. J'en ai vraiment assez de te prendre pour un ange mais qu'est-ce qui fait que je recule de frayeur dès que tu t'approches de moi depuis que des mots, et je ne sais trop lesquels, se sont glissés entre nos corps?

Il y avait les mots des autres, mes mots à moi, et les tiens. Le mot «messie» le mot «occupée», le mot «frère»; et tant d'autres mots, que j'ai oubliés. Il y a eu le mot «lait», le mot «printemps», le mot «peut-être», le mot «ours», les mots «moi aussi» qui sont les premiers peut-être à avoir renversé le courant. Parce qu'outre les mots, il y avait les phrases, lourdes d'ignorance, qui ont été prononcées, et il y avait tout un langage des yeux et du corps qui lui aussi, s'est renversé. Et, au lieu d'avancer, on s'est mis, tous les deux, à reculer.

Pour rien au monde, je n'aurais avancé sur ton terrain. Pour rien au monde, tu n'aurais avancé sur le mien. Puis, ça s'est révélé plus fort que nous, tu sais, le jour des poissons morts dans l'aquarium aussi mourant que moi. On s'est mis à se faire des concessions mutuelles. J'étais tellement bien disposée, à un moment donné, que j'avais envahi tout ton espace et c'est bien normal que tu aies freaké. C'était exactement ce que j'avais eu si peur que tu fasses. Alors je suis disparue. Et c'était, exactement, ce que tu avais eu si peur que je fasse. On est très comiques, je trouve, avec nos jeux. Comme des petits enfants qui apprennent à marcher.

Je tombe souvent mais ce n'est pas une raison pour ne pas me relever. Nos karmas pullulent de parasites noirs qui rongent le pont. C'est sûr que c'est un démon qui a fait enregistrer ce message qui dit, quand on signale mon numéro de téléphone: «The number you have dialed — et ce diable est Anglais, pas bilingue et il donne même mon numéro au complet! — has been changed for an unlisted number». Ce qui n'est rigoureusement pas vrai. La première fois que quelqu'un s'est montré très vexé de cela, j'ai cru qu'il fabulait pour justifier une rancune secrète. Ce n'est que lorsque j'ai moi-même signalé ce numéro, à Paris, dans un de ces téléphones publics où on peut encore obtenir l'outremer automatique et sans frais, que j'ai compris que c'était vrai.

Debout dans le vacarme de la circulation, porte de Montreuil, j'entendais une voix féminine, me dire, en anglais, que mon numéro n'existait plus, qu'il avait été changé pour un numéro confidentiel. Et elle nommait, c'était étrange, chacun des chiffres de mon numéro de téléphone à Montréal. Je m'en suis assurée en recommençant l'appel et en écoutant de nouveau l'enregistrement. C'était hallucinant au point que je me suis demandée si X. ne l'avait pas effectivement fait changer, ce qui était bien improbable. Après avoir réessayé deux ou trois autres fois et obtenu, à chaque fois, la même réponse enregistrée, j'ai rejoint quelqu'un d'autre à Montréal — c'était aux frais des P.T.T.! —, lui demandant de rejoindre X. pour l'en avertir. Quelques heures plus tard, une nouvelle tentative s'est révélée plus fructueuse; mon numéro a tout bonnement sonné et j'ai enfin reconnu la voix de X. à l'autre bout du fil.

Des fois, j'ai l'impression que dans cette scène qu'on joue depuis si longtemps, nos répliques sont écrites d'avance. Je ne sais vraiment pas dans quelle mesure on peut improviser et si je risque souvent un entrechat déplacé, ça ne me semble pas si grave que ça. C'est une façon de tâter le terrain quand on ne sait pas si c'est sur les pieds ou sur les mains qu'il faut marcher.

Et j'ai beau être disparue, savoir qu'il y a toute la différence du monde entre l'ange emblématique et toi qu'il y en a entre l'atman et le brahman, entre Batlam et Batman, entre la maman et la putain, entre la Sainte-Vierge et moi. J'ai beau être bien décidée à renoncer à mes chimères, aux mythes, aux images et même aux mots, parfois, je ne renoncerai jamais à te rencontrer, un jour sur ce pont. Sur cet étage ou dans un autre. Dante, lui, qui sait que le hasard n'est qu'un effet de perspective, en dit ceci: «Avec moi, donc, jusqu'aux sphères célestes / Lève les yeux, lecteur, et fixe-les au point / Où sont entrecroisés deux mouvements contraires».

□

Toute la nuit, le vent chaud du désert a soufflé. Des trains passaient et je me réveillais, en sueur, le temps de suivre un carré de lumière qui tournait autour de la chambre. Puis, je me rendormais, moite. J'avais soif. Je bois de la Fanta locale, une affreuse orangeade et du Kim Tonic, c'est ce qui ressemble le plus à de l'eau minérale. C'est presque le Sahara et il n'y a pas d'eau minérale. Ma peau goûte salée, j'ai les cheveux mouillés, la gorge sèche.

Depuis trois jours, c'est le ramadan et les Arabes en profitent pour être marabouts. Le barman de l'hôtel Oasis prétend qu'il n'y a pas d'eau minérale; la patronne du petit hôtel d'Hammamet, elle, refusait d'en servir sous prétexte que l'eau tunisienne n'est pas pleine de microbes, même s'il y en a qui prétendent qu'elle donne le choléra — je ne savais pas ça! — et que c'est en France qu'il y a une épidémie de poux. Ça n'avait rien à voir, il me semble et elle n'avait pas l'air de comprendre que le Québec ce n'est pas la France. N'empêche que sa haine des anciens colons m'a obligée à rester sur ma soif…

La nuit, là, c'était la fête. J'aime beaucoup les chants arabes, mais moins, quand je délire de fièvre, la peau brûlée par le sel de la mer et le soleil d'Afrique. Dans le noir, mes jambes étaient rouge-vin et mes mains, aussi, et je croyais que j'étais morte. Je ne savais plus où j'étais. Je savais que ce n'était pas Samyé-Ling, mais je ne savais plus ce que c'était.

J'étais à l'extérieur de mon corps, dans le noir infini des muezzins. Mon copain de Vénus aussi chantait des muezzins, assis par terre, dans ma chambre rose. Ça le rendait extatique qu'il disait. Ah, l'extase... N'est-ce vraiment qu'une stase avant le nom secret?

□

À Djerba-la-douce, au mois d'août.

Tout le roman est à reprendre depuis le début. Je ne l'ai même pas relu... Les feuillets dactylographiés, ficelés entre deux posters de la Biennale de Venise, dorment en paix parmi le linge sale de mon pack-sac. «If the mind possesses universal validity-art reveals a universal truth. I want that truth.» C'était d'Agnes Denes, ou quelque chose comme ça, née à Budapest et vivant à New York. Elle avait écrit ça sur des encres représentant une pyramide composée de triangles. Ça s'intitule: «Pascal's triangle and the perfect pyramid» sans majuscules, séries de 1977. Mais le roman gît entre deux feuillets qui proclament: «Mon sexe c'est ma pensée, tu embrasses ma pensée». Quelque chose comme ça. Je n'ai même pas le cœur de vérifier.

Tout est bleu et blanc comme dans l'*Éden et après*, ou après, qui sait. Les chats de l'île ont le même timbre de voix que ma chatte qui porte le nom de cette île. Je suis brune comme une Arabe et triste comme Allah, dieu sait pourquoi. Je lis *Les Souffrances du jeune Werther* et je trouve ça con. Mais con. Même si c'est sexiste d'employer ce mot-là dans ce sens-là, surtout pour une fille. Je m'en crisse.

Pourtant le ciel est jaune de soleil mourant, l'eau

vert oasis et vert caméléon, je dors sous un dôme blanc parfait et les portes du paradis sont peintes en bleu pour repousser les gigantesques cafards qui réussissent à se faufiler quand, encore une fois, j'oublie que la lumière, le soir, attire les bebittes.

Je n'ai pas vu passer de dame en rose en carrosse sur un aqueduc romain. C'était moi qui parcourait l'oasis de Gabès en fiacre, passant sous l'aqueduc romain de Chenini. Et je n'étais qu'une dame en blanc, dans ma petite robe de coton couleur d'absence. Et je trouvais que cela avait peu d'importance.

Je suis, ce soir, à l'heure des prières, comme hier, quand le soleil s'est couché sur Oumt Souk et que les télévisions couleur des cafés se sont mises à cracher les muezzins, je suis, ce soir, la dame en bleu, comme dans la chanson de Michel Louvain, comme hier, dans ma veste bleue de danseuse du ventre et mon turban improvisé qu'un vendeur du souk m'a offert en échange d'un baiser. Je suis toute en bleu comme on dit j'ai les bleus. Est-ce qu'on peut appeler ça une nappe de beau temps? Finissons-en avec Werther, dans Garnier-Flammarion, acheté dans une librairie de Gabès. Vers seize ans, je l'avais acheté dans le Livre de Poche, dans une librairie d'Ahuntsic. C'était mon premier chagrin d'amour et je n'ai jamais fini de le lire. Je trouvais ça mortel. L'an dernier, mon jumeau avait eu ce livre de sa sœur, pour son anniversaire. So what? Je me demande seulement s'il l'a jamais lu. Fragments d'un discours amoureux et autres balivernes. Quelle imbécillité d'être malheureux! Je m'apprête à lire, le sourire aux lèvres.

□

Nous sommes assis à la terrasse du café Haroun el Rachid, X., Y. et moi. Dans le ciel noir au-dessus de Sidi Bou Saïd, les configurations des étoiles bougent on dirait. Puis des disques lumineux se détachent du nuage de la Voie lactée et se mettent à danser. Je me lève. Je dis: «Mais, oui, cette fois, c'est vrai, ce sont des soucoupes volantes». X. explique à Y. que j'en vois tous les jours des soucoupes volantes. Mais Y. regarde déjà les ellipses brillantes qui jaillissent dans le ciel. X. alors, se retourne; il se lève. Tout le monde est debout dans le café. Les «soucoupes» forment maintenant des structures orange semblables à des flocons de neige vus au microscope. Je prends des photos. Quelqu'un dit que mon appareil est mal réglé, mais je n'ai pas le temps de l'ajuster. Un grand vent se met à souffler, qui nous soulève légèrement de terre.

C'était comme des grosses boules de feu dans le ciel. C'était pas ça, mais dans les journaux, on disait que c'était un tremblement de terre. La terre tremblait, mais ce n'était pas un tremblement de terre. Il faisait noir, il y avait beaucoup de vent. Pendant l'atterrissage de l'avion, des techniciens habillés en jaune sont sortis de l'avion. Ils bondissaient, bondissaient. Ils portaient des casques munis d'un spot et, quand ils regardaient les murs de brique, en haut de la pente, ils projetaient des images sur les murs de brique.

C'est l'exode. La seule façon de nous en sortir, c'est de nous déguiser en Arabes. On entre dans la Maison des Filles de Babylone. Sabada Dabasa dit quelque chose, mais je n'entends pas ce qu'elle me dit. Peut-être que je devrais envoyer un télégramme.

Delta / écho, sierra / tango

je je je. je je je. je je je. Des portes de fer claquent dans mon larynx. Le seigneur d'en dessous joue au cerbère. Et je pleure. Mon regard dérive du sosie aux ombres blanches sur le mur. Le cactus déploie des pousses vertes comme un cobra charmé par les vibrations de la musique et je sombre au creux de mon estomac, dans le nœud, dans les réverbérations de sa voix et l'or noir de ses iris dilatés. C'est dans quelques jours seulement que j'ai communié aux champignons magiques, pas encore, il y a longtemps. Il neige en tourbillons sur le matin de Noël, Nancy was alone and field captain Cohen the only one in the House of Mystery. Joan of Arc, that night you planned to go clear, what did you fear? Le français c'est franc: j'ai le cœur en tournesol au cœur du mot heart/earth/art triptyque jusqu'au heartache, de l'ache de douleur à la hache dans mon cœur arcane six du réel.

je je je, la tête au pilori dans le livre des mutations, à toujours tomber sur l'as de cœur, le flip des cartes à jouer quand on joue tous les rôles et qu'on les double en plus. Quand son joker suspend le mien jusqu'au silence hypnotique pendant qu'il devine toute la nuit mon jeu jusqu'à l'aube gris-gris oiseaux de février dans la cuisine jaunie le jour de l'histoire de la petite fille qui joue au pendu dans le jardin de givre de son âme norvège.

je je je dans la spirale du temps perdu dans la nuit des temps et pourtant ce n'est pas moi qui parle, c'est je je je un autre et je pourtant est *une* autre qui vole une phrase au continuum des calligraphies palimpsestes de ce qu'on appelle les choses de la vie par une sorte d'obscurcissement qui nous fait oublier le décor de carton-pâte et toute la profondeur du chant des sphères sub-atomiques qui roulent sous nos peaux d'iguanes galapagos dans un instant de genèse.

je je je dans la pyramythe des j qui filent à l'anglaise dans le diamant compulseur des inframondes, machinant à laver l'organisme de ses spasmes programmés à main gauche. Sabada Dabasa fait passer le drachme dans sa main droite. Elle me fait des tours de magie blanche dans le noir du noir. La pièce trouée permet de lire sans hâte ce qui se déploie comme un film dans le champ de l'œil du sosie immobile, hiérophante. En contre-champ, dans le lotus du lotus du regard de l'un de nous et je ne saurais dire ni lequel ni laquelle, le prince aux lys marche de profil sur une surface rose qui respire en médaillon sur mon cœur qui a perdu ses ailes. À coups de machette dans le luxe de la jungle de l'hémisphère du silence au sein duquel nous radions nos songs of love and hate, bilingues et doutant de tout comme en Toutankhamon quand il s'appuie de tout son poids sur le pylône de ton beau corps terrassé par un char, un soir bleu de janvier et d'ambulance, rue Saint-Urbain. Qui sait si le prince crétois, lui, ne saurait dire pourquoi, le lendemain ou quelques jours plus tard, tu auras eu peur, toute la journée, de te faire écraser par le char d'un de nos doubles qui, pourtant, ne sera stationné devant cette porte que tu viens de franchir qu'une heure ou deux plus tard. Comme un bouchon dans la mer d'huile des distorsions temporelles, je te tiens des heures au bout du fil, c'est karmique, je ne peux pas cesser de monter/descendre comme un see/saw sur la ligne du temps. T'es liée, Solange Tellier. Pieds et poings à quoi?

Et tu rues dans tes brancards et des brancardiers promènent ton coma jusqu'à Sacré-Cœur dans la tempête du siècle. Cent quatre de fièvre au cadran, comme c'était écrit dans le tracé de chiromancie de la main avec laquelle tu n'écris jamais même quand tu as le cœur qui s'emballe et se cabre dans l'urbanisme sauvage de ton ADN qu'Ariane décode à indice d'octane élevé, en langue d'oc, en langue de garde-malade un soir de terrier sorcier, quand l'air, tout à coup, se substitue aux ailes de ton nom de famille, au nom du père, et du fils, et du saint-fantôme, ainsi soit-elle.

Hiroshima, Hiroshima mon amour, c'est ce que je je je traverse dans la déflagration qui me brise les «elles» qui retombent à la mère. Ava Gardner, ma sœur, à vingt-six ans, sur la rue Woolf, dans les années soixante-dix, buvait du lait chaud dans une bouteille Playtex pour oublier qu'on l'avait violée à onze ans dans un bocage charmant voyage dans la cour de l'école des Saints-Martyrs-Canadiens. Hiroshima, Hiroshima mon amour, les grands mots ne parlent pas si fort que tu crois. Tu pleures à Los Angeles, Solange, comme si tu pouvais refaire le monde en pleurant sur les petits bébés dont l'âme est aux limbes et logée quelque part dans les lobes cervicaux du fœtus que tu rêves dans ton ventre.

Et tu niles et tu niles dans ta fuite en égyptologie, dans le profil en glaise de Néfertiti dans le cours d'arts plastiques l'Assomption section classique à compter le nombre de clés dans l'œuvre de Paul Klee et les oliviers préfiguratifs du Van Gogh Museum avant le Vondel Park qui ouvre pour toi l'énorme réalité de ses lettres bleues tatouées sur le corps lisible d'un autre sosie qui portait le nom d'une autre.

Solange Tellier, t'es liée par le sang rouge de ton père Guillaume Tell et t'es pas mal pomme à rester plantée au beau milieu de l'émission télédiffusée en différé du spermatozoïde que le dispositif de sécurité en cuivre de ton utérus cherche à éliminer depuis belle lurette tandis que tu te mires dans les yeux fertiles de la déesse aux serpents bronzée comme Barbie aux antipodes du nom de ta mère. Car je je je cherche à taire le nom de ma mère dont j'entends obstinément le «Solange t'es rien, Solange Therrien». Oh pourquoi Hiroshima ma mère m'as-tu légué ton prénom d'ange solaire... Il me brûle les ailes ton nom maman; je suis une putain, une fille de rien, une fille télécommandée par l'adrénaline de ses reins et par aussi bien le versant pourri des choses et du rien que je cherche tant à nier qu'il renverse tout, comme si j'arrivais à me retourner comme un gant de chevreau pour inaugurer l'année de la chèvre et de l'eau, pour cabrioler d'un désir à l'autre et d'orgasme infini en orgasme infini dans le regard de mes sosies maman dont je ne sens même plus la chair maman dans mon corps de chair tellement la ligne du temps se love en claquant comme ma langue de serpent dans le jardin de l'Éden et d'après le temps des pommes et le début du sirocco dans le désert de sable d'Ur et d'Urantia. Je suis vieille comme le monde maman, vieille comme Lilith dans le rôle de Cléopâtre dans le rôle d'Élisabeth Taylor dans le rôle d'Hosanna dans le rôle de Claude Lemieux, coiffeur sur la Plaza Saint-Hubert. C'est bien fini maman, le temps de la peur de la traite des blanches; toutes les blanches ont été traitées. Faute de temps, on a mis des noires et puis des croches, des doubles croches et des silences. Ce n'est qu'un au revoir mes frères dans les trous noirs, dans le bois d'épave du Titanic o maman ma mère l'univers de ce cré beau bateau étanche à l'eau un matin d'orage du Titan tétant mes mamelles de Tellier, tellière papier ministre qui clame le Therrien de ton nom de baptême au nom du père. De toutes façons, je suis hantée par l'été, par le thé comme par la madeleine, par toutes les lettres raturées. T'es barrée, Solange Tellier; t'es rien qu'une lettre comme pour porter ta croix de crucifiée en t, entre un SS et un U-turn fatal si tu n'y prends pas garde.

J'ai peur de tout laisser tomber comme dans le rêve dans lequel c'était lequel des Aureliano Buendia qui fabriquait des petits poissons d'or. Garde, il est étrange que vous n'ayez jamais lu *Cent ans de solitude* de Gabriel Marquez car vous avez été marquée par l'archange Gabriel et le saint-fantôme, je le vois à votre ventre rebondi. C'est pour quand votre congé de maternité, garde Therrien... Oh pardon, madame Tellier, j'oubliais.

Garde tes riens pour toi, Solange, laisse cette garde rouge garder l'entrée du pont sur lequel tu ne t'aventures qu'avec peine, comme si tu portais tout Hiroshima dans tes veines.

Verse-moi encore un peu de vin, Dyonisos, que je chante l'origine des tragédies jusqu'à la fin des chyles quand le voleur de feu sacré se fait dévorer la foi parce qu'il ne sait que dire oui à la vie sans jamais savoir dire non à ses chaînes qu'il confond avec le fil d'Ariane quand il se trompe de rôle et de mythologie. Éleusis ouvre ses mystères quand Isis noire cesse de se prendre pour Apollinaire-s'en-va-t'en-guerre contre le soleil, arcane majeur de l'union des jumeaux sur fond de briques cimentées et formant parapet comme s'il y avait, sous la Pentecôte des langues de feu, un précipice dans lequel ma Firebird risque à tout moment de plonger.

je je je. je je je. je je je. dans la figure du double je, prononcé comme dans l'autre langue car j'ai la langue qui tourne dans ma bouche et son goût de mort neurologique n'est que le prix que je paie pour déchiffrer un code que j'invente à mesure puisqu'il n'y a rien à déchiffrer et que je ne sais rien faire d'autre que de conter les mille et une nuits des chiffres de un à neuf, de l'un à l'œuf, quand toutes les dizaines de «Je vous salue Marie» s'illuminent d'un superbe zéro de conduite qui anéantit tout ce que j'ai désappris à l'école du connu. Mais dans le rosaire des mystères, je sais qu'un nom se meurt et je pleure encore une fois les mots comme s'il s'agissait des choses et je rougis des pages et des pages, cherchant à rouer *je* dont je ne sais même pas c'est qui puisque c'est une autre, même si elle parle, elle aussi, à la première personne.

je je je se trompe quand elle pense qu'il n'y a plus personne et que pourtant des mots, des phrases se tracent sur le papier qu'elle a sous les yeux. Elle écrit vite, comme dans l'électrocardiogramme d'un mourant dont le cœur s'emballe, tandis qu'une autre qui ne savait pas que ça diffuserait tant d'engrammes, cette simple phrase-là, la regarde. Et le poids de ce regard pèse encore dans son œil droit.

Il n'y a pas d'araignée au plafond, mais un bruissement d'insecte en janvier et plein de toiles d'araignée dans l'entrée, comme cela a été dit ailleurs dans l'espace/temps. Et des ronrons de fournaise et d'incendies rouges et ronds, comme un effet de bonsoir à retardement comme une bombe posée sur la track du temps qui fait des boucles comme le ruban d'un magnétophone jammé dans des techniques d'inscription des vertiges du son rose qui guérit de la douleur that will come again and again and again.

Dans la nuit de l'ennui on écrit que des doses trop fréquentes de vie tuent la vie comme dans le tableau de la mort anamorphosée de tout être vivant qui ne saurait dire *je* dans l'absence bienheureuse de toute conscience. Que c'est étrange de ne pas savoir ce qu'on sait quand on sait que le poste d'observation se trouve ailleurs, au centre de la terre ou sur Alpha de Vega, ça revient au même, ça n'a rien à voir. Quand tout l'arc-en-ciel s'éteint dans l'ultime phosphène noir, on revient à la lumière. Il n'y aurait donc, vraiment, rien. Rien d'autre que ce qui passe devant la fenêtre, un jour, comme ça, par hasard, et qu'on cherche à rattraper dans le parc bien gardé d'un parking automobile d'Illinois dans lequel les autos, mobiles, sont déjà recouvertes de béton armé, ou dans l'espace vert de son parc de bébé, parce qu'il n'y a rien, mais rien d'autre à faire que de courir après des chimères. Solange, ce que tu t'acharnes à faire n'est rien d'autre que ce que tu t'acharnes à faire. Toutes les sorties d'urgence s'allument en même temps, il n'y a plus de porte de sortie. Tu dois être arrivée au centre de rien. De là, tu vois bien la circonférence. À partir de maintenant, sache au moins que tu tournes en rond au bout d'une corde, mais que c'est autour de toi. Si ça peut te consoler.

Quand tu en auras assez de faire des ronds dans l'eau et des ronds de fumée, tu vas peut-être savoir trancher le nœud gordien, traverser l'Achéron, n'importe quoi, tracer des cercles de plus en plus grands, de plus en plus près de rien que tu continueras, nul ne sait pourquoi, à confondre avec le soleil. Des larves rongeront ton corps de gloire aussi bien. Pourquoi tant de précipitation, quand il s'agit tout simplement de reproduire la même extase, dans les nuances de ses variantes. J'aime mieux, Solange, le visage solaire de mon sosie quand il jouit que cette tache noire qui se promène dans mon œil droit quand j'écris la nuit sans lui. Sans luisance. Parce qu'il arrive que ce qui se nie s'entende. Et j'entends quelque chose dans le fond des choses.

Le soir tombe dans le silence d'une maison délivrée de ses fantômes. Je nage rose dans la lumière de son aura dont le halo enveloppe jusqu'aux miaulements de Leila qui, magiquement, s'est tue, pour qu'il repose. Je ne sais quel nom il aura dans *La Vie en prose*. Peut-être acceptera-t-il de me dire son nom secret, pour que je l'écrive. Je suis, moi aussi, devenue un personnage dans le roman d'une autre. J'ai beau t'appeler de n'importe quel nom, Nathanaël, je sais bien que tu es Rael et que qui j'écris n'est que l'effet de réfraction de ta réellité sur la mienne. Personne, jamais, ne pourra forcer «les murs d'acier de ton domaine privé», dors en paix, beau Rael. Je t'aime à distance, de ma chambre rose, pendant que tu dors sur le divan rose du salon dedans lequel tombe la nuit de ce début de décembre. Dans ta chemise blanche ouverte par mes baisers, la main droite levée sur ton front, les cheveux noirs avec la profondeur de la nuit des temps. J'ai fêté ton corps/esprit de mutant sans boire une goutte pourtant de ta semence qui peut-être gerbe comme mille soleils dans le dernier chakra de tes rêves. J'aime que tu ne m'appartiennes pas, vénusien qui n'appartient qu'à Vénus elle-même, vers laquelle je te vois t'envoler dans la lumière blanche de ton nom. Je suis ravie de te croiser dans l'hyperespace d'une journée de décembre comme de n'importe quel jour de printemps l'hiver.

Ravie dans les deux sens, car c'est un rapt qui m'arrache à la mort et me propulse, fluide, dans l'enchâssement vertigineux du réel. C'est vrai que c'est noir, malgré mes lunettes roses: on souffre toujours de voir s'envoler un ange car bien sûr tu voles et j'aime ton vol rose et les OVNI plus que les objets gratifiants à clouer sur son territoire. Quand tu dactylographies les éclairs linguistiques de ta conscience, je suis criblée d'amour dans ta présence. Vodka sur vodka, tic-tac-toe et jus d'orange. Une robe rose que tu n'enfiles pas, des regards dans le miroir, le ventre des sons de Peter Gabriel, ta voix, le doux pliement chaud de ton corps quand tu danses. Et le rire bleu de tes yeux neigeux.

□

Dans la maison tiède dedans laquelle tombe encore une autre nuit de décembre, Solange a déjà allumé quelques lumières. Leur chaleur orange calme un peu l'emballement de son cœur. Un pied replié sous elle, elle écrit. Mootje ronronne sur son autre pied, on entend le tic-tac d'un cadran. Solange sort d'un bain de silence. Pendant trois jours, elle ne s'est nourrie que d'amour et d'eau fraîche, parcourant Montréal en tous sens au bras du dernier amant romantique, curieusement affamé de souvlakis et de patates frites, heureux, malheureux, grimaçant et respectueux de son silence. D'avoir cessé de manger, de boire, de fumer et de parler la rend d'une fragilité extrême. Sans cesse au bord des larmes ou du rire, elle s'est noyée dans l'amour de Bryan, se trahissant à chaque sourire, à chaque regard, à chaque baiser. Quand Bryan la pénètre, elle se met à trembler et des vagues roses de plaisir inondent son corps par cercles concentriques. Dès qu'il se retire, elle retrouve son désir de lui, intact et infini. Quand il grogne le matin dans son lit et qu'il fuit toute caresse derrière les parois du sommeil, elle apprend à se retrancher dans la distance, fait le ménage de la salle de bain, joue dans l'eau avec le Mickey Mouse en plastique qu'il lui a donné pour son anniversaire, reprend la lecture de *La Grosse Femme d'à côté est enceinte*. Mais quand il apparaît, souriant et que ses lèvres brûlantes s'attardent dans son cou, elle jette ses bras autour de lui pour mieux boire la chaleur apaisante de son corps. Jusqu'à ce qu'il la repousse pour aller se verser un verre de jus d'orange. La nuit où il rêve que Paul Newman lui enseigne le cinéma, elle rêve qu'elle tient dans sa main une petite boîte de poudre beige, qu'elle est cette poudre qui fait que ça rushe dans sa tête. Et elle se réveille inquiète au sujet de ses dents. C'est depuis qu'il neige que Solange écrit l'épisode du dimanche, jour du soleil. Pendant que la nuit tombe.

Jour de mai

J'écris underwood en fumant des Fiesta que j'allume avec des «cerillos» que John et Julien m'ont rapportées du Mexique. J'aurais préféré du Acapulco Gold pour passer l'hiver. Mais ça goûte quand même un peu les couleurs mexicaines et la mort en bonbons style Guanayato...

Les haut-parleurs du parc Lafontaine diffusent *La Vie en rose* pour patineurs-derviches même s'il fait un froid à fendre l'âme. J'ai beau avoir mis le cadran au congélateur, la nuit tombe dans ma chambre à soi. La pyramide blanche flotte au-dessus des vagues roses dans une gravure qu'on m'a donnée un jour de coke, de neige et des mille soleils de la tête aux pieds, des ten thousand things du Tao à la mouvante beauté des choses. Jour de mai, jour de mai: à grands pas sur la rue Mentana, le corps saturé d'énergie, pétillante, j'avais envie de mourir. C'était bon comme le temps des pommes à Saint-Joseph-du-Lac, bon comme les premières odeurs de terre au printemps. Judy Garland danse sur la porte de ma chambre, le scribe accroupi lève les yeux, deux femmes voilées réclament la libération de Dalila. Je passe mes nuits accrochée à l'aile d'un Boeing qui survole le Pôle Nord et je ne rencontre que des anges qui se prennent pour Superman.

Au cours de l'extase matérielle d'une cure de silence, j'ai trouvé des bâtons de kryptonite logés

dans un mensonge dont le cours épouse si parfaitement le cours des choses qu'il devient pratiquement
impossible de parler d'autre chose. Les patterns du
visible et de l'invisible n'en finissent plus de se croiser
au-dessus de nos tempêtes mentales. Pendant que
nous dormons à poings fermés, dans nos douillettes
et nos couvertes et nos sacs de couchage verts comme
les sacs-à-surprise de l'agent Glad, Leila se projette
au-delà des cordons ombilicaux emmêlés de nos
corps éthériques qui flottent au-dessus de Montréal.
Elle dit qu'elle atteint maintenant la zone blanche;
mais pas moyen de savoir ce que c'est la zone blanche. Quand on lui demande si c'est de la neige, elle
dit qu'elle ne sait pas. Mais on la rencontre tous, très
souvent, en rêve.

Je t'écris sur la pochette du dernier disque de
Jim Morrison: «Indians scattered on dawn's highway
bleeding/Ghosts crowd the young child's fragile
eggshell mind». C'est le lendemain du lendemain, je
songe à faire une patinoire dans la cour pour fêter
l'équinoxe d'hiver. À partir d'aujourd'hui, les jours
allongent de deux minutes par jour, heureusement.

À part ça, ça va, ça vient. Ça sonne. Mais ce
n'est pas Avon madame. C'est le monde-à-bicyclette
qui vend des calendriers un jour de verglas et
d'arbres-à-glace. Ou bien c'est Bryan qui téléphone
pour raconter qu'il n'y a pas eu de 13 décembre cette
année, qu'il écrit un roman égyptien d'espionnage et
qu'il part pour l'Australie mercredi parce que les
soleils lui ont donné rendez-vous à Toronto, en Australie. Platement terre à terre, je lui demande comment il va faire, pas d'argent. En soucoupe volante,
c'est bien évident! Quand j'ai raconté ça à Celia, elle

a dit: ben oui, tsé ben, les soucoupes volantes, c'est rien qu'une dimension de la conscience. Que lui, il doit les connaître les trois lois du soleil. Celia et moi, on n'a trouvé que la première, celle qui change d'une seconde à l'autre. Ça nous a pas tellement avancées de la trouver... La porte d'en arrière vient de s'ouvrir en coup de vent; j'aurais pourtant juré qu'elle était verrouillée... Les chats se cachent dans les garde-robes pour pas voir le sale petit temps gris qu'il fait dehors où je n'ai pas mis les pieds depuis longtemps. Je crinque le nez rouge de Pachelbel et j'écoute «Rock a bye a baby» en lisant l'autobiographie d'Agatha Christie en faisant de mon mieux pour arrêter le train des images hypnagogiques qui m'assaillent de plus en plus souvent. L'autre jour, c'était un lion qui m'a sauté en pleine face. Rose dit que c'est pas grave les lions, que c'est un combat loyal. Que je devrais faire du tai-chi, y paraît que ça aide. A dit que les masques, c'est ben pire. A dit que les masques c'est comme la belle face du bouddha thaïlandais sur la porte de ma chambre. Quand a m'a demandé où j'avais pris ça et que je lui ai dit que c'était au Rijksmuseum d'Amsterdam, elle a dit qu'il fallait qu'elle aille à Amsterdam. Rapide comme la flèche de ché pus quoi, comme elle disait dans le temps qu'elle jouait Ariel dans *Le Songe d'une nuit d'été* qu'elle appelait, ché pas pourquoi «le cauchemar d'une nuit d'avril», Rose s'est envolée il y a deux jours pour la ville aux mille ponts (wow! t'es sûre, mille?) disant qu'ils font du théâtre expérimental ben flyé là-bas, qu'il faut qu'elle voit ça, même si elle parle pas hollandais et que, de toute façon, le consulat lui payera son billet de retour si elle n'a pas assez de sous pour revenir à temps pour le show des filles à l'Outremont.

Elle a enfin terminé son «space-opera»: je te jure que c'est quelque chose! Particulièrement la façon dont les personnages se déplacent d'une galaxie à l'autre à travers des trous noirs qui m'ont tout l'air de trous de mémoire! En tout cas, elle, elle l'a trouvé le truc pour se débarrasser des personnages encombrants. C'est ben simple; mettons qu'y a un personnage qui s'appelle Yvelle, bon, qui est contrôleur aérien dans une base vénusienne sur une des lunes de Saturne (authentique! je caricature à peine...) Qui, en plus de ça, a eu cent amants et a décidé d'en rester là pour consacrer ses énergies à décoder un message cunéiforme émis sous forme de quasars par une supernova disparue depuis neuf générations de Saturniens — qui vivent, en moyenne, cent huit ans! — Bon, eh bien, juste au moment où on commence à s'intéresser aux recherches de la sympathique Yvelle, la belle Rose se tanne du personnage et règle le sort d'Yvelle en ayant recours à une fatidique petite phrase dont elle use et abuse à chacun des tournants dangereux de son «opéra»: «Comme Anna, Laetitia, Monelle et Bibiane avaient dû s'y résoudre quelques années-lumière plus tôt, Yvelle comprit que le secret des Changeurs de Signes était impossible à déchiffrer de ce côté-ci du miroir. Elle appuya sur le losange de cristal au milieu de son front et se pulvérisa dans l'hyperespace».

L'hyperespace, m'a dit Rose, je vais t'expliquer ce que c'est quand je lui ai dit que ses «chutes» me semblaient nébuleuses... (Elle a bien aimé l'expression...) Elle a dit: mets ton béret angora, tes cliques et pis tes claques, pis viens-t-en voir de près l'hyperes-pace. J'ai dit: pourquoi mon béret angora? Elle a dit: ben, c'est un trip que je fais. Tu sais-tu c'est quoi le titre de mon prochain chef-d'œuvre? J'ai quasiment fait la grimace avant de l'entendre; je pense que je commence à avoir des dons de clairvoyance… C'est, je te le donne en mille: *Cent et un angoras dans un tango dansé à Ankara le jour où on administra de la mort aux rats au Shah.* C'est de la politique-fiction qu'elle dit…

Toujours ben que j'ai mis mon béret angora et elle ma tuque rose, mon foulard mauve, mon man-teau de velours, mes bottines d'astronaute. J'ai dit: t'aurais pas besoin d'une paire de gants ou de mitai-nes tant qu'à y être? Elle a dit: non, c'est un trip. Je marche toujours les mains à l'air, les doigts légère-ment repliés comme don Juan dans le désert du Nouveau-Mexique. Et elle a marché comme ça jusqu'à Sainte-Catherine. J'avais toujours pas vu d'hyperespace. Rose disait, ça s'en vient, ça s'en vient, les yeux brillants. On s'est retrouvées devant une «Arcade». J'ai dit: Rose, c'est une farce, ou quoi? Je sais que tu trippes sur les machines à boules mais je m'en allais voir l'hyperespace moi! Elle a dit: ben, c'est ici, viens. Et on s'est livrées, trois heures durant, à une petite «guerre des étoiles» sur l'écran d'une sorte d'ordinateur diabolique qui met en orbite deux vaisseaux spatiaux télécommandés au moyen des touches; right, left, forward, fire et… hyperes-pace. Quand tu appuies sur «hyperespace», ton vais-seau disparaît, purement et simplement du tableau de bord. Tu échappes automatiquement à la mitraille du tir ennemi mais tu risques de te pulvériser, particulièrement si tu joues avec la contrainte: «univers étendu», d'après ce qu'on a cru remarquer. Mais c'est difficile à dire parce qu'on a essayé toutes les contraintes: du trou noir à la gravité nulle, du retour arriéré à la super-gravité. Pour finir en beauté, Rose a dit: veux-tu voir ce que c'est l'amour cosmique? J'ai dit: ouen, why not? Et je me mets à chercher d'autres trente-sous pour ouvrir le jeu. Rose dit: non, non. Fais rien que regarder. Et sur l'écran silencieux, les vaisseaux avaient cessé de faire feu et de se pulvériser et quand ils se croisaient, au lieu de cracher, les deux vaisseaux s'illuminaient!

C'est le fun à mort comme jeu, mais j'aimerais bien trouver la touche «hyperespace» de l'écriture pour sortir de ce satané roman que j'écris, il me semble, depuis des siècles et des siècles.

Djinny est venu souper, l'autre jour. Il avait des tableaux à terminer et, étendue sur le tapis du salon, je le regardais dessiner des cercles et des triangles et des trapèzes et des rectangles qui représentaient le travail du chœur, des magnétophones, des acteurs ou des projecteurs. Il transpose toute sa mise en scène comme ça, sous forme de tableaux. Et je me suis mise à traduire tout le roman comme ça; avec des triangles pointés vers le haut pour les chapitres écrits à Montréal, pointés à gauche pour ceux de Los Angeles et à droite pour ceux de New York. Et des cercles roses et des pyramides vertes, et des livres ouverts et des enveloppes et des soleils. Ça fait un bien joli dessin, mais ça ne me dit pas comment l'autobus qui trimbale Nane devient le personnage principal d'un film vu par Solange qui se fait du cinéma à Los Angeles en traînant ses jumelles aux vues pour apprendre à regarder les détails. Comme par exemple, les néons du décor dans lequel se promène l'autobus... C'est comme ça que Solange découvre le «Real Motor Inn» qui sera le cadre d'une séquence centrale de son film, entièrement tourné de profil et dont le héros/héroïne, on ne sait pas le sexe des anges n'est-ce-pas, se prénomme joliment Rael et ne craint pas les contradictions... Entéka, je vais bien finir par trouver la switch qui fera la lumière dans ce labyrinthe infernal de braves et bonnes héroïnes enchâssées jusqu'au vertige.

Vava, elle, dit que Solange est loin d'être un ange. On dit: qu'est-ce que ça veut dire ça? Vava se renfonce dans sa grosse veste en laine isabelle, elle met ses doigts dans ses manches. Rose dit que c'est un signe de mort. Où ça, en Égypte? s'esclaffe Laure qui fume, assise en lotus devant la fenêtre dedans laquelle il neige. C'est feutré. Doux. Leila ouvre ses prunelles bleues sur son cosmos intérieur et je suis en train de m'y perdre.

Ariane raconte qu'elle a rêvé qu'elle a bu toute une pinte de jus d'orange. Le téléphone sonne. C'est pour France. Noëlle répond: vous vous êtes trompé de numéro. France se demande bien pourquoi. Mais c'est drôle, a demande pas pourquoi. Elle se lève, on dirait qu'elle cherche quelque chose. Elle tambourine sur la table, elle ouvre un livre. Vava dit: c'est parce que ton ange dort. Ariane dit: ah oui, mon ange d'or... France lit: «O.R., assise à sa table de travail, en train d'écrire une lettre aux journaux. Au sujet des lettres ouvertes. Une forme de participation littéraire à la chose publique». Rose dit: ouan, c'est capotant. Elle demande si on a entendu parler de l'ouragan Anna. Noëlle dit: comme je te connais, c'est sûrement un anti-cyclone. Y a rien que ça qui t'intéresse! Rose dit que non, que c'est fini ce trip-là. Que l'Antéchrist a sorti tous ses personnages de l'antimatière, qu'asteur a fait des recherches sur les palindromes.

Laure dit: aie Rose, tu savais-tu que les belles-sœurs s'appellent Rose, Violette et Mauve astheur?

Lotte a mis sa tête sur mes genoux; elle pleure. Je joue dans ses cheveux noirs comme les forces noires, comme c'était écrit dans le rêve twan, en lettres blanches sur fond noir et dans une autre langue: «Black forces of Egypt are my allies. I won't be scare I won't be scare. I won't be scare». C'est pas de ma faute si mon inconscient fait des fautes d'orthographe... Entéka. Lotte dit qu'est écœurée de mourir. Je dis: moi aussi. On dit que c'est effrayant comment le monde sont dangereux. Qu'on va prendre des cours de Wen-Do. On rit comme des bonnes. Je dis qu'après tout, on a rien qu'une vie à vivre. Noëlle dit: me semblait que tu croyais à la réincarnation toi? Je dis que oui, justement. Que j'ai décidé que c'était la dernière.

Solange entre en coup de vent. Vava dit: tiens tiens l'abominable femme des neiges daigne enfin se montrer? Solange dit: oui ma belle. T'as-tu des Gitanes? J'ai encore décidé d'arrêter de fumer... Fa que tu vas nous quêter des cigarettes, j'ai compris. Et Vava lui tend son paquet de Belvedere. Rose n'écoute plus. Elle regarde les autos, dans la neige: une bleue, une verte, une rouge, une bleue, une brune. Elle nomme une à une les couleurs des autos. Marie dit: c'est quoi une auto? Rose répond que c'est une machine. Quelqu'un demande c'est quoi, une machine. Rose dit que c'est une sorte de Chine. Lotte demande c'est quoi la Chine. Rose, au bord des larmes, dit que c'est une question qu'elle s'est toujours posée. Et alors, Solange, très fact-to-fact, dit que la Chine, c'est une étiquette qu'on met sur les choses. Je dis que c'est vrai, que c'est toujours écrit «Made in China». Une chance que t'es pas faiseuse de bebelles au Japon toi, dit Lotte… Et alors Rose danse et dans sa danse, ce n'est plus ni Rose, ni Hervé-mon-cher, c'est un oui, un objet volant identifié, l'eau de la vie qui coule sous sa peau de négresse blanche. Et dans sa danse, elle fige tout à coup. Comme un petit faon traqué, un chevreuil luminescent, le djinn secret qu'elle est. Elle dit: pourquoi tu m'as donné un nom? Même s'il est beau, c'est encore une ruse de la Chine. Et pourtant elle ne peut pas avoir lu un texte que je n'avais pas encore écrit… Rose voit à travers le temps. C'est une terroriste de la distance. Une sorcière. Comme Vava, les cheveux punks bleus — teinture expressément importée de New York par sa sœur Laure — la salopette rayée comme un disque. Et c'est pour ça qu'elle tourne qu'elle dit. Les uniformes. Entre sierra-tango et victor-whisky dit Maud, aviatrice à temps perdu. Jour de mai. Jour de mai. Comment diable avons-nous pu oublier que c'est la fin du monde?

Leila parle: elle dit que c'est le khôl, le nom d'un parfum d'Égypte. Qu'elle se rappelle l'odeur mais pas le nom. Sous la Grande Ourse, dans un champ de neige, Anastasie oh ma chérie. Elle tourne, elle tourne comme pour descendre aux inframondes, jusque dans le feu au cœur de la terre. Déesse noire, yeux clos. Sabada Dabasa aux yeux brûlants, maigre, cheveux ras. Jeanne D'Arc au bûcher. Ou alors ronde et blonde, roulante, roulant des yeux fous. Elle dit: la Dame de Cœur. Elle parle un texte subliminal, parce qu'elle a une extinction de voix et de conscience et des flambées d'adrénaline dans tout le corps. Elle danse avec son corps éthérique et Ariane et Liana voient son aura rouge et moi des flèches de feu dans ses yeux. Passe Aurélia suivie de toutes les filles du feu dit Laure-de-son-nom-d'Aurel qui entre dans la danse. Je m'évanouis, comme si c'était elle, en toute douceur. Quand je pleure tu sais bien que c'est toi qui pleures. Elle brûle: c'est de la chaleur, du vent, de l'oxygène. Elle a teint tout son linge: tout passe au bleu, au rose, au mauve, au vert. Ça dépend. Elle m'apprend le satin, la dentelle, les grosses bottines, la neige, la laine, le froid sur les joues. Le rire. Quel drôle de rire... Quelque part, dans un lieu magique, peut-être sous le halo d'un réverbère, rue Rachel, quelque part, Rachel-quand-du-hasard vue de très très près, s'enferme dans un gros chandail de laine polonaise, joue de la mandoline, se prend pour Bérénice et parle bérénicien, colle plein de photos d'elle sur les murs de sa chambre et me lit des textes d'elle, d'une autre, de la même. D'une troisième. On passe en toute douceur de douce sœur en douce sœur.

Elle a tendu des cordes et c'était un pont. C'était une ange. Elle ouvrait ses ailes et je m'y suis blottie. On a volé de concert loin loin dans les étoiles, jusqu'au-delà de Pluton. Là on dit: Leila, chante Laïka, on est toutes Laïka, des petites chiennes expérimentales et des gros chats cosmiques comme toi. Leila ronronne et son ronron devient un chant. Nane jappe à mort dans la stratosphère. Y a seulement Laurence d'Arabie qui jamme pas. Elle est en train de se paqueter, lentement mais sûrement, avec de la Licor de Amor mauve, juste parce que c'est ça qu'elle a décidé de faire. Poutine dit: Wow Wow, Who's who?; ça c'est une bonne idée! On mange des pommes. On dit que les pommes, que les pom pom, que les pom pom pom et les sirènes, toutes les sirènes. Quel beau voyage! Noëlle dit que sur la coke, elle trippe sur le sol, qu'elle porte ses souliers chinois pour mieux sentir le gazon, le ciment, la terre, l'asphalte et le goudron fondant, mais ça c'est rare. Il vente, il fait soleil, ça fait mal au plexus solaire tellement c'est violent ce bleu-là.

Le bleu du ciel, le vert des arbres, le noir du noir. Marie met sa main, chaude, sur mes yeux et dit: regarde la danse de Lila. Le voile, Shakti, toutes les déesses. Maman. Maman. On regarde la neige dans la T.V., Carmen et moi. Dans la Tango-Victor dit Maud. On regarde l'Empereur Jaune de l'autre côté du miroir. Les yeux de Carmen brûlent, sa peau. Elle ressemble à Sabada Dabasa elle aussi. Et alors Sabada Dabasa parle par la bouche de Lotte. Sabada dit: les petites, faites attention à vous autres. C'est encore interdit, ailleurs, de seulement respirer.

Je raconte à Lotte que j'ai appelé l'ange du réel et qu'il m'a demandé ce que je faisais de bon. J'ai répondu, au pied de la lettre, au pied de Alpha, au pied du *a* si noir du sieur Mc Gregor de la peur comme dit Pauline, que je m'en allais à la piscine de Rosemont entre deux cours. Pis qu'après, j'ai appelé le frère de Pauline, qui a changé son nom en celui de Rêvé et qui m'avait demandé de l'appeler. Ça a sonné deux coups et il a répondu: piscine de Rosemont. Chus partie comme une flèche, avec mon costume de bain en caoutchouc noir comme Ines Pérée, enroulé dans ma serviette jaune. Près de la bibliothèque j'ai rencontré Carmen. Elle a dit: comment ça va? J'ai dit que je paniquais. Elle a dit: pourquoi paniquer? On s'est assises dans l'escalier. Quand Marie-Carmen est passée, on a dit qu'on jouait à l'école. On l'a invitée. Mais Marie-Carmen était pressée. On a parlé de la moman et de la putain, du feu, du noir, de la peur du noir. J'ai dit à Carmen qu'elle ressemblait à ma sœur. Elle a dit qu'elle savait, qu'on était toutes des sorcières. On a nagé jusqu'au café pour acheter des Gitanes. On fumait des Gitanes et des Belvedere les yeux grands ouverts sur le noir du feu. Je racontais que ma sœur fumait des Craven mentales et que la blonde du frère de Pauline ressemble elle aussi à ma sœur et qu'en plus, elle porte le même nom. On disait que c'était une question d'auto-défense et de ne pas avoir peur de sa force et de se montrer les stratégies. Quand Pierre-Pierre-Pierre est arrivé et qu'il m'a demandé ce que je faisais, j'ai répondu que j'étais en train de me baigner dans la piscine de Rosemont. Ça doit être pour ça qu'y a pris une gorgée d'eau et qu'il me l'a crachée. Comme le capitaine Haddock au lama dans le *Temple du Soleil*. Ou comme le lama au capitaine Haddock dans le *Temple du Soleil*. Ça revient au même. Mais Pierre-Pierre-Pierre dit que c'est juste parce que j'étais en feu et qu'il voulait m'éteindre. Lotte dit: je pense que tu vas aimer ça la pièce de Denise... Je demande: même au TNM? Lotte dit oui, même au TNM. Sabada Dabasa dit qu'il ne faut jamais perdre la foi. Nane dit: Gloire soit au BAM BAM et au BAM BAM et au Saint-BAM BAM? Lotte dit: c'est ça... Mais raconte pas ça partout, Nane. La première fois, y nous ont brûlées.

Rose dit que coudonc, ça a l'air d'une messe noire! On dit: dis-moi pas que tu crois encore aux anges pis aux démons, Rose-ma-chère, t'exagères! A dit qu'a s'appelle pus Rose, que son vrai nom c'est

Ottawa, qu'elle est un indien Cri sur le sentier de la guerre qui prend le temps de fumer le calumet de la paix. Sur ce, elle s'allume une Gitane. Solange dit que c'est pas bon pour sa santé. Rose répond: regarde la belle poutre dans tes beaux yeux ma belle Solange. Solange dit qu'est un vampire, qu'a peut pas se voir dans un miroir. Lotte la prend par les épaules et la plante devant le miroir. Lotte dit: regarde mes yeux dans le miroir, pis regarde les tiens. *Ce que tu vois, c'est vrai.* Solange fond en larmes de peur et de joie et de vertige. On ne sait pas. Elle demande si elle peut nous lire le début de son roman. On dit: ben sûr, on lui donne des kleenex, elle se mouche, elle lit:

«Toujours est-il que je prends l'autobus de dix heures, bien décidée à passer dix jours à mettre un x sur celui-là et sur tout le groupe en général. C'est rien que la moitié de l'humanité, y a rien là enseigne la loi du talion… J'ai le cœur tout poqué à force de tripper sur «l'amour du même» avec des qui qui s'ostinent à labeller ma différence infinie. Je m'en vas prendre l'air.

«Toujours est-il, qu'x en tête, je prends l'autobus pour La Malbaie, dans une tempête de neige qui s'arrête en chemin. Je commence par faire mes dévotions aux reliques de Félicité Angers sur un air disco dans le musée Laure Conan désert. J'enjambe des bancs de neige pour aller voir le fleuve qui craque. C'est à cause du froid que mes yeux picotent, rien qu'à cause du froid. Le ciel est d'un bleu délirant, à cinq heures du soir, en hiver, ce soir-là. J'envoie une carte postale à y, je brûle un lampion dans l'église, pour le kik. Et tatati et tatata. Il a beau m'appeler

Pink Lady, il dit aussi que je parle trop. Ça m'est resté sur le cœur.

«Toujours est-il que rendue là où je vas, avec des x plein les yeux, je regarde le monde et je m'installe dans le silence. Y a une fille qui dort et qui sent la grippe, les cheveux sales, le baume du tigre. La nuit, elle me pitche ses souliers parce qu'elle dit que je ronfle. Je dis que, moi aussi, j'ai la grippe. À huit heures du matin, elle danse dans le soleil sur l'air de «You're a frog/I'm a frog/Kiss me/And I'll turn into a prince/suddenly». Je pensais qu'elle avait vingt ans, mais elle n'en a que quinze. Elle freake un peu parce qu'elle a la gonorrhée et que tout le monde va penser qu'elle est une putain. Elle roule des gros yeux, elle ressemble à Heidi avec ses nattes blondes enroulées autour de la tête, elle fait des pschutt!!! aux chiens et aux chats, elle prendrait bien un cap d'acide, y a personne qui en a, elle m'appelle ma belle.

«À un moment donné, je lui demande comment elle s'appelle. Elle dit: Blanche. Aujourd'hui, Blanche. Mais je change de nom tout le temps. C'est de même, ma belle. Toi, comment tu t'appelles? J'ai dit que je m'appelais Gabrielle, ché pas pourquoi.»

Il fait silence. Lotte dit: c'est drôle, ça me fait penser à la pièce que je suis en train d'écrire... C'est très différent, mais au fond c'est la même chose... Nane dit: ouan, c'est drôle, moi aussi je trouve ça. Et Rose, et Vava. On dit: ouan, faut croire qu'on commence à savoir écrire... C'est pas mal le fun! Solange dit: chus tellement contente que ça aie débloqué! On dit que c'est une débâcle, une bien belle débâcle...

Devant l'aquarium, Mona est un poisson-chat. Elle dit qu'un incendie, c'est quand on coule pis qu'on n'arrive pas à remonter à la surface. On se demande pourquoi elle dit ça. France dit: ouen, c'est ça. On la regarde: elle dit: ben oui, quoi, c'est ça. On dit qu'on comprend pas. Elle dit que ça paraît qu'on a jamais coulé, nous autres. Elle dit que c'est à l'intérieur de la terre qu'il est le feu, que c'est pas pour rien qu'elle fait de la spéléologie. On dit: ah bon…

Tout d'un coup, je ne sais pas pourquoi, j'enlève ma montre Mickey Mouse. Liana dit qu'elle a voulu que je l'enlève. Je lui souris. Ses cheveux sont rouges on dirait. Et sa peau, d'un noir encore plus profond, presque bleu. On parle d'Amsterdam, des canaux, du Paradiso devenu punk, de la fois où elle s'est fait mettre des menottes dans un party, de ma terreur, un soir, sur le pont Jacques-Cartier.

Comment ça se fait, qu'avant, on avait peur? On écoute Carole Laure. C'est tellement beau. «Personne m'aura, ni lui, ni vous.» On chante avec elle en chœur. Brigitte s'est déguisée en Anaïs Nin ce soir et Valérie se prend pour Odette de Crécy travestie en Miss Sacripant. Toute en noir, Marie joue à Sylvia Plath et Leila prend un bain en se cachant sous l'eau pour arrêter de respirer, comme Virginia Woolf. Elle dit qu'elle est la femme-dieu, qu'elle n'a pas de corps. Que c'est plein de femmes pastelles en parapluies roses, en ombrelles, douces, chaudes. Elle a un drôle d'accent, tout à coup, Leila. Elle dit que c'est idiot de ne pas se toucher: elle touche ses yeux, ses oreilles, son nez, ses lèvres, ses seins, son ventre, son pubis, ses cuisses, ses chevilles, la plante de ses pieds. Elle a les yeux de Sabada. Elle a les yeux de Dabasa. Son cœur bat si fort que j'ai peur qu'elle éclate.

Elle a mis ma robe verte, j'ai mis sa robe rose.

On tourne sur nos patins. A dit: aie, ma belle, tu sais-tu faire des huit? Et je dis: oui, oui l'infini! On fait l'infini de nous, de toi, de moi, de nous toutes. On roule dans l'herbe, dans le vert martien de l'herbe. Elle dit qu'elle me reconnaît. On dit qu'on est des jumelles. Qu'on est toutes des jumelles. On dit: wow! le printemps, ça n'arrête pas hein? Même l'hiver. Même l'hiver.

Lotte dit qu'elle s'appelle des fois le long des rivières de Babylone. On danse dans les rayons laser de nos consciences clignotantes.

«Beethoven était tellement sourd, que toute sa vie, il a pensé qu'il faisait de la peinture.» Who's afraid of Virginia Woolf?

Mendeleev s'évanouit dans le gris fumé. Le Lunarail-express roule à tombeau ouvert dans la poussière du désert de Tsu-Chung-Chih, j'avale un autre comprimé. Je ferme les yeux sur les sables mouvants, rouges, de mon cerveau irrité.

Cuba coule en flammes au milieu du lac Léman pendant que je me rappelle le prochain épisode en pleurant dans la cage de fer gris fer d'un wagon-lit qui file vers Kurchatov. Sur la couverture pelucheuse de la couchette, mes treize dossiers dûment complétés étincèlent sous leur fraîche reliure de cuir brique. Dans la paume moite de ma main gauche, je tiens fermement la tête plate en faïence bleue du dieu Ptah. Branchée sur l'un des terminaux du méga-ordinateur du Centre de Déprogrammation de Mendeleev, j'ai tout répertorié, tout. De A à Z, depuis le b, a ba, depuis le tout premier inprint. Tout noté dans treize cahiers. Que je n'ai même pas le cœur de relire tandis que je suis propulsée à un train d'enfer à travers les nuées de gravelle fine du paysage lunaire.

Sous la brûlure de mes paupières coule un fleuve bouillonnant. Je surnage dans ses méandres et ses remous, j'agonise dans son delta. De la surface glissante de la membrane sur laquelle j'échoue, un cri se développe en volutes incarnats, éclate comme une traînée d'œufs de poisson dans le pavillon rose de mon oreille droite. Des pigeons roucoulent sur le balcon, il a neigé dit-il. J'ai le mal de mer du temps qui fait des boucles tandis que je traverse dans le noir de fumée l'horrible Belgique, qu'il me montre le dôme géodésique de l'Expo 67 à travers un cercle de plexiglass dans la fenêtre de sa salle de bains, vue imprenable sur les puits d'huile. Je me retourne dans mon lit aux hurlements des sirènes d'alerte et le cri qui s'était perdu dans le fond ensablé me saute au visage. J'ouvre les yeux sur la peur bleue vacillante de ma propre voix. Je suis seule dans le compartiment qui cliquète de toute son armature d'aluminium 500. Je me lève, j'avale un autre comprimé. Je m'approche du hublot pour regarder défiler le paysage noyé dans un magnifique clair de terre.

Si, au lieu de regarder les vagues, on regarde les creux, on arrive à voir les canards translucides qui oscillent sous le vent. Il enduit mon visage de 6-12, il m'embrasse sur la bouche, ça goûte l'insecticide. Dans les jumelles, je regarde la Mer de la Tranquillité pendant qu'il danse sur les rochers. Je dis que je ne savais pas qu'on pouvait mieux voir la lune dans les jumelles. Il est tombé dans l'eau glacée du lac Jean-Péré. L'eau est brune, à l'intérieur, chargée de particules de soleil, de pépites d'or qui alourdissent le regard, bombent la peau fine des paupières, irriguent la vision sous-marine de tracés électroniques. Il est sept heures du matin à CHOM-FM, je navigue entre les eaux vertes de sa radio-réveil et le souvenir radioactif de son sexe dans ma bouche. Il neige dans ma tête qui pulse dans le continuum, dans une vision de l'espace au ras du sol, dans les jets de lumière à travers le plastique rose de la fenêtre. Dans les moutons nuageux qui roulent sur le plancher, les tintements légers d'un cintre de métal que le vent fait bouger. Des trains roulent toute la nuit au-dessus de nous, dans de grands flashes de kryptonite. Je ne sais plus où je suis. Je crie son nom de terreur, il m'apporte de l'eau glacée, dit que j'ai dû rêver. Je marche en larmes jusqu'à la place Jacques-Cartier dans le gris-gris de l'aube d'été. Je vacille sous le poids du futur qui me ballotte de Mendeleev à Kurchatov tandis que le soleil se lève comme une apparition dans la baie des Astronautes.

J'ai décidé de me taire et je le fais, le regard fixé sur la boule rouge qui émerge du lac des Deux-Montagnes, les pieds ballants au-dessus de l'eau. Le voilier glisse dans le cirque des glaciers, je déchire la photo. Tout est blanc, même la sloche, même la douleur, la chaleur dans mon corps quand il dit que je vais mourir, bientôt. J'ai sa calotte verte de chirurgien dans l'œil qui me tique et je marche à perdre haleine dans le blanc jusqu'à l'hôpital Maisonneuve où ils ont perdu mes radiographies. Ils renversent la table de métal froid, le Mickey Mouse tombe à pic dans le noir étoilé de la Ronde, je dessine une table et des chaises et tout le carrelage. Tout son poids sur moi et, dans le noir abrupt, il est là tout à coup, là. À la hauteur du plexus solaire, ça ne ment pas, ça ne ment pas. Je me berce sur la galerie en face du Lac Noir, je chante des chansons bleues en suivant des yeux l'hélicoptère bleu d'une libellule dont je ne sais pas le nom. Ma tante Anna dit d'arrêter de chanter des niaiseries, d'aller faire la vaisselle. Zazie grimpe en courant dans la tour Eiffel, j'ai chaud, j'ai chaud, j'ai chaud.

Le soleil plombe à travers la vitre parabolique.

La mer de Moscou est étale sous mon regard enfin lavé. Je me brosse les dents au-dessus du minuscule lavabo en mélanine corail, je chante que la mémoire est une faculté qui oublie en faisant des balounes. J'avale le dernier comprimé au moment même où le Lunarail entre en gare de Kurchatov.

☐

Vivre sans mémoire est une expérience inoubliable. Paradoxal comme un trou noir, le black-out mnémonique me jette dans un état d'ébriété incomparable puisqu'il n'y a plus de termes possibles à quelque comparaison que ce soit. J'avais tout espéré de cette cure mais je ne crois pas me souvenir avoir rêvé une éradiction aussi radicale non pas des faits et gestes qui encombrent la mémoire mais de la mémoire même. Toutes mes facultés intellectuelles semblent pourtant intactes, je n'ai aucune difficulté à me rappeler le numéro de ma chambre au Crystal Palace Tango Hotel où je suis descendue il y a une semaine, si ma mémoire est bonne. Le plus drôle, c'est que oui, j'ai bonne mémoire. Et si je ne me souviens de rien, c'est que je sais tout. Tout ce qu'il y a à savoir et c'est tellement enfantin! Je savais si bien cela, petite. J'ai envoyé les treize dossiers «pour mémoire» à Pola qui poursuit ses recherches sur l'effet du langage sur l'organisme pendant que je croule dans le vertige céruléen de la piscine à micro-ondes du Crystal. Le reste du temps, j'ouvre grand les yeux pour capter la lumière bienfaisante de Vénus qui brûle dans le lointain.

☐

Je bouge en cadence sous les feux des rayons laser qui sillonnent l'air saturé d'ozone de «La Nuit magique». Les boîtes de son diffusent *Vexations* d'Érik Satie depuis bientôt douze heures; je n'ai jamais si bien senti la texture du temps. À un moment donné, j'attrape un rayon en plein centre de l'œil gauche. Ça fait un spot blanc qui gruge le décor, abolit le visage de quelqu'un qui s'avance vers moi dans une auréole de cheveux noir chouca. Me demande si je veux un peu de neige. Il me devance à travers la foule jusqu'à un alvéole dans le dôme. Mon regard troue de blanc sa chemise noire que je fixe comme une cible dans le flou des silhouettes. J'inspire religieusement le contenu de sa chevalière d'argent frappée à l'effigie du dieu Ptah. C'est alors seulement que je lui montre la tête de faïence bleue au creux de ma main. Il dit qu'il voit que nous sommes du même signe, qu'il s'était demandé pourquoi je gardais le poing hiératiquement fermé. Il commence à neiger, avec douceur, comme si tout le mouvement de la matière s'était ralenti. Je derviche sous le dôme, en caressant les courants d'air chaud des haleines. Il neige dans le spot blanc de mon œil gauche, je flotte dans la vague éthérique qui flue et reflue des corps chauds qui balancent. Un goût d'orange sourd dans ma bouche, roule sur mes gencives, insinue toutes les papilles de ma langue qui claque. Une femme à la peau luisante, rouge, bouge dans mon champ de vision. Au centre de son front, un point blanc, celui de mon œil gauche. Et, dans le miroir, cette femme rouge, toujours plus rouge me sourit tandis qu'il neige entre nous deux, qu'il neige l'éternité.

□

J'ai dormi dans une combinaison de plongée caoutchoutée, trop serrée; je me réveille très très lentement, en étirant tous mes muscles voluptueux, lourds. Et je me rendors dans l'amour de mon corps. Quand je refais surface, il est déjà midi. Je me lève en sourdine, je marche à quatre pattes jusqu'au balcon ensoleillé où je me rendors, roulée en boule sur la savoureuse sensation d'exister.

□

J'étais en train de boire un grand verre de Vittel, breuvage d'un luxe inouï ici. Mais j'avais soif, très soif et envie de boire l'eau de la terre. Je buvais ça comme du champagne et ça me montait effectivement à la tête. J'ai levé les yeux sur le poudroiement gris de la plaine. Debout, à l'autre bout de la terrasse, Raphaël me regardait. Un vague sourire traînait sur ses lèvres. Il ne semblait pas s'être aperçu que je l'avais vu. J'ai marché dans sa direction. Il m'a regardé traverser toute la terrasse pour venir jusqu'à lui avec, toujours, un vague sourire. Ce n'est qu'une fois rendue à sa hauteur que j'ai compris qu'il ne me voyait pas. Il regardait droit devant lui en souriant, vaguement. J'ai cherché à voir à l'intérieur de ses yeux. Je n'y ai vu que du feu. Une flamme, loin, très loin, qui brûlait dans le noir du noir du fond de ses yeux. Il ne disait rien, ne bougeait pas. C'était Raphaël pourtant, je reconnaissais son odeur; j'avais envie de mordre son cou, qu'il sorte de cette torpeur. Il n'avait pas reculé, pas fait un seul mouvement pour s'écarter alors que j'envahissais dangereusement sa sphère vitale. À six pouces de ses yeux je regardais dans ses yeux qui ne se dérobaient pas, qui ne répondaient pas. Je l'ai pris par la main, nous avons traversé toute la terrasse, marché des heures, droit devant nous, dans la plaine. Il ne disait toujours rien. Quand je lui ai demandé s'il voyait le mirage de New York au loin, il a répondu que oui. Je l'ai regardé. Son regard n'avait pas changé. Devant le brasier oscillaient les gratte-ciel de Manhattan, gris très pâle dans le noir de ses yeux. Nous avons fait demi-tour. Je l'ai reconduit là où je l'avais d'abord aperçu sur la terrasse de l'hôtel. Je suis montée dans ma chambre pour prendre un comprimé qui ne semble pas faire effet. Il semble bien que tout est bel et bien effacé. Et pourtant, j'ai peur. J'ai terriblement peur.

☐

Yvelle Swannson faisait partie de la même expédition que lui, pour Alpha du Centaure. C'est elle qui m'a abordée, au bar de l'hôtel, dans la soirée. Elle m'a demandé si je connaissais Raphaël. J'ai fait signe que oui. Puis j'ai ajouté: «autrefois» et ça m'a fait tout drôle d'employer ce mot-là. Elle l'a remarqué, a ajouté: «Sous le signe de Ptah, n'est-ce pas?» Je lui ai rendu son sourire. Elle m'a demandé si je voulais bien la suivre. Je l'ai suivie.

Elle m'a d'abord entraînée jusqu'au troisième sous-sol du Crystal Palace Tango Hotel. Dans le garage, elle s'est mise au volant d'un Lunacar bleu ciel. J'y suis montée, j'ai attaché ma ceinture. Elle m'a offert une cigarette, que j'ai refusée. Quand la plate-forme est arrivée à la hauteur du sol lunaire, j'ai vu que le jour commençait déjà à se lever. Elle s'est mise à rouler dans la plaine qui etc, etc, etc.

La fournaise ronronne, Leila miaule, Peggy Lee chante «The Crystal Palace Tango». Dans ce samedi creux au cœur de l'hiver des patinoires, j'ai huit ans dans l'église et les odeurs d'encens et dans mon missel de communiante, la roue du calendrier liturgique me donne le vertige. La machine infernale du temps de l'avent tourne vers l'hiver des patinoires et tombe un cran plus bas dans le printemps des lilas, dort dans l'été des foins, s'élance vers l'automne des pommes. C'est la même roue que dans le livre de géographie, le même cycle de la goutte d'eau aspirée par le soleil et qui retombe en pluie. Les petits ruisseaux font les grandes rivières qui coulent vers l'amer. J'apprends à m'évanouir dans les mandalas et à reconnaître les arcs-en-ciel un jour de Pâques sur lequel il pleut sur mon chapeau de paille, mon manteau rose à petits pois blancs, quand le soleil éclate comme une grenade dans les nuages mauves et que le spectre des couleurs s'ouvre du ciel à la terre. Maman dit que c'est un arc-en-ciel quand il pleut et qu'il fait soleil en même temps. Je dis maman, maman, ça n'a pas l'air réel.

Sur les bancs jaunes comme de la paille du tramway, maman dit qu'ils vont me donner des bonbons. Je ne comprends pas pourquoi il faut se promener si longtemps en tramway pour qu'on me donne des bonbons. Dans un grand couloir comme dans le couvent de ma tante sœur St-Ange, je suis assise à côté de maman sur un long banc d'église. Un monsieur tout en blanc ouvre la porte, me soulève dans ses bras. Je dis maman, maman. Ils mettent un masque de fer sur mon visage. Je dis que je veux des bonbons au tuyau qui court le long du plafond vert. Et ensuite je vomis, sans savoir où je suis.

Dans la toile d'Arachné bionique, tous les réseaux ne mènent pas au centre et je ne sais plus très bien si c'est moi ou bien une autre qui s'est baignée dans la rivière maya de Palenque, dans cette eau amibienne sur laquelle flottent de grosses oranges vertes. Ce n'est peut-être qu'une histoire qu'on m'aurait racontée pendant que je flottais sous un plafond de l'hôpital Sainte-Justine où on m'arrachait mes dernières dents de lait.

Il n'y a que le pont qui soit à peu près sûr. Ce pont gardé par un peau-rouge qui me laisse passer pour que j'avance jusqu'au chamane qui se tient à l'autre extrémité de ce pont coupé qui s'arrête au beau milieu de l'eau. Mais quand je viens sur le point de tomber dans l'eau, je suis de nouveau sur le pont de planches qui défonce et je tombe dans la paille. Il y a des poules et le nounours de mon petit frère qui pleure parce qu'il s'est fait enlever les amygdales. Et l'autre version de cette scène, plusieurs années plus tard, alors que je traverse le silence dans un grand local vide, en souriant au peau-rouge qui est apparu dans ma vie. Sous sa peau bleue de peau-rouge tatoué se cache le chamane qui m'a transmis un feu qui monte par flammèches le long de ma colonne vertébrale et brûle dans mon plexus solaire pendant que je descends aux Enfers en regardant des westerns idiots à la télévision. Et dans les champs de blés des

Plaines, de lourds nuages rouges brouillent l'écran quand l'auto des bandits qui fuient en plein champ capote, que mes nerfs se crispent et que je serre dans mes bras l'oreiller de satin rose sur lequel des têtes chéries ont reposé. Mais je suis seule maintenant et tandis que mon amant dort dans la chambre d'à côté avec son amant, j'avale une autre valium, je m'enroule dans mes couvertes de laine en serrant contre mon cœur des chats et des toutous de laine, un petit cheval roux que mon fiancé punk m'a donné pour Noël. Et je ne pleure pas pour les nappes de beau temps. Je me contente d'hiverner au pôle nord d'un fin fond de tango argentin quand la version mono se met à signaler la distance qu'il y a de Montréal à Buenos Aires, de l'aleph de Borgès aux escaliers mentaux de «La Nuit en rose» où j'ai dansé toute une nuit d'éclats, de strass, de paillettes. Les cristaux de lumière éclatée de la boule en miroir retombent en neige, le rayon laser de ta conscience me traverse à travers tous les temps de déluge et de poudrerie qu'il fait sur notre amour sans bon sens.

Quand je me sens très en forme, j'arrive à nous voir stroboscopiques dans ma boule de cristal. C'est drôle de nous voir nous fuir à toute allure, avec nos démarches de crustacés et le grain de ta voix, tout près, avant que je m'endorme, parfois. Cette fuite en avant a quelque chose d'extrêmement comique et c'est rare que l'un de nous ose faire un pas en arrière. Ça fait des tangos curieux… Il nous est arrivé, déjà, de plonger toute la ville dans le noir pour arriver à nous croiser un jour de panne d'électricité. Et c'est toujours quand je suis en rage contre quelqu'un d'autre que je signale par erreur ton numéro de télé-

phone. Et tu me reconnais en m'appelant mademoi-
selle et quel numéro vous avez signalé et je commence
à dire ton numéro en comprenant tout à coup que
c'est toi, que c'est ton numéro et non le sien que je
viens de signaler et tu ris en disant c'est ça, c'est le
bon numéro. J'ai dit que j'avais dû me tromper et
j'ai raccroché. Et quand le téléphone a sonné ce
matin, je croyais que c'était celui que j'avais essayé
de rejoindre hier. Mais c'était toi.

Ça recommence. On dirait que ça n'en finira
jamais. On se croise, depuis dix ans, à contre-temps,
toujours à contre-temps. L'effet des valiums et l'effet
de ta voix, c'était trop pour moi. Je n'y vois plus
rien. Que toi.

Mais qu'est-ce que c'est, toi? Un timbre de voix,
comme pour Nane, qui ne se contente plus de bondir
dans ses performances. Maintenant, Nane se saigne à
blanc devant l'assistance en disant que non seulement
elle a envie de cette passion, qu'elle est cette passion
qui la fait chanter le son rose, danser la vie en rose en
noir sur une petite scène encombrée de fils en laissant
flotter ses mains dans le courant des choses. Mais
parfois le mouvement se fige, comme dans un mudra
sacré. Et je me rappelle d'elle, noire, hiératique et
blême, l'index levé devant sa bouche ouverte comme
Hermès hiérophante. Et derrière Nane en transe, il y
a Bryan, dans la même pose, mais tout en blanc,
même les cheveux. Dans le dernier miroir, il y a peut-
être aussi un ange du début de la Renaissance, la
bouche fermée sur une poire d'angoisse. Quelqu'un,
c'est certain, veille à ce que le messager ne livre pas le
message avant terme.

Dans un autre tableau, un autre Bryan compose

une mise en scène de tourtereaux dans un bar de la rue Saint-Denis, commandant des bouteilles de Prince Blanc et m'étourdissant de oui tandis que je flotte dans mes voiles roses à paillettes comme sur scène, soutenue par ton regard noir qui brûle dans la dernière rangée et s'ouvre comme une rose des vents tandis que je descends to the bottom of the sea dans la stase du code aéronautique pendant que Y. répète May Day, May Day et que notre fusée décapotable décolle pour Varsovie, dans une autre galaxie où le «beau temps sonne comme une casserole sur la pluie du temps» comme dit Pauline magnétique en tapant du pied parce que «pour la jouissance il faut attendre un temps pluvieux» alors «qu'y a plus personne sur la passerelle du plus vieux temps». Y. dit que ce sont les forces armées d'Urantia, qu'on devrait aller danser à Buenos Aires et je dis: Y., pourquoi je t'aime à ce point-là? Il dit que c'est parce que j'ai ce que je mérite et je dis: j'ai peur de toi Y., j'ai terriblement peur de toi. Mais pourquoi maintenant est-ce que c'est l'autre que je rejoins alors que j'essaie de te rejoindre toi? La vie s'en va dans tous les sens à la fois et je m'abandonne aux courts-circuits qui m'emprisonnent dans leurs taches vertes, en essayant de me rappeler le mot de passe qui est écrit dans ma main. Je finirai bien par entrer dans la pyramide blanche qui tient lieu de secret. En attendant, je dessine le pont des cordes et je tire des lignes sur le papier blanc de ma vie qui se débobine par en arrière pour s'effacer. Le dieu du livre-sphinx regardait-il vers le temps de l'avant ou bien par en avant? Mais le temps, à l'altitude où nous sommes, le temps est rond. Et je vole sur l'air de «I'm feeling too good

today/I'm feeling the way I shouldn't» en m'habil-
lant vite comme dans un film muet pour ne pas être
trop en retard à la réunion.

Le ciel de janvier bleuit dans la fenêtre de ma chambre rose. Les haut-parleurs du parc Lafontaine rediffusent encore «La Vie en rose», version instrumentale et marshmallow pendant que des petites filles qui ressemblent peut-être à Leila dervichent sur la glace vive de la patinoire. Depuis que X. et Y. sont partis pour Key West, j'ai tout fait pour tout régler afin de pouvoir au plus vite régler son sort au Livre-sphinx. J'ai fait la vaisselle, écrit des articles en retard, payé des factures, fait les provisions chez Warshaw. J'ai même changé la litière du chat et nourri les poissons et les bêtes chez John et Julien. Je me lève à neuf heures, je me couche à minuit, comme en Italie. Et tout d'un coup, crac! une mort. Un mal de nuque lancinant pendant des heures, l'enterrement, l'absurdité. Une autre mort.

Je viens de relire le roman et ces histoires d'amour me donnent vaguement la nausée. Depuis une semaine, je n'ai vu que Sabada, Réal et Pierre-Pierre-Pierre, quelques heures. Des heures volées à ce travail qui m'attend et que je n'arrive pas à entreprendre: débarrasser le livre de tous ces parasites qui me sapent le moral. À force de suivre tous les fils à la fois je perds le fil et je m'endors en pleurant dans les bras de Pachelbel et du chat. La mort a provoqué une baisse sérieuse d'adrénaline; je dors plus que de raison, je doute de tout. C'est curieux, car je ne doute plus de rien.

Je m'aventure dans des cryptes à la recherche de vieux missels oubliés et du premier cercle vicieux samsarique. Je suis au cœur vibrant de la neige et je patine rose sur l'eau du Grand Canal. J'ai oublié d'emprunter le dictionnaire des hiéroglyphes à quelqu'un qui sait la forme du masque. Voilà un bel exemple de scrap. À quoi sert de réécrire *L'Amour fou* à l'infini? Ce n'est qu'un heaume et ses avatars, extra-terrestres ou non.

Quand il s'agit de déterminer quel texte doit prendre place dans le roman, je ne sais plus. Ça s'embrouille. De l'encre verte, rose, rouge permanent, bleue, noire, des piles de cahiers de toutes les couleurs, des passages carrément débiles, comment choisir? Je me jure d'écrire *Les Chats sauvages dans la nuit des temps* de façon archi-systématique. Mes errances ne m'amusent plus. Ni les stases. Ni rien.

Dans ces cas-là, comme Dominique Savio, on fait ce qu'on a à faire: terminer l'article sur *Les Fées ont soif* chez John et Julien devant la télévisioncouleur, en en profitant pour allumer les aquariums. Pauvres petits poissons que j'ai laissés dans le noir depuis l'enterrement... Mais, avant, un thé de rose, cadeau de Sabada. Ou bien un thé d'orange et d'épices. Un thé. With a cloud of milk, please. C'est la vie, comme disait grand-maman à l'enterrement.

C'est toute une période de ma vie à laquelle je dois mettre un point final. Normal de freaker. On ne renonce pas si facilement à ses chimères. Comme celle de Kitty Bruneau, rose et bleue, sur un mur de ma chambre à soi conquise de haute lutte et dans laquelle je me sens piégée par un de mes doubles. «Si tu n'existais pas je t'aurais inventée» chante Joe

Dassin aux patineurs pendant que je diffère tous les apprentis-sorciers qui m'ajournent. Vava, veux-tu ben me dire comment on a pu croire qu'on était des sorcières et que c'était la fin du monde. C'est plutôt l'éternité glauque de l'éternel retour. On se blase, on désabuse, on s'ennuie. C'est ça, c'est que je m'ennuie. De façon très intransitive. Un point c'est tout. Ce que j'écris m'ennuie, ça doit paraître... Écrire, c'est pas toujours le paradis. Vivre non plus. Même en rose. Surtout quand on a mal aux dents. J'ai un kalumba pour chanter: un kalumba venu de la nuit des temps. Du temps où je flyais. Mais j'ai pas envie de chanter. Pas maintenant. Envie de pleurer ou quoi? Rien. Rien. Le silence. Si ça descend, c'est que ça va remonter... Wow, c'est grave! J'ai tellement crié grâce en plein cœur d'une explosion d'adrénaline et là, parce que ça s'est calmé, je chiale! Chus vraiment droguée. Bof... j'ai rien qu'à retourner voir *Superman*, ça va me booster. Ou *Mort sur le Nil*.

Après une semaine d'obscurcissement, j'ai levé les stores sur un matin de presque printemps. J'ai pris un bain dans le noir à peine entamé par le mouvement bleuté de l'aquarium. C'est la tête noyée dans l'eau tiède que j'ai décidé qu'il s'appellerait Alexandre dans le roman. Alexandre comme dans *French Kiss* qu'il a aimé lui aussi. Il passe d'Y. à Alexandre comme le réel, parfois, bascule dans la fiction, parce qu'il est sous le signe d'Alexandrie comme d'autres sous le signe de l'ange, du lion, de Sabada Dabasa ou du jumeau.

Pour m'y retrouver dans le dédale des noms et des signes, j'avais étalé le manuscrit, les schémas, les brouillons sur ma table de travail et je m'absorbais dans l'échangeur maniaque des destins onomastiques quand quelqu'un a frappé dans la fenêtre à ma gauche. J'ai sursauté. C'était Ariane. Avec une petite fille qui s'appelle Michaelle et qui est née le 29 septembre, jour de la fête de Saint-Michel Archange. Une petite fille sous le signe de l'ange qui s'est assise entre nous deux et qui a écouté Ariane me racontant la respiration du feu, me montrant la posture du cobra, comment toucher du bois en captant les énergies du corps éthérique de la matière vivante. Ariane verbomotrice ce matin et tout à coup, le regard vert, mercurien dans lequel s'annonce l'équinoxe du printemps. Sabada Dabasa descend en elle pendant qu'elle me parle d'Homère et d'odyssées, oblitérant le nom d'une tisane aphrodisiaque parce que c'est aussi le nom d'une île qu'elle garde secrète depuis qu'ils l'ont enfermée des mois pour désanchanter cette île en elle.

Puis Ariane est repartie marcher dans la fin ensoleillée de l'hiver, en compagnie de cette petite fille qui est celle de sa sœur. Et je me suis replongée dans les brouillons, les tableaux, en quête du fil d'Ariane pendant qu'Ariane elle-même déambulait dans la ville sous l'aile protectrice de l'archange Michaelle.

Des heures plus tard, le soir tombe sur ce dix-neuf mars, jour de la fête de Saint-Joseph et j'ai encore envie d'écrire l'extase matérielle, d'écrire Alexandre, comme une lettre d'amour qu'on commence dans l'eau de son bain dans laquelle on lave à regret l'odeur de quelqu'un qu'on aime.

Sur ce, le téléphone sonne. C'est Solange. Pour me dire qu'à l'émission Book Club, Réginald Martel et François Hébert sont en train de commenter le livre de Pauline et celui de Noëlle. Je bondis sur l'appareil radio pour entendre les deux épais ânonner que la poésie sonore de Pauline ne veut rien dire, que Noëlle a quelque chose à dire mais ne le dit pas! Ce grand nono de François Hébert — pas le frère de l'auteur de *Sauterelle dans jouet*, l'autre — qui, il y a deux semaines disait de Solange qu'elle écrit de façon narcissique et de Nicole que c'est un écrivain mineur, détonne maintenant contre le recueil de Noëlle dont il n'aime pas la couleur et contre le mien qui se contente «d'évacuer la réalité» alors qu'il s'agit, plaît-il?, de la trouver. Ce serait une machination que ça ne m'étonnerait pas me dit Solange que je rappelle tout de suite après l'émission. Nous diagnostiquons un cas de misogynie galopante mais vu qu'il rit aussi des textes de Julien, de X. et de Benoît, on conclut à la bêtise tout court. On ne peut pas tout aimer bien sûr. Mais tout haïr à ce point-là non plus… Avec un petit ton méprisant qui en dit long sur la hauteur de ses vues… On prend le parti d'en rire. Solange court à un lancement des éditions du Remue-Ménage, je reprends mon texte.

Sonnerie de la porte d'entrée. C'est Ian qui a assisté à la performance de Benoît, hier, au Musée d'art contemporain et qui vient lui en parler. Sur ce, téléphone de Marie qui a bien aimé l'extrait de *La Vie en prose* que Solange a lu au cours du spectacle *Célébrations* au TNM et mon texte aussi. Heureusement qu'on se le dit quand on aime ce qu'on fait… Marie m'annonce qu'elle va chanter à Art ZZ, fin avril, qu'elle prépare un disque. Je dis: tiens, c'est le fun, Pauline aussi. Et, comme une trouée sur la ligne du temps, j'entends la voix ivre et rauque de Marie s'élever au beau milieu d'une réunion délirante aux éditions de la Pleine Lune, il y a deux ans. Une voix chaude, ironique, qui nous a enveloppées de «amouyenhanhan» et fait dévaler tout le rapide Blanc à contre-courant. Raphaël vient de mettre le dernier disque de Lewis Furey, je vole à la cuisine chercher des cigarettes, m'excusant au passage de ne pas me joindre au groupe parce que «l'aile de l'inspiration» vient de me frapper. Ian fait «Bonggg!», je reprends le texte. Pour en évacuer toute réalité, bien sûr.

Pendant ce temps, éternellement, Marielle Desaulniers traverse Montréal de l'est à l'ouest dans sa Vénus rouge, Vénus rouge elle-même, rougeoyante comme un nouvel astre dans le bleu du ciel fictif au-dessus de mon réel.

En surimpression sur la fiction, Alexandre parcourt la ville dans son char dont je ne connais pas la marque, selon un tracé que je ne connais pas. On ne saurait dire à quel instant précis Lexa croise l'échangeur maniaque hologrammé de *French Kiss*. J'allais écrire peut-être à «chevauche son tchomme», comme dans le délire de cette nuit, le délire de Lexa hurlant de joie sous mon étreinte, abandonné, souriant. Lexa le macho renversé de plaisir, superbe. En buvant ses larmes et son rire, j'entendais Léonard Cohen répéter «She's happy that you've come» et je n'étais plus seule dans la maison des mystères. J'allais écrire à «chevauche son tchomme», mais je suis allée chercher l'exemplaire de *French Kiss*, celui de Benoît car je n'ai pas trouvé le mien. Je croyais que c'était la dernière phrase. C'est plutôt: «Chevauche ardente sur l'encre délébile». C'est à la précédente que ça se croisait à «flipper sous son tchomme». Flipper comme du centre de moi au centre de la pyramide blanche quand il m'entraîne dans les vagues roses qu'il fait naître dans mon vagin et qui dansent dans tout mon corps. Et que je lis le bleu du ciel dans ses yeux même s'il a la maudite manie d'allumer la t.v. au saut du lit. Heureusement, dans ma chambre rose de plus en plus nuageuse car je fume Gitanes filtre sur Gitanes filtre, il n'y a pas de t.v. Ça rend le réveil plus poétique chez moi que chez lui... C'est peut-être idiot d'écrire l'amour mais que c'est bon, et l'amour et l'écrire. C'est bon d'écrire le premier regard bleu d'Alexandre qui roule sur moi, son dos sur mon ventre et qui raconte son rêve western en regardant le plafond blanc sous lequel Ariane me conseillait ce matin d'installer une pyramide en polythène pour capter les énergies cosmiques. Je n'ai jamais dit à Lexa comment la chaleur de son corps, la fréquence sur laquelle il émet, je ne sais pas c'est quoi, ses vibrations, son cœur, ce qui rayonne de son plexus solaire. À quel point ce magnétisme particulier qu'il a en commun avec son amie Zabelle, à quel point cela me guérit de tout. De toute l'horreur des tensions, des mesquineries, des petitesses de ceux qui ne fonctionnent que sur la bande de fréquence des ondes vertes, de la kryptonite et de la haine. Le jour où Lexa s'est mis à émettre des ondes vertes — parce qu'il en avait reçu, ce jour-là, toute une dose, de la part de quelqu'un d'autre — le renversement a été si cruel que j'en ai tremblé pendant vingt-quatre heures, comme frappée de catalepsie. Il avait fallu l'arrivée impromptue de Pierre-Pierre-Pierre, sieur de Lagardère pour me sortir de cet état de stupeur. Pierre-Pierre-Pierre qui rebondit toujours dans le décor de carton-pâte de mes versions du réel quand il s'écroule. Toujours là pour m'aider à faire l'inventaire des ruines dont le défaut est d'avoir des habitants. Pierre-Pierre-Pierre qui m'a même appris comment mettre échec et mat un ennemi juré en m'apprenant à jouer aux échecs sur l'échiquier géant de la Place d'Armes, un soir pluvieux d'automne où j'étais la Reine Blanche qui voit rouge. Remember: «It's a poor sort of memory that only works backwards» dit-elle à Alice au pays des hostilités et c'est dans le délire précolombien qui rendait ses cheveux électriques et rouges que Pierre-Pierre-Pierre m'a transmis la notion de l'apocalypse dans laquelle on se crisse quand on ne se rappelle que du passé.

Benoît et Raphaël préparent les filets de sole que j'ai achetés pour souper pendant que je poursuis mon texte, complètement knockée par l'aile de l'inspiration qui vole un peu bas je trouve pendant que je cherche le motif de l'enchâssement du réel d'Alexandre dans la fiction de *French Kiss*, ce roman que Nicole Brossard a écrit pour les singes comme le disait si bien le perspicace Réginald Martel, dans *La Presse*, en 1974. J'ai beau vaser sur les blancs de mémoire et les black-out, j'ai une mémoire d'éléphant.

Toujours est-il qu'en panne comme Marielle elle-même aurait pu l'être si elle avait porté un autre prénom — qu'y peut-on quand on s'appelle, entre autres: «elle ira M.», on y va, hein Vava? Donc, en panne, je consulte *French Kiss* au hasard. Je tombe sur: «des oracles de vérité», mais, au fond, ce que je cherche, c'est les dates. Celles des commutateurs ambulants. Et je tombe sur: «Une fois nous avons loué trois motos pour deux jours» le lendemain du jour où Pauline disait que ça serait plaisant de louer des motos pour deux jours pour faire comme dans *French Kiss*... Oui, 1977, l'année où la fiction s'était emparée de nous. De Solange, de Djinny, de Noëlle, de Benoît et de moi. Comme c'était écrit, en 1974, dans le lieu du livre de Nicole. Et, en mai de l'année suivante, le frère de Lexa s'est mis à l'étude du chinois. Comme Georges, je, O.R., je, nous tous. Le fait est que, depuis, nous parlons fort bien chinois... Dans la dédicace de mon exemplaire, Nicole avait écrit quelque chose comme «il est question de deux géographies à la fois». Et c'est bien cela qui se produit, cette prose se perdant en surimpression sur celle d'une autre tandis que mon prénom surgit dans *Le Sens apparent*. Comme dirait Lexa: «Julia Kristeva, Minnie Mouse et Yoyo» ou comment l'intertextualité mène à tout, même au chinois. Ça ne fera qu'un autre roman pour les singes.

Pendant le souper — Raphaël a fait un riz à l'orange délicieux avec le poisson, et des haricots jaunes — pendant le souper, je lis à Benoît et à Raphaël le passage qui précède. Je cabotine à qui mieux mieux, je prends de la place. Mon téléphone sonne. C'est David, mon chum juif, que je n'ai pas vu depuis des mois. David dit qu'il a de quoi kifer, qu'il est avec un copain et une copine, est-ce qu'ils peuvent venir kifer avec moi. Je dis: «Tout le groupe?» Il dit: «Quoi, c'est seulement un couple!» Il dit qu'elle c'est une Québécoise et que lui c'est un Marocain. Je dis: «Bon d'accord à tantôt». Et je me change parce que les Marocains de boutique et les juifs d'Alger comme David, ils sont habillés chics. Raphaël me demande à qui je parlais avec un accent comme ça. Quand je parle à David, j'ai l'accent pied-noir. Raphaël savait pas ça vu qu'il ne l'a jamais croisé et ignorait même l'existence de mon chum juif. Après, ça tourne freak; la Québécoise en question se révèle Espagnole et de sang chaud, portée très littéralement sur David, le Marocain très littéralement sur moi.

Il dit que David, c'est un copain qui a bon cœur. Je dis que oui, c'est vrai que David a bon cœur. Pour illustrer, le Marocain, qui veut que je raconte sa vie dans un roman pour faire beaucoup d'argent, nous narre comment David a vidé ses poches sur Sainte-Catherine pour un Québécois en jeans qui avait un blocage dans sa tête. Je dis comment mon copain Lexa manifeste tout autant son bon cœur en devançant les quémandeurs de «spare change», leur disant: «non, j'en ai pas» avant même qu'ils n'aient le temps d'ouvrir la bouche. Débloquant ainsi, à mon avis «le blocage dans la tête», mais personne ne comprend ce que je dis. Je constate que David a quelques caries, qu'elle est vraiment très collante cette fille-là et je pense à Lexa, à la réalité de Lexa. Je bitche un peu David au sujet de l'extra-terrestre qu'il dit qu'il est. Pas extra comme dit la fille, extra-terrestre, pas extra comme il comprend. Et David se met à chanter en espagnol et, à un moment donné, tout le monde parle espagnol, même moi. Ensuite, le Marocain me lance des «minou, minou» comme à un chat et voudrait me faire un massage du dos, mais je refuse, souriante, disant que je suis bien comme ça, assise à ma table de travail, avec le chat qui prend un bain de soleil sous ma lampe. Le Marocain se met à expliquer quelque chose en arabe à David. Je demande si c'est du yiddish; le Marocain, vexé, dit qu'il ne parle pas yiddish et David se met à chanter en yiddish. La fille s'est étendue, la tête dans le ventre de mon chum juif et grogne. David me demande par signes s'il peut aller dans mon lit. Je dis que j'ai du travail, que… Le Marocain me demande s'il peut me poser une question. Il me parle dans l'oreille, pour ne pas que les autres entendent. Il demande si j'aime beaucoup David. Je dis que oui, je trouve ça drôle comme question. Et je pensais à Lexa me parlant de ses trips purement érotiques et du dégoût qu'il en a, ce que je n'avais jamais compris, disant que pour moi, ce n'était pas ça, que je trouvais ça trippant. Et je comprends maintenant. Car David, bien sûr est très trippant, mais n'empêche que la dernière fois que je suis allée chez lui, il a fallu que j'écoute tout un film de karaté avant et qu'ensuite il a parlé sans trêve jusqu'à sept heures du matin, ce qui est quand même épuisant vu que c'est de l'aberration mentale ses théories sur le nombre de Cadillac nécessaires au bonheur, la guerre de Six-Jours qu'il a faite ou qu'il n'a pas faite, ça dépend des fois, de son enfance dans un kibboutz ou à Biarritz, ça varie et sur le fait que j'ai une tête et que je devrais épouser un millionnaire. C'est vrai que je l'ai rencontré pendant une extinction de voix et que mon mutisme lui a permis d'explorer toutes les nuances érotiques de la parole avant que je me décide à l'amener chez moi pour qu'il se taise. Et j'avais beaucoup plus de facilité à suivre le langage de son corps qui parle d'abondance que ses fictions rieuses. Toujours est-il que le Marocain de Marrakech qui a déjà été arrêté pour espionnage sioniste à ce que j'ai compris et qui se fait passer pour un cardiologue quand il drague, a fini par proposer d'aller manger une pizza, ce que j'ai refusé de bon cœur. David m'a prise dans ses bras, le Marocain lui a dit: «Embrasse-la mieux que ça», ce que David s'est empressé de faire. Pendant que les deux autres se rechaussaient, David m'a serrée contre lui en disant: «Tu as cru que c'était une partouze n'est-ce pas?» J'ai pouffé de rire en comprenant que c'était ça l'idée. Ils sont sortis. Benoît m'a demandé s'ils étaient partis. J'ai dit que oui, morte de rire, que c'était une partouze, l'idée. Il a dit: «Même David?», j'ai dit que oui, David aussi était parti. Que ça ferait un bon bout comique dans le roman, que j'allais l'écrire tout de suite.

Mais c'est pas si comique que ça, maintenant que j'ai fini de l'écrire. Raphaël, en queue de chemise s'en va pisser. J'écris la nuit dans une maison vivante dans laquelle il ne manque que toi. Un seul être vous manque et tout est dépeuplé comme dit Julien quand il me voit dans cet état-là... Dans quelques jours, ce sera l'équinoxe du printemps.

L'amour, l'amour avec toi. La tête dans l'eau verte jusqu'au vert plus profond du plus profond, avec des remontées vers la lumière du sourire, des stries de soleil et des bulles qui éclatent quand on commence à manquer d'air. Crawler quelques minutes puis se retourner sur le dos, flotter un peu dans l'eau du regard de l'autre, faire la planche au soleil de cette île de chaleur entre nous. Se laisser couler les pieds peu à peu, puis les jambes, tout le corps. De l'eau jusqu'au menton pour goûter enfin le sel de l'océan tout autour, membrane caressante, courants chauds, quand la course du cœur s'accélère, se calme. Tout le visage enfoui dans l'odeur, le vert irradié, yeux ouverts sous le halo de la surface. Courants froids qui traversent la lourdeur sous-marine quand des sons qui sont peut-être des mots, t'échappent, m'échappent. La peur de se noyer dans le plaisir nous fait nous sourire. Mais oui, je suis là, j'étais ailleurs, je suis remontée du fond de mon corps, je replonge, plonge avec moi. Mais oui, tu grognes, c'est bien que tu grognes. Ou bien tu ris en avalant une grande gorgée d'air et les rides du rire sur ton ventre se communiquent au mien et je ris et c'est un tourbillon, une tempête de souffles et de soubresauts dans le torrent maintenant, la douche froide sur nos peaux. La sueur. Notre regard, tout à coup. Les yeux dans les yeux au même moment, le silence, la lourdeur des membres, les lèvres humides, humides. Mon corps, disparu sous le poids de la communion. Je n'entends plus mon cœur battre et pourtant, j'ai le cœur serré. L'étau. Silence. C'est hors les mots. C'est toi, c'est nous. C'est peut-être moi. C'est. C'est insupportable. On crawle sur la surface tendre, moitié dans l'eau, moitié dans l'air. Tu malaxes mes clavicules, je te sens malaxer mes clavicules, tu mords, tu palpes, la pulpe.

Je mange la couleur de tes cheveux, l'odeur de tes cheveux. Sales. Ça goûte bon. Je plonge dans le liquide mouvant de tes muscles durs, je retiens ton souffle dans ma bouche pendant que ton pénis respire dans ma cuisse. Je roule en boule, à l'envers, et la pression de l'eau me fait rebondir à la lisière de la mer et du ciel. Dans ma bouche, je prends la peau tendre de ta nuque, du creux de ton genou; ma langue roule sur les tendons de ta cheville, l'intérieur de ton poignet. Une vague de fond vient de naître, très loin, très loin, dans mon ventre. Et je chante des petits sons que tout à coup j'entends. Gênée, je suis gênée, je me cache la tête sous l'oreiller. Lentement, tellement lentement, tes doigts réveillent des nœuds dans ma colonne vertébrale. Je suis en train de flotter juste au-dessus du fond de sable, le silence est pesant. J'avale les veines bleues de ton érection, on se tient à quatre mains pour dériver. On dérive au gré des courants, on dérive. Mon clitoris fait un petit bruit d'eau sous la caresse insinuante de ta main. Je suis toute en eau, en train de me noyer dans l'éternité. Tu roules des hanches et je tiens tes hanches dans mes mains pour ne pas sombrer. Et puis je sombre, dans la lumière sous-marine. Et dans la rumeur de l'eau, j'entends le grain de ta voix et pourtant tu ne parles pas. Mais non, tu ne parles pas. Tu soupires, tu fais aaaah, tu me roules, tu m'enroules, tu dis que tu m'aimes, je dis que je t'aime, on délire dans les mots qui coulent, coulent dans nos corps partagés, dans de grands flashes blancs de désir et d'extase. On respire, bouche contre bouche, fatigués et on coule, dans l'orgasme, dans le sommeil, je ne sais plus. On croule de tendresse, de chaleur, on coule. J'entends ton cœur descendre dans l'eau, batiscaphe, au rythme du mien, de tout. Et ça pulse, ça pulse dans mes tempes traversées par un rêve de cheval d'acier galopant dans un ciel gris fer. Mais le souffle chaud de l'huître de ta bouche dissipe le goût du métal et la rose de ton sexe contre le mien fleurit dans une nappe d'eau noire et lisse poudrée d'or.

Des chevals sacrés, mats, au galop dans le chevau du ciel. Toute une chevauchée. Je tiens le petit corps chaud d'un enfant tout contre moi. Je marche jusqu'à l'astroport tout en aluminium, brillant. C'est dix ans plus tard. Debout dans la cage de l'ascenseur, l'enfant me sourit. Il a peut-être onze ans maintenant. Il sourit. Sa bouche est dans mon cou qui frémit. Il renverse la tête. Ses cheveux noir chouca, le cerne gris sous ses yeux. Je ferme les yeux pour retrouver l'enfant du rêve. Il se love contre moi, sa peau est chaude et lourde comme celle de l'enfant.

Sa bouche, sa bouche, chaude, humide, sa langue dans ma bouche, ses mains chaudes sur moi. Sa bouche. Notre bouche. Sa main sous ma jupe, dans mon sexe, mouillé. Sa bouche. Nos corps présents, absents, présents, absents. Nous dans le galop argent du noir du cosmos. On fume des Gitanes: il se réveille la peau fripée à cause de l'eau dans la tente, dans le Parc de La Vérendrye. Dix-sept tabs d'acide, à deux, en cinq jours. L'été dernier. Je pagaie dans le noir, dans l'eau noire du réservoir Cabonga, jusqu'au barrage des castors. On contourne l'île, on entend des loups. Un spot fixé au milieu du front par une bande élastique, celui qui lui ressemble pagaie dans le noir. Sa bouche, presque noire, dans la nuit chaude, dans l'éclairage vert de sa radio-réveil. Le canot glisse, silencieusement, tout près du huard au bec grenat. Il dit: «Grenat». Nos souvenirs du Parc de La Vérendrye s'entrecroisent; tu sais, quand le vent tombe, vers cinq heures du soir. Je sais. Le vent, les vagues. Sa bouche, son ventre, la chaleur de son ventre. Il frémit entre les lèvres de mon sexe, il m'ouvre. C'est chaud, ça danse, ça danse. Sa bouche. Notre bouche, dans l'éternité. La première fois, nos corps, dans une bordée de neige. Il s'était endormi dans moi. Ivres tous les deux. Un an plus tard, nos corps. La photo de celui qui lui ressemble, les épaules nues, dans une chambre d'hôtel de New York. Il dit: «Il me ressemble ce gars-là. Je pensais que c'était moi».

Un sale petit-oiseau-de-toutes-les-couleurs sabote «La Vie quotidienne». J'éteins ça. De vendredi à dimanche, le temps est tombé de plus en plus bas sous zéro. Un froid qui gèle la bouche et les poumons. Le phénomène d'inversion arctique fait osciller dans le rouge l'indice de pollution. Le bleu du ciel, pourtant, est d'un bleu à faire mal aux yeux, vendredi, samedi, dimanche, dans l'auto d'Alexandre qui roule dans toute la ville à la recherche du prochain message. Bloqués dans le trafic en face de chez Eaton, on écoute la radio polonaise: Montréal, en février ressemble à Varsovie vue par Rael, il y a plusieurs années. L'instant d'un instant, je suis Raelle, au volant dans Varsovie, quelques années plus tard.

Le temps et les genres, tout roule entre les murs noirs constellés d'étoiles du El Casino. Bernard Lavilliers chante: «Si tu vas à San Salvador/Va voir la femme/Qui sait lire dans les yeux du sort/Et dans les flammes». Tandis que mon plexus solaire mitraille la nuque d'un homme que j'aime dans le rock'n'roll, la Black Label, la passion des chiffres et la fumée du temps qui passe. «N'appartiens jamais à personne» crie le chanteur et son cri traverse les épaisseurs de mon attachement au corps délié et lourd de cet homme magnétique auquel j'appartiens comme j'ai appartenu à d'autres.

Les extases de Nane Yelle, dans l'histoire de sa passion pour un chamane de l'enchâssement vertigineux du réel, ces extases mentales ne sont rien à côté des désirs dont le halètement de feu dans tout mon corps me ravit au gré de mes investissements libidinaux sur le timbre de voix, le grain de la peau, l'œil bleu de noir, le corps variable de mes jeunes amants qui, tous, s'allègent dans le sommeil au point que l'extase matérielle se diffuse en réverbérations heureuses dans le continuum de l'amour fou des mots et des choses.

Jeudi soir, au «Matin des magiciens», Rose lit dans les yeux du sort et dans la flamme de mon briquet. Dit que si j'arrête de fumer, mon écriture va changer. Est-ce que je veux qu'elle change? Rose trouve que je tiens un carnet mondain. Rose dit que c'est «worldly» comme dirait Agatha Christie autobiographe, ce que j'écris. Alexandre dit que je ne dois pas passer par lui pour entendre les notes que je chante. Je dis que je sais pas comment Alexandre. Son grand corps brun lové autour de moi, dans un désordre de couvertes et de douillettes. Alexandre m'apprend à chanter do-mi-sol-do-do-sol-mi-do. Do-do, do-do, d'un octave à l'autre, Alexandre, toute la nuit dans ton lit à aimer la broussaille de tes cheveux et ton ronflement sonore comme j'ai déjà aimé la soie noire des cheveux d'un autre et son souffle léger comme celui d'un petit enfant. La vie est tellement courte, Rose, de plus en plus courte: je ne peux parler que de ces petites choses que mon corps arrive à sentir. Et ce que je lis dans les choses qui arrivent à mon corps, c'est, je n'y vois rien d'autre, la vie. La vie comme dans tes yeux de flamme Rose quand tu dessines avec tes bras un mouvement de tai-chi en disant qu'il faut que j'apprenne à descendre dans mon corps. Que le mercure doit descendre de la tête pour faire lever kundalini qui dort dans mes entrailles de mercurienne. Si le mercure descend, Rose, dis, ce sera le printemps, ce sera le printemps?

Lundi matin, dans ma cuisine rouge, je cuisine des œufs au miroir pour Alexandre et je chante do-mi-sol-do-do-sol-mi-do en lançant des miettes de pain aux oiseaux de février pleurez mes pleurs pleurez mes roses. Dans ma cour, ce matin, il y a un gigan-tesque chasse-neige jaune. Dans sa petite cabine, le monsieur lit le Journal de Montréal. Alexandre rit comme Alexandrie ce matin de Pâques, dans les souks. Alexandre rit à cause des «Insolences d'un téléphone» de CKAC. «Vous habitez Montréal madame?» Oui. «Vous vivez dans un logement madame?» Oui. «Vous buvez du liquide madame?» Oui. «Vous avez un mari madame?» Non. «Vous avez répondu trois oui sur quatre, donc, vous dites oui au référendum?» Oui. «Donc vous êtes contre le référendum?» Oui.

On rigole dans la cuisine chaude. Le chasse-neige se met en marche dans la ruelle. Alexandre demande ce que ça veut dire le triangle rose derrière le chasse-neige. Je ne sais plus le code de la route

Alexandre, c'est peut-être qu'il ne faut pas dépasser? Alexandre dit que ça veut dire que c'est un véhicule lent, qu'on peut dépasser même quand il y a une ligne blanche.

Les triangles roses, dans le schéma du roman, c'est Nane Yelle en autobus dans le fog californien. C'est un véhicule lent, cet autobus qui trimbale Nane. Nane, à Los Angeles, a écrit une lettre à son ange gardien, une lettre qui restera lettre morte pendant longtemps.

Solange attend une lettre de Bryan dans l'hémisphère austral. Bryan en jeep dans le désert de l'été australien cherche comment la terre peut survivre. Solange attend une lettre. Nane, elle, en écrit. D'autres aussi, attendent des lettres Noëlle, en Haute-Provence, Laure, de son nom d'Aurel, attend dix-neuf jours une lettre de Djinny. Djinny, à moi, n'a jamais écrit.

Nane, plusieurs années après sa fuite en Égypte en Californie, a écrit beaucoup d'autres lettres encore. Qui, toutes, sont restées lettres mortes. Il est vrai que Nane ne met pas toujours ses lettres à la poste. Puis, il n'y a pas très longtemps, Nane a écrit une longue lettre au chamane pour lui raconter comment elle a traversé à pied toute la ville jusqu'en face de Caughnawaga pour voir le fleuve charrier à toute vitesse de grands blocs de glace. Comment elle s'est sentie sauvage dans la nuit des temps tout le temps de sa veille, à attendre que l'aube se lève dans les trois fenêtres du fond de la chambre noire dans laquelle était assise le chamane, les yeux ouverts sur la peur de Nane enroulée dans une couverte de laine grise, enroulée dans sa passion muette et désespérée.

Dans cette lettre, Nane, cette fois, a volontairement omis de parler du feu. De ce regard qui a traversé le temps, de cette chaleur renversante quand il l'a prise par la main pour la faire courir des milles et des milles en rond pour qu'elle traverse le feu, l'hiver, comme le faisait son père, sur la plage, quand, petite, elle avait les lèvres bleues d'avoir joué dans l'eau trop longtemps. Elle n'a parlé que de son envie de chanter, toute la nuit, bloquée au fond de sa gorge, toute la nuit. Du silence pesant de la Voie lactée à travers les fibres de la couverte de laine grise. Du OM-MANE-PADME-HUM qui tournait autour de la maison rouge de Samgyé-Ling tandis qu'elle tentait de faire taire la douleur qui s'était mise à hurler dans son ventre entre Dumfries et Eskadelmuir, sur le pouce, en compagnie d'une Australienne dont elle a oublié de donner l'adresse à Bryan. Du chuintement douloureux des moulins à prières dans les collines d'Écosse, de l'odeur de la pluie qui monte dans le dortoir où l'Australienne lui fait boire de la camomille et lui dit d'enlever ses pantalons bouffants jaune tibétain, que c'est peut-être cette couleur-là qui la rend malade. Comme elle, un jour, a été malade des couleurs, en Thaïlande. Et aussi dans cette île au large de Bali sur laquelle il y avait un volcan dans le cratère duquel il y avait un lac dans lequel il y avait une île sur laquelle il y avait un volcan. Nane a aussi écrit l'enchâssement des images quand elle peignait de grandes prêtresses égyptiennes casquées, toutes leurs chevelures liées par des sphères d'or et des fils d'or tracés par petits points de peinture or, comme les vêtements florentins des toiles de Botticelli à la National Gallery. L'Australienne, elle, avait dessiné l'arbre de vie, vert pomme, pommelé. Dedans, elle avait dessiné trois canards, trois sabots, trois bouddhas, trois oiseaux, trois hommes, trois éléphants roses, trois femmes, trois nuages. Elle ne savait pas bien dessiner les éléphants: c'est Nane qui lui avait tracé le premier dans son arche verte en forme de pommier. Elles avaient dessiné de grands après-midi de brouillard dans une salle blanche écho, aux boiseries rongées par une sorte de champignon malin qui était en train de ruiner le château. De grandes baies vitrées s'ouvraient sur la mer, plate et grise.

Une gitane sur le point d'accoucher cousait à la machine, dans un coin, des pantalons jaunes bouffants. Dans sa lettre, Nane dit au chamane qu'elle ne se rappelle pas le nom de cette femme qui cousait tranquillement pendant qu'elle dessinait des mutantes. À moi, pourtant, Nane a déjà dit que cette femme s'appelait Sabada Dabasa. C'est un nom qui, il me semble, ne s'oublie pas.

Nane écrit aussi que quelqu'un, quelqu'un qui a un accent italien, èst en train de réaliser un tanka, dans la même salle blanche et écho. Il a tendu un drap sur le mur il y a plusieurs mois. Et, sur ce drap, il a dessiné Chenrezig, déité de la compassion. En juin, il remplit de couleurs le tracé de son dessin. Nane écrit qu'il arrive à fabriquer une sorte de rose absolument divin, à l'acrylique. Elle écrit souvent, dans sa lettre, qu'elle ne sait pas pourquoi elle écrit tout ça.

J'attends une lettre, sans impatience, sachant que cette lettre ne m'arrivera peut-être pas. J'attends une lettre comme on choisit de passer une bonne journée, à lire les hiéroglyphes événementiels, en se passionnant davantage pour le système de codage que pour ce qui risque d'arriver à son corps.

Samedi après-midi, on dévale la rue Saint-Denis transformée en piste de ski par des machines à neige. En chantant les dents ouvertes sur le froid sibérien. Les larmes me montent aux yeux. Alexandre, tu dis que je chante faux. Depuis deux jours Alexandre, tu dis que je chante faux pour que je chante juste. Et plus tu dis que je chante faux, plus je chante faux. Je suis de nature très obéissante.

Dans le bateau art déco couleur tango du tea-room de chez Eaton, je pleure dans mon café même si tu ne vois pas mes larmes Alexandre. Pourquoi tu souffles pas dans mon cou? Pourquoi, tout à coup, ce regard impitoyable, le nez dans les comiques de La Presse que je voulais lire en premier, tu sais bien. Mais, enfin, la lumière de ton sourire. Tu dis qu'on est pas en chicane, tu souffles dans mon cou. Mais c'est encore la guerre Alexandre. Et je chante. Mais je chante faux. Je chante de plus en plus faux Alexandre.

On étouffe de froid entre ces machines à neige qui ont l'air de machines de guerre. De cette guerre que je livre aux mots, aux sons, aux signes, quand tout, tout à coup, résiste. Quand la matière, comme un mur de glace, se fige, et que l'absence de mouvement des particules m'interdit de passer à travers. On s'engouffre dans le tambour de la Cour, on entre dans la chaleur du bar envahi par les skieurs. C'est comme si c'était ailleurs, aujourd'hui.

Et, parmi cette masse humaine en bas rouges et en pantalons stretchés, un soleil blond: Leila. Ma petite Leila! J'embrasse ses joues de petite fille, elle

rit, elle dit qu'elle me cherche depuis, depuis longtemps. Ça fait tellement longtemps! Je dis: «Blanche,
Blanche! Chus tellement contente! On peux-tu
s'asseoir avec toi? As-tu eu des nouvelles de Solange?
Et toi, comment ça va ma belle?» Elle dit qu'aujour-
d'hui elle s'appelle pas Blanche. Qu'aujourd'hui elle
s'appelle Zabelle parce qu'elle se sent belle et zaza et
qu'elle a envie d'un gars qui lui ferait l'amour toute
la nuit. Et, bien sûr, ses yeux délirants délirent vers le
regard bleu d'Alexandre. Et ça fait mal, bel ange, de
te voir encore une fois me le prendre. Mais c'est vrai
que tu es belle et zaza, ma belle Zabelle. Et oui elles
sont belles les boucles d'oreilles en plumes, presque
toutes fuschia que tu fabriques, mais je ne peux pas
t'en acheter une paire, j'ai pas les oreilles percées, tu
sais bien. Et d'ailleurs, je suis cassée. Cassée jusque
dans ma voix, tu sais bien Zabelle. Et tu demandes si
Nane m'a rapporté des bijoux de Tunisie. Et je ne
sais pas. Je ne sais pas. Je parle seulement de cette
petite veste turquoise brodée de fils d'argent qu'elle a
achetée dans l'île de Djerba. Tu sais, il paraît qu'il y
avait même des mirages là-bas. Et du sable,
beaucoup de sable. Et l'eau, verte, de la Méditerran-
née. Et tu dis que tu vas teindre tout ton linge en
fuschia pour le printemps et tes yeux roulent et
pétillent, et je t'aime petit ange. Et, non, on n'ira pas
souper tous les trois Alexandre, je vais rentrer. Et
Leila-Zabelle entend que ça fait mal, va se chercher
un autre kir au bar pendant qu'Alexandre dit qu'il
veut continuer à chanter. Et je dis que je m'en vais.
Que c'est pas grave mais que je m'en vais.

Et on remonte la pente tous les trois, en marchant au beau milieu de la rue Saint-Denis enneigée.

Et je dis: «Zabelle, Zabelle, regarde le bleu du ciel, ce bleu-là!» Et Leila lève ses iris mauves vers le ciel et elle rit, Leila, elle rit de joie. À Sherbrooke, elle nous embrasse, elle dit qu'elle va donner des nouvelles à nous deux; elle a pris nos numéros de téléphone. Je l'invite au lancement du livre dans lequel je parle d'elle, je dis: «Tu viendras, hein, Leila?» Elle dit que oui, que c'est drôle que je parle d'elle.

Je marche sur Saint-Denis. Alexandre marche à côté de moi. Il dit qu'il entre au café «En passant» pour mettre son capuchon, qu'il a les oreilles gelées. Je dis que je continue. Je touche ses lèvres froides avec mes lèvres froides, je continue. Tout de suite, je pleure. Je marche sur la rue Cherrier en pleurant, un samedi après-midi de février, vers cinq heures du soir. Le bleu du ciel est d'un bleu délirant, vers cinq heures et demie du soir, ce soir-là. Passe Aurélia suivie de toutes les filles du feu.

Dans mon cou, soudain, la présence d'Alexandre. Je dis que je pleure mais que c'est tout. Il dit qu'il est là. Je dis que j'aurais envie d'un gars qui me ferait l'amour toute la nuit. Et que ce gars-là c'est lui. Qu'il aille rejoindre Leila, que je rentre chez moi. Il dit qu'on va aller manger un sandwich. On revient sur nos pas. À travers la concentration des joueurs d'échecs et le silement bas de machines à boules presque silencieuses on parle de magnétisme et de désir et de jalousie et d'amour, et des circonstances, et des tracés enchevêtrés de tous les désirs. Alexandre parle de la transgression qu'est un désir de femme, et de la mutation et qu'il faut passer à travers. Il veut me faire entendre une chanson. Et, chez lui, debout à côté de la table tournante, comme le soldat d'une guerre inconnue, il écoute cette chanson qu'il voulait me faire entendre. Et cette chanson ne me dit absolument rien.

Trois ans, jour pour jour, depuis ce jour. Carl, parlant d'autre chose, a mentionné le jour. Disant que puisqu'on est le douze janvier, j'ai amplement le temps de prendre mon temps si je veux finir la rédaction du roman en mai. Mais je triche en disant le douze janvier. La Sainte-Tatiana pour Nane Yelle, c'était la Sainte-Larissa pour moi. C'est le vingt-six mars qu'on est. Et Carl, qui, dans le roman se cache derrière l'initiale X., Carl ne savait pas qu'en mentionnant cela, il me mettait sur une nouvelle piste. Il y a des dates, comme ça, qui font date.

Pour Nane, le douze janvier du froid aigu et de la dualité n'était qu'un prélude à sa chute tête première dans l'harmonie de sa passion pour Rael. Pour moi, le deux binaire du duel et le six démoniaque et pluriel n'ont été que des catapultes dans des techniques d'enchâssement dont je ne suis pas certaine de sortir réelle.

Dans la chambre verte de Carl, tantôt, tout le roman m'est apparu comme l'histoire de la passion de Nane Yelle pour Rael, personnage énigmatique qui, dans la vie réelle s'appelle Réal et dont elle vient, aujourd'hui, de recevoir une lettre. Quand Carl demande si c'est moi Nane, je dis que bien sûr que non. Que moi c'est Noëlle. Il dit que oui, mais que c'est pas mon vrai nom, ça, Noëlle. Je dis que bien sûr que non, que personne n'ose s'appeler par son vrai nom, que ça fait tellement longtemps qu'on nage en pleine fiction que je ne vois pas pourquoi, moi, je devrais ne pas taire mon nom secret. Il dit que oui, mais qu'il sait, que je m'appelle Vava, qu'il y a une vraie Noëlle et que ce n'est pas moi. Je dis que Noëlle n'est pas plus Noëlle que moi, que ce n'est pas plus son vrai nom à elle que Vava n'est mon vrai nom à moi. Il dit: «Choque-toi pas Zaza, je disais ça comme ça…»

Je dis que je m'appelle pas Zaza, que ça fait zazie un nom comme ça. Il dit: «Ok Lili, qu'est-ce que t'as donc aujourd'hui?» Je pleure et je dis que c'est pas Lili. Et, enfin, à travers tous les rideaux de pluie superposés, à travers la brumasse du Parc de La Vérendrye et du Nord du Nord, à travers les arcs-en-ciel dans l'orage d'un autre roman, Carl se rappelle mon nom de Lisle; et je dis oui Karel, car elle l'île.

☐

Encore une fois, les mots m'ont entraînée dans le dédale onomastique. «Trois ans, jour pour jour, depuis ce jour.» Et, tout de suite, la capitale d'un nom propre ravit les conséquences que cette phrase cherchait à provoquer. Rendue aux jeux de mots faciles autour de Lisle, je renonce à écrire encore ce soir. Je demande à Carl si Julien lui a rendu le tome un du *Monsieur Melville* de Victor-Lévy Beaulieu. Carl dit que oui, qu'il doit être à la lettre B, dans la bibliothèque.

Il y est. Je m'installe pour lire. Au bout de deux pages, je tombe sur: «Une fois le dernier mot écrit, le roman donnerait l'impression de se tenir dans tous ses morceaux, on y devinerait une intention précise, une chronologie et un temps particuliers, comme si le livre ne pouvait pas être différent de ce que je l'avais fait devenir». Et vlan! Me revoilà aux prises avec les désirs de rapailler les éclats de verre de ce miroir brisé que constitue, j'en ai bien peur, ce roman.

Solange m'a téléphoné tantôt, juste avant son départ pour New York. Je lui ai dit que je faisais dire bonjour à Lotte qui y habitera dans deux ans. Mais elle n'a pas compris: je suppose qu'elle n'a pas encore lu cette partie-là du roman et que pour elle, Lotte, c'est encore Charlotte. Charlotte Russe comme on l'appelait, dans le temps. Charlotte, du temps où c'était une perle, la perle des perles, la première de classe. Notre idole à toutes jusqu'au jour où elle s'est mise à tripper sur Pearl Harbor et sur toutes les morts, menant des enquêtes minutieuses sur le nombre de personnes qu'on connaissait ayant passé de vie à trépas s'informant du comment du passage et du combien de temps leur mémoire nous avait hantées. Carla avait marché à fond de train dans cet accès de nécrophilie, allant jusqu'à ne porter que du noir en souvenir de son jumeau mort-né; tandis que Noëlle avait déliré tout un été sur la mort de Nane tout simplement parce que personne n'avait de nouvelles d'elle depuis qu'elle était partie pour le Mexique.

Quand il arrive à l'une d'entre nous de rappeler à Lotte sa période «Isis noire», elle fait comme si elle ne comprenait pas. Je pense qu'elle plaide le trou de mémoire de peur de se rappeler la force prodigieuse qui émanait d'elle à cette époque où elle a réussi à nous contaminer toutes, l'une après l'autre. Ariane, je m'en souviens, était convaincue d'être morte. On ne parlait plus que du Sahel et d'Hiroshima, de

Jonestown, du week-end rouge et de l'amiantose, du raz de marée d'Agadir et du tremblement de terre qui avait englouti San Francisco.

Quand elle est revenue du Mexique, Nane disait que San Francisco était encore sur la carte, qu'elle l'avait vue de ses yeux vue. Et que, de toute façon, quand même, ça se saurait si San Francisco était disparue! Lotte devenait alors livide, disait qu'elle savait ce qu'elle savait, que Nane était naïve de penser que parce qu'à la t.v. ils ne l'avaient pas annoncé, ça voulait dire que San Francisco n'était pas disparue. Nane disait qu'on était toutes en train de capoter et qu'elle en avait assez de nos trous noirs. Pendant des mois, on ne l'a plus revue, personne. Puis elle est réapparue, un douze janvier, en pleine réunion, pour nous dire que trois ans après, jour pour jour, la Sainte-Tatiana n'était pas encore finie.

C'était le douze janvier, il y a trois ans. Personne ne savait ce que c'était que la Sainte-Tatiana. J'avais demandé à Nane: «C'est quoi, ça, la Sainte-Tatiana?» et Nane s'était mise à parler, des heures durant. Je l'entends encore raconter la neige envahissante de ce douze janvier d'il y a si longtemps. La neige et la respiration du feu et comment tout ce qui avait été jusqu'alors elle s'était dissous dans le regard de Rael. Nane, les yeux brillants de larmes, dit comment, au cours de ces trois ans, la neige-neige de ce douze janvier s'est insinuée en elle, pulvérisant tous les anciens montages de son système nerveux. Comment, pendant des mois, elle s'est battue contre un monstre noir qui se levait en elle, la jetant dans des états d'amnésie qui la terrifiaient ensuite. Noëlle dit: «C'est vrai, comme ça, que tu ne te rappelais pas des

photos que tu m'as envoyées du Mexique?» Nane dit
que bien sûr que c'est vrai, que tout l'épisode mexicain s'est effacé à l'exception de ce qu'elle nous a
déjà raconté sur San Cristobal de Las Casas.

Carla, je m'en rappelle, disait qu'elle devait bien
être allée à Tehuantepec dont elle lui avait parlé
autrefois. Mais Nane disait ne pas s'en souvenir.
Carla disait: «Mais, tu dois! c'est la seule ville ma-
triarcale encore!» Nane pleurait de ne pas savoir si
elle y était allée ou pas. Seulement San Cristobal
qu'elle disait. Et encore... «Je l'ai peut-être seulement rêvé» disait Nane. Mais on ne peut pas rêver
San Cristobal et ce déluge de couleurs et de pluie et
l'arc-en-ciel comme un pont de la terre au ciel. «Ça je
m'en rappelle» disait Nane. Nane dit aussi que longtemps Rael envoie des messages codés, par téléphone,
par télégramme, dans sa boîte aux lettres, par hasard.
Comment, à un certain moment, elle vit dans la
terreur, parce qu'elle craint d'être rêvée par lui. Parce qu'elle sait qu'il sait qu'elle dit.

On se demande quoi. Nane dit qu'elle ne savait
pas quoi, qu'elle ne sait pas, elle. Qu'après lui avoir
dit cela, qu'il la téléguidait, et sa peur, cela avait un
peu cessé. Qu'il avait dit que non, que c'était parce
qu'elle projetait des images. Nane avait pleuré mais,
tout de suite, elle avait eu moins peur. Nane dit
comment, quand la peur revenait, brutale, comme
une panthère noire qui cherchait à respirer par sa
bouche, elle lui téléphonait. Que c'était la seule façon
de briser cette conviction qu'elle avait qu'il était un
chamane. Mais quand elle raccrochait, après avoir
échangé des banalités, elle se disait encore qu'il était
rusé, qu'il cachait son jeu. Et ça recommençait.

C'était lancinant, obsessif, maladif dit Nane. Au point que s'il revenait à Montréal après s'être absenté pendant quelque temps, je le sentais. Pendant des jours, je ne dormais plus. Je tombais sur des messages partout, dans le journal, dans n'importe quel livre, dans une conversation. Je tremblais d'horreur et de honte. De honte, oui. Je me sentais possédée; possédée par une force gigantesque qui émanait de lui à distance, car je ne le voyais pratiquement jamais et toujours à distance, même quand il était tout près. Une force dont je ne savais que faire, dont je ne savais pas ce qu'il voulait que je fasse.

Il m'arrivait d'être incapable de quitter une ville parce que quelqu'un d'autre que moi avait pris les commandes. Et je marchais du nom d'une rue à un autre nom de rue, enregistrant les indices d'un signe de piste que j'ai suivi sur trois continents, téléguidée par je ne sais quoi. Et, pendant longtemps, pendant tout ce temps, ce je ne sais quoi, j'étais sûre que c'était lui. Tout ce qui m'est arrivé, depuis trois ans, passe par lui. Les lieux dans lesquels j'ai vécu, les déplacements, les pannes d'électricité, les contacts télépathiques, les incidents de parcours, mes amours même. On dirait que rien n'échappe à sa loi. Je ne le prends plus pour le Bon Dieu ni pour Satan, mais le réseau des coïncidences continue à me jeter dans des états altérés de conscience. C'est comme une sorte d'ivresse permanente et de désespoir continu, parce que ça ne peut pas être réel, parce que ça ne fait pas partie de ce que j'ai cru pendant longtemps être le réel. Mais j'ai appris, je pense, à vivre avec ça et j'ai de moins en moins peur de lui quand il me demande comment ça va. Je ne pense plus que c'est pour savoir dans quelle direction me téléguider et j'ai fini par comprendre que si, pendant trois ans, j'ai mis le moindre de ses propos en pratique c'est de mon plein gré.

C'est ce soir-là, ce douze janvier, que j'ai dit à Nane que je raconterais cette histoire-là dans un roman. Nane avait dit que si jamais Rael lisait le roman, il ne se reconnaîtrait pas. Elle disait que depuis tout ce temps, elle avait fini par comprendre que Rael cherchait à devenir une page blanche et que c'était peut-être pour ça qu'elle avait pu projeter sur lui tous ses fantasmes comme sur un écran. À l'entendre parler, on aurait pu croire que Rael n'était pas réel. Et pourtant, d'autres, parmi nous, le connaissaient un peu. Les avis différaient, mais aucune d'entre nous ne lui voyait quoi que ce soit de «magique». Mais Nane pleurait, alors on n'a pas insisté. Nane disait que ça devait être à cause de quelque chose, dans une de leurs vies antérieures, à elle et à Rael. D'une sorte de pacte, quelque chose comme ça. Et, ce soir-là, elle nous avait juré qu'elle y passerait toute sa vie s'il le fallait, mais qu'elle saurait. Le soir même, Nane se mettait à écrire un roman policier dont toutes les victimes avaient le visage de Rael.

Trois ans, jour pour jour, depuis ce jour où j'ai écrit la première phrase de cette vie en prose qui est, et qui n'est plus, je ne sais pas, la mienne. Ce soir, je comprends Réal, et je n'y peux rien. Sa version s'enchâsse dans la mienne comme la mienne dans la sienne. Ce n'est même plus une utopie: je sais d'avance que son prochain message en sera au point où j'en suis pour le déchiffrer. J'ai fini par comprendre qu'il y avait une réciprocité des signes, ce qui a, d'un seul coup, expulsé la terreur sacrée. C'est pour lui que j'ai écrit. Mais c'était autant pour moi. Et pour nous toutes. Délivrez-nous de l'amour comme dirait Nane...

L'écriture rouge

Benoît et moi, on fait une peine d'amour simultanée. On marche, tard, la nuit, dans les rues de
Montréal désert, en en parlant. On rentre dormir
dans les bras l'un de l'autre, le cœur gros. C'est rare
qu'on pleure en même temps: quand l'un des deux est
dans une sorte d'état de grâce, qu'il a, enfin, ce soir-
là, oublié, l'autre connaît, mystérieusement, des
crises de nostalgie lancinante. On se berce, on écha-
faude des théories, on fait des liens. Nos parallélis-
mes, la plupart du temps, se sont complètement ef-
fondrés le lendemain matin. De comprendre ta peine
ne me guérit pas de la mienne. C'est *ton* téléphone
qui sonne, dit-elle, complice et jalouse. Ou bien c'est
lui qui dit ça, complice et jaloux. Jaloux de qui, ça on
ne sait pas.

Ce soir, Benoît dort dans sa chambre, parce que,
à deux heures du matin, c'est mon heure, je me suis
enfin décidée à entreprendre la rédaction de «l'écriture rouge», petit traité de chimie organique dont je
parle depuis une éternité et que je devais, en fait,
commencer demain matin. Dernière étape d'une
stratégie thérapeutique élaborée minutieusement au
jour le jour dans le but de m'expulser une fois pour
toutes de cet attrape-nigaud communément appelé
«peine d'amour».

L'éternité, pour moi, a commencé il y a deux
mois. Il y a deux ans, si on gratte un peu. Treize ans,

au fin fond. Ma première peine d'amour date en effet du onze juin mille neuf cent soixante-six. C'était un beau samedi ensoleillé etc. et c'est la première «date» qui, dans ma vie, a fait date. Je m'étais, je crois, juré une revanche sur l'air de: «Colchiques dans les prés fleurissent, fleurissent, colchiques dans les prés, c'est la fin de l'été» en marchant dans l'herbe haute de ce magnifique début d'été. J'avais seize ans! Depuis longtemps, son odeur de tabac sucré, ses longs silences «géniaux» et sa façon de me caresser la nuque ne me font plus mal. Mais, du fond de la nuit des temps, du noir œdipien, pré-œdipien, que sais-je, m'est resté cette volonté d'en finir avec la douleur bête du manque.

À titre expérimental et vu que j'ai mal au cœur, je cesse illico de fumer jusqu'à l'aube au-dessus des Sourdes-Muettes dont j'aperçois le dôme noir dans cette noire nuit de juin. Annie Leclerc a écrit, en neuf mois, tout un livre sur cette dépendance. Que je devrais lire avant d'aborder le sujet. Mais il faudrait aussi que je me décide pour *L'Anti-Œdipe* à cause des machines désirantes. Tant qu'à y être, je devrais relire *Fragments d'un discours amoureux* et me décider à finir *Le Nouveau désordre* du même ordre, et compulser quelques véritables traités de chimie organique dont je suis en train de me demander si c'est bien celle qui étudie les composés du carbone, corps simple qui se trouve dans tous les corps vivants, ce que vient de me confirmer le Petit Robert…

C'est dans des moments comme ça qu'on regrette de n'avoir vu le manuel de chimie qu'à travers la buée d'un regard mouillé par une peine de cœur de son pôvre petit cœur après neuf heures, rien qu'à

moi, rien qu'à moi... Malgré mon admiration éperdue pour Bouvard et Pécuchet, je renonce à cette fer-
veur encyclopédique, me contentant comme Vladimir
et Estragon de tourner en rond; mais c'est autour de
toi. Autour de toi mon Dieu, auprès de toi mon Dieu.
Benoît, quand je dis: «Mon Dieu!», comme ça, parce
que je viens de penser à quelque chose, répond inva-
riablement: «Appelle-moi Benoît». Ce qui, les
premières années, me jetait dans des fous rires inex-
tinguibles. Peut-être que c'est pour ça qu'on n'a
jamais eu de peine d'amour l'un pour l'autre...
«Seigneur, Seigneur, pourquoi m'as-tu abandonnée»
écris-je en rouge sur cette page blanche, m'adressant
au dieu du moment, l'Innommable, dont j'ai, plus
tôt dans la soirée, écrit cent fois le nom sans majuscule. L'innommable, l'infâme qui, il y a deux mois,
m'a laissée tomber du haut de sa liberté que je me
suis fait un devoir de respecter, héroïquement et
méchamment, car il n'aurait jamais cru que je sauterais à pieds joints sur la bonne occasion de souffrir
qui se présentait.

Ce que c'était bon, cette nuit-là, dès qu'il a été
parti: les larmes, le drame, l'effondrement. Puis le
black-out. Benoît qui avait, lui, «cassé» la veille et
traînait une atmosphère de désespoir qui m'avait sans
doute donné l'envie de l'imiter, Benoît dit que cette
nuit-là j'étais convaincue d'être disparue. Le lendemain, sa peine d'amour à lui était toute raccommo-
dée; la mienne ne faisait que commencer. Trem-
blante, erratique, furieuse, je me suis précipitée à la
Librairie des Femmes pour acheter *Délivrez-nous de
l'amour* de Suzanne Brögger. J'en ai lu les trois
quarts d'une trainte pour switcher à *Les Femmes et le*

sens de l'honneur d'Adrienne Rich, ouvrage beaucoup plus consistant. Je marchais la tête haute dans le gris martien de ce premier avril en queue de poisson. Le cœur qui cogne, les sueurs froides, le front buté. C'était fini, nini. Ah! l'idiot, ah l'imbécile! Ce qu'il me regretterait! Il allait devoir ramper et au bout de cette longue reptation humiliante, je lui jetterais un NON dédaigneux. Vade retro Satana! Je reprends mes droits, ma vie.

Pendant une couple de jours, c'était l'ivresse. Ah! la vie, l'air, la respiration! L'ivresse et des stratagèmes pour détricoter les liens, les rencontres inévitables que j'ai suprêmement évitées, toutes. Ensuite, la fuite, à New York, avec Benoît qui, entretemps, avait «recassé», définitivement cette fois. De retour de New York où je m'étais enfin procuré le rapport Hite, en pocket-book à deux piastres quatre-vingt-quinze, j'ai trippé narcissique au boutte, auto-érotique, tout le kit. D'ennui, j'ai repris d'anciens amants qui n'arrivaient pas à combler le manque et dans les bras desquels je fondais en larmes, perdais la mémoire et tous mes moyens. Je refoulais l'Innommable au point qu'après avoir rêvé de lui pendant toute une semaine, il n'est plus resté que son nom, puis une syllabe de son surnom et enfin, le dernier son doux de ce surnom. Il s'effaçait et, pendant de longues semaines, il est bel et bien disparu.

Jusqu'à ce beau dimanche de mai où il a téléphoné, pour la première fois depuis notre rupture. Depuis, le processus s'est inversé. Je réinvestis. Il me manque...

J'abandonne pour cette nuit l'écriture rouge, de rage parce que je me complais dans l'anecdote, de rage parce que si j'écris ceci, c'est encore pour combler le manque. Le remplir de toute la scrap de ma nostalgie alors que je ne cherche à écrire que la loi des investissements qui se jouent, qui sont en jeu, que je mets en joue. Aujourd'hui, j'ai même inventé une théorie, très gratifiante, selon laquelle je me sens dévitalisée parce que j'avais appris à me nourrir de son type de vibrations, que ça me boostait et que, n'ayant plus cet aliment super-fin pour sustenter mon délicat système nerveux, je dépéris comme une plante sans eau. Or, me suis-je dit, pourquoi mon si raffiné système nerveux ne pourrait-il se sustenter d'un autre type de vibrations, inconnu de moi jusqu'à ce jour et qui pourrait fort bien se substituer à l'autre. Je me suis même rappelé, comment, au moment où j'ai connu l'innommable du moment, j'ai dû déployer des masses d'énergie pour m'adapter à un type de vibrations différent de celui de l'innommable précédent... Malheureusement, la saine réaction de «bumpage» que j'avais jusqu'ici utilisée pour passer d'un type de vibration à un autre, je n'en ai pas envie, cette fois. Je tenais, je crois, à faire une peine d'amour pour lui, qui en valait la peine. Mais trêve de théories fumeuses, l'aube se lève au-dessus des Sourdes-Muettes. Je rejoins l'autre versant de l'écriture rouge qui, dans un rêve de la nuit dernière, disparaissait complètement au profit d'un bleu paon brillant.

Monelle a apporté des planches, deux briques. Elle nous demande de nous asseoir en demi-cercle, devant elle. Elle installe une planche de bois sur les deux briques. Elle dit que c'est en pin, que ça a un pouce d'épaisseur, qu'elle va la fendre avec son poing. Ah, ah... personne la croit. Monelle lève le poing, son poing de karaté, les doigts repliés deux fois, le pouce enfermant les autres doigts. Et elle respire, fort, lentement, assise sur ses genoux. Elle s'interrompt, dit que c'est une mince feuille de papier, cette planche d'un pouce d'épais, qu'il faut l'imaginer comme une mince feuille de papier. Elle lève le poing, l'arrête tout près de la planche, inspire, expire, inspire, expire. Plusieurs fois. Tout d'un coup, elle crie, abaisse son poing, la planche éclate. On est sidérées.

Monelle a lancé le kiyi, le cri de combat, et le bois a cédé. On rit. On dit: Wow!, Monelle, c'est pas n'importe qui! Elle dit: «Bon, à votre tour maintenant». On dit: comment? Elle dit que nous allons toutes, à tour de rôle, casser des planches. On dit: ben voyons donc! On est glacées. Une fille se lève, une petite maigre, toute jeune. Dix-sept ans, seize peut-être. L'air décidée. On la regarde. Elle s'assoit à côté de Monelle, installe son poing sur la planche. Monelle corrige la position du pouce, mime le mouvement, de haut en bas, vers la planche en ins-

pirant/expirant en même temps que la fille. Boum!
La planche s'est fendue en deux. Puis une autre fille
renouvelle l'exploit, puis une autre, puis une autre. À
chaque fois, la fille éberluée, silencieuse, fixant la
planche cassée. Nous, on a retenu notre souffle
qu'on expire en riant. Chaque fille, les traits dis-
tendus, agrandie comme après un orgasme. Monelle
dit: «Et sans kiyi en plus! Faites le kiyi, c'est encore
plus facile!» Et d'autres crient. Dix planches se
brisent, onze, douze. Une petite brune, l'air un peu
peureuse. Elle respire si fort qu'elle voit des points
noirs qu'elle dit après. Son poing affaibli heurte la
planche qui ne rompt pas mais la meurtrit. Elle avait
demandé à Monelle de signer la planche de son exploit, c'est un échec. Elle se retire, loin, derrière
Monelle, face aux gagnantes.

Et ça continue. L'une après l'autre, les planches
de pin cèdent sous la pression des poings fermés qui
pulvérisent. Une autre, encore, échoue. Va rejoindre
la perdante et se désole devant les triomphantes qui se
succèdent. Je me décide à y aller, incertaine, certaine
de rejoindre le clan des perdantes. Je m'assois à côté
de Monelle. Je place mon poing sur la planche. Elle
dit: «C'est ça», tout bas. Commence le mouvement.
Je ne sais plus si j'inspire ou si j'expire, j'ai peur.
Horriblement peur de cette planche de bois. Mon
poing lève et descend et finalement, très longtemps
après il me semble, touche la planche de bois. Je le
lève de nouveau, à bout de souffle car Monelle
respire de plus en plus vite et fort et ma respiration
imite la sienne. Je crie, mon poing s'abaisse. Juste
comme il touche le bois, je me dis que c'était trop tôt,
que je n'avais pas rassemblé toutes mes forces. Et

pourtant, oui, la planche s'est brisée en deux moitiés inégales. Je la regarde, abrutie. Et je ris. Et je ramasse les morceaux, reprend ma place. Et ça continue.

Les perdantes, anxieuses, reprennent la position, dos au public des gagnantes maintenant. La petite brune prend des heures à respirer: tous nos souffles suspendus autour de son triomphe. Notre peur tacite qu'elle s'évanouisse. Et vlan! elle s'effondre et pleure. La planche a cédé. Elle pleure de peur et de joie, d'avoir vu sa force. On ravale nos larmes. Et l'autre aussi, qui n'avait pas réussi tantôt, y arrive cette fois. Nos airs de triomphe, nos rires. Une seule n'a pas encore osé s'attaquer au bois. Elle attend que nous soyons parties, elle se méfie de nous, ne veut se livrer à cet exploit que devant Monelle. Bon. Nous, on est fières. Fortes. Ça prend trente livres de pression pour faire éclater une planche de pin d'un pouce d'épaisseur dit Monelle. Pour tuer quelqu'un, ça en prend huit, avec le tetsui par exemple, le poing de karaté sur la tempe. On peut tuer n'importe qui, n'importe quand c't'au boutte! Mais on dit, toutes, qu'on serait jamais capables. Monelle dit qu'elle espère bien que oui, si c'est nécessaire. Que la petite fille qui s'est fait jeter en bas du pont Jacques-Cartier... On dit: «Ah, écoute Monelle, arrête avec tes histoires d'horreur...» Monelle dit que c'est un cours de broderie qu'elle aurait dû nous donner...

Vol de nuit

Il commence à faire noir. J'ai dactylographié toute la journée, je suis épuisée. Assise sur mon lit, devant la fenêtre, je mange du melon d'eau. J'absorbe du rose en silence et je regarde la nuit tomber.

C'est devenu tout noir maintenant. Quelque part, loin, un grondement. Puis un autre. Un orage de chaleur peut-être... Ça tonne encore. Mais c'est un feu d'artifice! Je me précipite dehors. Une gerbe d'étoiles blanches jaillit dans le ciel. Vava dit que c'est la nuit la plus courte de l'année. Je demande si c'est pour le solstice d'été, le feu d'artifice. Debout sur son balcon, la tête renversée vers le ciel, Vava dit que non, que c'est sans doute pour l'ouverture de Terre des Hommes.

Elle me demande où en est le roman. Je dis que j'en suis à l'épisode de la neige. Ça doit faire drôle d'écrire ça l'été dit Vava. Elle dit qu'elle, elle prend un break, qu'elle s'en va au bord de la mer pour quelques jours. Je dis: «Ah oui... Pis t'as-tu découvert ce que Raphaël Novelli y Res était allé faire à Buenos Aires?» Vava dit que c'est dans le roman de Noëlle ça. Que là, elle est seulement rendue dans le micro-récit qui concerne Solange. Et que Raphaël, dans cette version-là, s'appelle Raphaël Weil. Je demande pourquoi, Raphaël Weil? Elle dit que c'est le nom de ce qu'elle a mangé hier avec Lexa au Ritz. Je dis wow! au Ritz à part de ça! Me semblait que tu ne voulais plus jamais revoir Lexa?

Vava dit: «Ah Solange, recommence pas... Tu sais bien que je dis tout le temps ça...» On dit ah! l'amour! Toujours l'amour... Vava dit que bon ben, elle va aller se coucher là, qu'il vient la chercher à quatre heures demain matin. C'est vrai que ça va être la nuit la plus courte de l'année...

□

Je nage très rapidement. Si rapidement que bientôt je vole au-dessus de l'eau. Je crawle dans l'air jusqu'au-dessus de la dam. En dessous de la dam, c'est la Chine. Ça tinte dans mes oreilles quand je plonge. Ça tinte, ça tinte, ça sonne. Mais oui, ça sonne.

Ça ne peut pas être le facteur, il fait encore noir. Je me lève, j'enfile mon kimono. Ah oui, la Chine... C'est drôle, la Chine... Ça doit être à cause des antipodes... J'allume. Bryan me sourit derrière la vitre de la porte d'entrée. J'ouvre. Il dit: «Joy»; je dis: «Hi...» Il dit qu'il est sur les champignons magiques, qu'il a pris cinq valiums, cinq par-dessus ça, que les soleils le bombardent. Il shake. Je le prends dans mes bras. Il a les cheveux gras, il sent l'herbe et le chien mouillé, il tremble de tous ses membres. Je fais couler un bain, avec plein de mousse au ginseng. Il dit: «Joy», il s'enfonce sous la mousse. Je sors sa tête de l'eau, il fait des bulles, il rit. Je lave ses cheveux au Baby's Own, je savonne son dos, ses bras, son ventre, son sexe, ses jambes. Je pleure. Il dit: «Don't cry China Lady Mouse». Il chante: «Beauty, beauty wives singing all the time» drapé dans une grande serviette orange, il se glisse tout mouillé dans mon lit, il commence à me faire l'amour. Je demande si c'est

330

fini, sa maladie. Il dit qu'il pense que oui. Il dit que c'est une petite fille de quatorze ans qui lui a donné ça, qu'elle avait l'air fraîche comme une rose, pourtant. Je dis que c'est peut-être rien que dans sa tête, cette maladie. J'ai peur, j'ai envie de lui. Oh Bryan, Bryan... Ça brûle, ça brûle: «Je dis: «Bryan, it burns!» On dirait qu'il n'a pas compris, il continue de me pénétrer, ça fait mal. Je dis: «Bryan, it aches!»; est-ce que c'est «aches» qu'il faut dire? Je dis: «Ouch!», il continue à me faire l'amour. Mais ce n'est plus l'amour, c'est un viol! Je dis: «Bryan, please, stop it, stop it!» Je l'aime, il me fait mal. Je dis: «Bryan, please!», je vais le pousser, l'arracher de mon corps! Mais c'est déjà fini; il s'est endormi, brusquement.

Je dis: «Bryan, Bryan, please!»; il ne bouge pas. Je me dégage, je le secoue, je dis: «Bryan, Bryan, I wanna talk to you». Il dort. Je dis: «Crisse!» Il dort. Je me lève. J'allume une cigarette. J'ai peur. Il m'a peut-être vraiment «dosée». Je prends un bain, je me savonne, abondamment. La dernière fois, la gynécologue a dit qu'avec un stérilet, c'est très dangereux, les maladies; que ça peut monter dans les trompes, dans l'utérus, faire des infections. Je pleure dans mon bain. Longtemps. J'en sors, j'allume une cigarette, je fais le tour des fenêtres. Je suis une idiote... J'aurais pu le pousser, l'empêcher d'éjaculer dans moi! C'est idiot, c'est idiot, c'est idiot! Il l'a peut-être fait exprès... il a peut-être voulu me transmettre son mal... Si j'ai une infection, je peux en mourir. Et c'est la Saint-Jean-Baptiste! Je ne pourrai aller voir le médecin avant mardi. Et avec la grève des hôpitaux en plus. Je m'approche de mon lit, je dis: «Bryan,

Bryan» en le secouant, fort. Il se réveille à moitié. Il dit des choses que je ne comprends pas. Il dit: «sterilizator» je pense. Il a peut-être voulu me tuer… J'allume une autre cigarette. Le jour se lève. C'était la nuit la plus courte de l'année.

□

Bryan dort toujours. J'ai déjà fumé tout un paquet de cigarettes. D'après l'angle du soleil, il doit être à peu près sept heures du matin. Ça sonne. C'est beaucoup trop tôt pour que ce soit le facteur. D'ailleurs, c'est samedi. C'est Vava. Vava en larmes. Je la prends dans mes bras. Elle hoquète. Elle pleure longtemps comme ça, debout dans le corridor. Je fais du café. Vava et moi on boit du café dans la cuisine. On a les yeux rouges toutes les deux. On ne parle pas. Il fait soleil dans la cuisine.

Bryan se dirige comme un zombie vers les toilettes. Il a mis ma robe de chambre en ratine. Il crie: «Joy!» On se regarde, Vava et moi. Il se verse un café en disant: «Hi Pink Lady Rose» à Vava qui répond poliment: «Bonjour maudit fou!» Il dit: «It's the little murdered baby in China Lady Mouse who cries again». Je dis à Vava que c'est vrai, que je suis plus une enfant. Je dis à Bryan qu'il doit quitter la place IM-ME-DI-ATE-LY.

Deux heures plus tard, il est enfin parti. On fait encore du café, on mange des yogourts aux framboises. Je demande à Vava ce qui s'est passé. Elle dit qu'il dit qu'il a changé d'idée… Je dis que c'est pas mal fort… Vava demande si je l'aime sa salopette blanche qu'elle avait achetée exprès pour Ogunquit… Je dis: «Ah, pour marcher dans les dunes de sable…»

Vava dit qu'il n'y a pas de dunes de sable à Ogunquit. On rit. Je dis: «Viens, on va aller dormir dans mon lit». Il est midi.

□

On doit lire des textes au cours d'une mini-nuit de la poésie, sous un chapiteau, Noëlle et moi. On soupe en vitesse à la crêperie avec Monelle et Charles qui vont à la première de *Pink Lady* ce soir. Il fait froid comme en novembre. On saute dans un taxi. Le chauffeur de taxi nous dit bonne fête, l'organisateur de la soirée que le spectacle est annulé à cause du mauvais temps. Merde! On sait pas quoi faire. On va à la Cour, peut-être que Pauline est là. Pauline n'est pas là. Y a personne qu'on connaît: seulement du monde qui jouent de la flûte et qui chantent bonne fête Saint-Jean... Que c'est barbare. On appelle Vava, pour lui dire de ne pas se rendre au show, qu'elle devrait venir nous rejoindre. Une demi-heure plus tard, Vava arrive, déprimée par l'atmosphère de fête style cannettes de bière qui règne dans la rue Saint-Denis fermée et déjà envahie par des bandes de joyeuses chemises à carreaux. On remonte Saint-Denis. On croise Nane et Lotte et Poutine et Celia qui descendent Saint-Denis. Nane dit: «Vous devriez pas être en train de lire vos textes vous autres?» On dit que ben, elle aussi, est-ce qu'elle sait que c'est annulé? Elle dit que oui, qu'ils lui ont téléphoné, qu'elle n'ira certainement pas demain, même si c'est repris. On dit que nous, on sait pas si on ira. On entre aux Beaux-Esprits, Vava, Noëlle et moi. Ça vole bas. C'est «low profile» comme dirait Benoît dit Vava.

On monte jusqu'au Carré Saint-Louis. C'est

moins pire: c'est pas juste disco, c'est pas trop bonne fête. Miron est en train de demander à Pauline si elle est à veille d'inventer la «matrie». Pauline dit que non, que c'est la batterie qu'on va inventer hein les filles qu'elle dit. Elle dit qu'elle s'en va faire un tour sur Saint-Denis, nous qu'on veut marcher jusqu'à Duluth. Y ont inventé une nouvelle sorte de balounes plates et chromées. Noëlle dit que ça a l'air des caps de roue flottants... Sur Duluth, il ne reste pratiquement plus personne. On décide d'aller prendre un café au Centropol. À quelques rues de là, on tombe sur Monelle et Charles qui veulent voir la Saint-Jean un peu, même après *Pink Lady*. Ils disent que c'est un film au boutte, que Blanche est un génie même si on dirait vraiment pas à la voir. On dit qu'y sont pas gênés, que c'est ben évident que c'est un génie Blanche, qu'ils sont ben chanceux d'avoir été invités à la première eux autres, qu'on a été toutes les trois ben écœurées de pas l'être nous autres. Ben a veut vous faire une projection spéciale, tu trouves pas ça flyé dit Monelle? Je dis que non, que j'aime ça les premières, qu'en tout cas, je vas ben finir par le voir ce maudit film-là. Moi j'ai vu les rushes dit Vava, j'ai ben hâte de voir ce que ça donne... C'est c'est c'est dit Monelle, la bouche grande ouverte. On dit qu'on s'en va prendre des milkshakes à l'absinthe au Centropol, que c'est pas drôle pantoute la rue Duluth. On se retrouve là tous les cinq, à commander des «Beurre de minuit», des «Jeanne-Mance» aux ananas, des milkshakes au moka, aux roses, à l'absinthe. Vava me demande si Blanche a déjà rencontré Bryan. Je dis que certainement, n'est-ce pas, y en a-t-il un seul qu'elle n'a pas «essayé». Et que c'est effectivement de lui que Blanche tient le titre, comme elle semble le soupçonner. Vava dit: «Ah bon, Blanche aussi c'est une Pink Lady Rose...» Je dis qu'on est toutes des Pink Lady Rose. Vava dit: «Sauf toi, toi c'est China Lady...» «Mouse, oui, je sais» que je dis. Mais avant, c'était Pink Lady Rose moi aussi. Vava dit qu'elle est tellement «high profile» Blanche. Je dis: «Oui, oui. Dans son genre. Je l'ai ben haïe cette fois-là, mais j'ai ben hâte de voir son film quand même. C'est-tu si bon que ça?» Monelle dit qu'elle a pleuré de la première image à la dernière, Charles qu'elle a la larme facile, que c'est un film qui est quasiment pus du cinéma tellement c'est fou! Monelle dit que bon, on le sait qu'il trouve ça niaiseux le cinéma... Noëlle dit: «Bon. On vas-tu au Vol de nuit?»

☐

Prince-Arthur est toute en pétunias roses. Y a des bancs de bois, des bacs à plante, des pots de fleurs en plein milieu de la rue. Charles dit que ça fait Ville de Montréal comme décoration. On dit que ben, c'est Ville de Montréal aussi. Monelle chante: «Bonne fête Saint-Jean» à tue-tête, elle l'a trouvée bonne. Vava part une mini-farandole derrière un accordéoniste ambulant. Noëlle dit: «Bon ben, coudonc, on rentre-tu au Vol de nuit?»

Vava dit que Benoît appelle le Vol de nuit le Vent fou. Le bar est bondé, enfumé. Noëlle demande ce qu'il fait de bon Benoît. Vava dit qu'il vient de terminer une pièce radiophonique, qu'il est allé voir *Pink Lady*, avec Raphaël. Je commande un Perrier/citron à José en jump-suit argent, très sexy. On est debout autour du bar. Gloria Gaynor s'empare bam, bam, bam, bam de nos cœurs qui battent comme des bolos. «I will survive» chante Vava, en surimpression. Monelle, Charles et Noëlle entrent en transe dans le cercle de danse. Vava avale un double scotch. Alice fait irruption à mes côtés, toute de noir vêtue, les yeux perdus. Elle commande une O'Keefe, me demande comment ça va. Je dis: «Ça va, et toi?» Elle dit que pas pire, qu'elle a réussi à mettre la grippe sur sa vie. Elle montre les griffes, s'éclipse. Vava avale un deuxième double scotch, dit qu'à L'air du temps, avant-hier, Lexa lui a expliqué qu'il était le diable. Qu'elle l'a cru, qu'elle n'en peut plus. Que dans le vacarme du jazz où il l'avait emmenée pour lui parler dans le blanc des yeux, il a dit qu'elle était un ange. Et que Benoît aussi. Que moi aussi. Que John et Julien aussi. Mais que lui non. Elle dit qu'elle a dit qu'elle n'était pas un ange, qu'elle a ri. Vava dit qu'elle a passé toute la soirée en compagnie du portrait de Dorian Gray, que le portrait a beaucoup parlé. Elle dit: «So what? Je suis épuisée de l'aimer. Il ne m'aimerait que si je ne l'aimais pas, comprends-tu ça?» Je dis que je comprends que je comprends! Que c'est bête, mais que c'est comme ça. Les gars, s'entend. Et je dis que le comble, c'est qu'il a raison Lexa, qu'il ne mérite pas qu'elle l'aime, qu'il ne s'aime pas assez pour ça. Vava dit: «Oui, mais...» Je dis: «Je sais, je sais. Brainwashed, brainwashed. On n'en finira peut-être jamais de voir les effets de ce lavage de cerveau». Vava appelle José, commande un autre double scotch, dit qu'il est ben chanceux de faire partie de la race supérieure, lui. José opine de la tête, très David Bowie, ravi. C'est le genre qui n'a pas peur des évidences.

Noëlle se glisse entre nous deux, dit: «Ça va pas Vava?» Vava qu'elle est écœurée de faire partie de la race inférieure. Noëlle dit: «Ma petite chérie, t'as pas le choix. C'est dans ton karma. Fais comme moi, médite, médite. Dans ta prochaine vie, tu seras réincarnée en homme. Pis on va toutes les faire chier, parce qu'eux autres, au train où y vont, y vont sûrement être rendus ben bas. Pis ça va être eux autres, les filles les guenilles...» Je dis que Pauline m'a raconté qu'une de ses amies croit dur comme fer qu'être une femme, c'est la dernière réincarnation. Qu'on a toutes été des vers de terre, des poussins, des vaches, des hommes, des chats avant. Noëlle dit: «Les hommes, c'est même avant les chats?» Je dis: «Hum, hum...», Vava que dans *Je t'aime, je t'aime* de Resnais, Catherine dit que l'Homme avec un grand H a été créé pour assurer gîte, nourriture et confort au chat. Que même la radio a été inventée pour le chat, parce que le chat aime la musique. Que même... Vava, tout à coup, ne parle plus, regarde dans son verre. S'allume une cigarette. Noëlle dit qu'elle, quand elle va avoir perdu un autre dix livres, elle va se déguiser en homme. Pas en jeans qu'elle dit, en smoking. Comme Hermina dans *Le Loup des steppes*. Qu'elle va toujours s'habiller comme ça, qu'elle va porter des gants blancs, qu'elle va être diabolique. Vava se met à raconter que Montréal est dans le sillage du Skylab qui va tomber le douze juillet. Que, aie! soixante-dix-neuf tonnes c'est quelque chose, que même s'il se pulvérise, si tu reçois même rien qu'une tonne sur la tête, ça écrapoutille... On dit que ben oui, ça fait déjà trois ou quatre fois qu'elle nous explique ça ce soir. Vava avale tout le contenu de son verre, cherche ses cigarettes, nerveusement. Noëlle me fait signe, des yeux et du menton. Je me retourne, discrètement. Je vois. Lexa est là; il parle avec quelqu'un que je ne connais pas. Vava s'est étouffée. Je lui donne de grandes claques dans le dos, je dis: «Cheer up, Pink Lady Rose!» Elle a les larmes aux yeux, elle rit. Noëlle et moi on porte un toast à Vava, on lui commande un autre scotch. Vava dit: «Double». Noëlle dit à José: «Un double». Lexa s'approche, lentement, en faisant des sourires à droite et à gauche, en donnant des becs. Vava nous regarde, Noëlle et moi, d'un air désespéré. Noëlle dit: «Tu sais Vava, je viens d'acheter le dernier disque de Carla Bley, j'aimerais ça que tu viennes l'écouter tantôt». Vava dit oui, reconnaissante, ramasse ses cigarettes, les range dans son sac.

Lexa me prend par le cou, m'embrasse. Embrasse Noëlle. Puis Vava. Vava dit «Bon, ben on y va?» à Noëlle. Monelle et Charles nous rejoignent en riant aux éclats, les cheveux mouillés. Demandent à Lexa comment il a trouvé *Pink Lady*, Vava dit: «Ciao!», Noëlle dit: «Bye bye tout le monde!» Lexa dit que c'est superbe, qu'il a jamais vu des éclairages pareils au cinéma. Que c'est la sorte de lumière qu'il y a dans les rêves. Charles dit: «Es-tu bonne Yvelle dans ce rôle-là hein?» Monelle dit que ben sûr qu'est bonne, que c'est elle tout craché ce personnage-là. Lexa s'approche de moi, me demande qu'est-ce qu'elle a Vava. Je dis qu'il est bien placé pour le savoir. Lexa commande un scotch, me demande ce que je prends. Je dis que je bois du Perrier/citron. «Tiens, tiens, t'es encore dans les AA toi?» Je me retourne; c'est Benoît, la voix empâtée, déjà passablement saoul. Je dis qu'avec la publicité qu'il me fait, c'est plutôt dans les Alcooliques Très Bien Connus que je suis... Il me demande si c'était bien, la nuit de la poésie, si je n'aurais pas vu Vava. Je demande où est passé ce charmant Raphaël, je dis que je croyais qu'il l'avait emmené voir *Pink Lady*. Benoît me regarde droit dans les yeux. Il n'est plus cynique, tout à coup. Il dit que c'est ben freak, que Raphaël le trouve trop vieux. Je dis: «Ben voyons-donc, ça a pas de bon sens de se laisser dire des affaires de même! T'as même pas trente ans! Tu devrais le planter-là ce petit christ-là, ça fait quasiment deux ans qu'il te déprime... Pis, *Pink Lady*, toujours ben?» Benoît dit que oui, *Pink Lady* c'est magnifique. Qu'il aurait dû y aller avec Vava, que ça aurait peut-être été moins triste, qu'il avait voulu qu'ils y aillent tous les trois, qu'elle n'a pas voulu. Je dis qu'elle n'était pas invitée, pas plus que moi. Il dit qu'il sait, que Blanche avait peur de nous inviter. Il dit que Raphaël n'a pas aimé, qu'il était ben ben bitch ce soir, plus que jamais. Je dis à Benoît que je ne le comprends pas. Il dit que personne ne le comprend. Je dis que c'est comme ça pour moi aussi. On rit.

Charles est en train de raconter à Lexa que Blanche a tourné les scènes sur la lune à Saint-Jovite, dans un champ, la nuit. Monelle que c'est écœurant les Village People, que pendant *Macho Men*, elle a pratiqué ses poings de wen-do. Lexa ne les écoute ni l'un ni l'autre, l'esprit ailleurs. Je m'ennuie.

Quelqu'un met sa main sur mes yeux. Je devine Carla à son parfum Tabu dont je lui ai toujours dit qu'il sentait cheap. Elle m'étouffe de petits becs, me demande si je ne la trouve pas ravissante dans sa «robe-draperie» et ses «escarpinnes rouges». Elle twinkelle des yeux, recule un peu pour que je la voie mieux. Je dis que oui, elle est belle, que je la croyais déjà partie pour la Californie. Elle dit que «none, none, que c'est seulement la douze juillette son avionne». Je dis que j'espère qu'elle ne rencontrera pas le Skylab. Elle crie: «Julien, ma chérie!» et sombre dans ses bras.

À travers le brouhaha, transfigurés, les yeux de John. Des yeux de chat. Il a mis du khôl autour de ses yeux, un habit de soie blanche, un nœud papillon rose. John a ce soir la beauté du diable et il le sait dit Julien en me tendant une bouteille de poppers. J'inhale. Je monte, je monte jusque dans la Voie lactée dans les yeux gris de Benoît qui rit, dit que ça tue quelques neurones mais qu'on en a beaucoup trop, anyway. Carla frémit des pieds à la tête; je vois son aura violette et celle, rouge, de Lexa. John m'enlace, me mord dans le cou comme un vampire, m'entraîne sur la piste de danse. On danse en se passant la bouteille de «Locker Room» sous le nez, on se déchire sauvagement le visage, à, heureusement, quelques pouces du visage. John rit de son grand rire machiavélique qui fait tourner les têtes, passe les poppers à un gars qui lui fait de l'œil, dit que j'ai les mains fraîches, les glisse sous sa chemise noire, se déhanche sur la piste. On se fait des grimaces, on prend de la place. Épuisée, je retourne au bar boire une eau Perrier. Julien qui a, ce soir, l'air d'un ange noir dit que *Pink Lady* est le film à voir, que c'est l'histoire de notre pouvoir et que crisse que je suis chanceuse d'être une fille. Je dis que c'est à Vava qu'il devrait dire ça. Il jette un look à Lexa, dit:

«Ah, les osties de gars, pis toi ma chouette?» Je dis:
«Comme dabetude, you know what I mean…» Julien
me prend par le cou, dit que Julien va tout arranger
ça. L'ange noir devient fébrile, récupère les poppers,
demande à John de lui commander un drink, rit sous
cape et se met à ressembler à Dracula. Il me regarde
dans les yeux, dit qu'un freak enterre un freak, que
La Vie en prose devrait finir comme ça: «Julien dit:
Un freak enterre un freak». Je ris. Il m'entraîne un
peu à l'écart, dit: «Tu vois le gars avec un veston en
velours rose là-bas?» Je dis que oui, je vois. Il a, lui
aussi du khôl autour des yeux. Comme John et
Julien, comme moi. Il dit: «Pis, qu'est-ce que t'en
penses?» Je dis: «Ben voyons-donc Julien… C'est
pas mon genre». Il dit: «Ma belle, un freak enterre
un freak, c'est Julien qui te le dit…» Il débouche la
bouteille de poppers, me ferme la narine gauche. Puis
la droite. Puis la gauche encore. Je me retrouve au
ciel, dans un ciel sans soleils. Je dis: «Julien, je
t'aime», je l'embrasse. Je dis: «Bon, mais qu'est-ce
que j'y dis?» Le gars s'est maintenant appuyé au bar,
exactement là où j'étais tantôt. Julien me coule un
regard entendu, dit: «T'aurais pas oublié tes cigarettes là, par hasard?»

C'est vrai, j'ai oublié mes cigarettes. Je vais les
chercher, maladroitement, en essayant de le regarder
dans les yeux tout en essayant de ne pas le regarder
dans les yeux. Je me réfugie dans les bras de Julien, je
dis que je suis pas capable. Julien dit: «Ben, voyons
donc, c'est pas si compliqué…» Je dis que chus
quand même pas pour aller lui dire qu'il a des beaux
yeux. Julien dit que c'est vrai que chus pas bonne.
Puis il dit: «Fais-toi en pas, Julien va trouver une

idée...» Je spotte un autre gars plus loin, brun, avec beaucoup de cheveux, le visage doux. Je dis: «Julien, lui, je serais peut-être capable». Julien dit que non, que le gars maquillé est superbe, qu'on va trouver quelque chose. Benoît s'est aperçu du manège, je lui montre l'élu. Benoît dit qu'il l'a vu à La Cour hier ce gars-là, à L'Oxygène aussi. Qu'il trouve qu'il a une bouche cruelle. Moi aussi je trouve ça. Mais Julien y tient. Quand le gars va s'installer à une table plus loin, Julien m'agrippe par le poignet, dit: «Viens, on y va». J'y vais.

On s'assoit. Moi à côté du gars, Julien à côté de moi sur la banquette. Julien passe la bouteille de poppers. Le gars hésite, accepte. Il a l'air bête, Julien devient un feu roulant de métaphores folles. Le gars grommelle. Julien se lance dans un dithyrambe échevelé sur les vertus du nitrate d'amyle. Le gars dit que des poppers, sa mère lui en faisait sniffer quand il avait huit ans. Je dis: «Ah oui?» intéressée. Il me dit ouen, dégoûté. Mon doux qu'y est bête dis-je à Julien qui dit mais non, mais non, y est juste gêné.

Lexa vient s'affaler à notre table, le bar ferme. Julien dit à Lexa qu'il ne voit pas qu'il nous dérange. Lexa s'en va, brusqué. Je dis: «Julien, t'es ben bête avec Lexa». Il dit: «Ben, il nous dérange non? Pis à part de ça, y a pas d'affaire à te cruiser, qu'y s'occupe donc de Vava». Je dis ben voyons Julien, t'exagères là; tu sais bien que Lexa me cruise pas, c'est pas gentil pour Vava de dire ça... Julien dit que Lexa est assez écœurant pour ça. Je dis oui, c'est parce qu'il te cruise pas que tu dis ça hein? Le gars dit qu'il a mal au ventre. Je demande si c'est à cause des poppers. Il dit que non, que c'est à cause de la pizza. Je dis, en aparté, à Julien, que je l'aime pas ce gars-là. Julien dit qu'il est sûr qu'il est au boutte. Le gars regarde dans le beurre. Sur ce, John vient boire une gorgée dans le verre de Julien, dit qu'il a même pas entendu le last-call, s'assoit juste en face du gars, lui dit: «T'es ben beau toi là» et refuse de décoller malgré les conjurations de Julien. De toute évidence, ça ferme, toutes les lumières sont allumées.

En un tournemain, Julien convainc le gars de venir prendre un verre chez lui, me glisse à l'oreille: «Comme ça, il ne t'échappera pas». Je dis: «Mais Julien, il ne m'a même pas regardée!» Julien dit: «Tut tut tut, tu verras». Anyway, un freak enterre un freak, c'est sûr ça. Julien va dire bonjour aux autres pendant qu'on s'éclipse, John, le gars et moi. On se retrouve tous les quatre à marcher sur Prince-Arthur. Julien chante: «Forget your troubles, come on get happy» et moi: «Beauty, beauty, beauty wives, singing all the time» et j'ai mal de Bryan.

□

À huit heures du matin, on sonne chez Vava et Benoît, Julien et moi. Vava dit qu'elle vient juste de rentrer, qu'elle s'est chicanée avec Noëlle, qu'elle est écœurée. Julien dit: «Un freak déterre un freak...» On boit du café, Vava et moi. Julien vide les fonds de bouteilles. Vava dit que Noëlle dit qu'elle est une imbécile et Lexa un triple imbécile. Vava dit que ce n'est pas si simple que ça, qu'ils s'aiment Lexa et elle, que c'est juste que... Julien demande où est Benoît. Vava dit: «Ché pas, y est pas encore rentré. J'espère qu'y s'est pas jeté en bas du pont Jacques-Cartier...» Julien dit: «Ben voyons donc Vava, tu sais bien qu'y va voir Liza Minelli avec Raphaël demain. Je pense pas qu'y se suicide avant…» Vava rit, rassurée.

La porte s'ouvre, c'est Benoît. Julien dit: «Quand on parle du diable…» Benoît nous regarde, effouérés tous les trois dans le divan, l'air d'une fin du monde et dit: «Coudonc, y a personne de couché?» On dit que ben non, que c'était encore la nuit la plus courte de l'année… Benoît dit qu'il est allé prendre un verre chez Lexa avec Charles et Monelle. Il dit à Vava que Lexa se demandait où elle était passée. Elle dit: «Tu lui as pas dit au moins?» Il dit que non, qu'il ne savait pas, lui non plus, où elle était passée. Chez Noëlle qu'elle dit, avec laquelle je me suis chicanée. «Encore?» dit Benoît, «dis-moi pas qu'y va encore falloir faire un souper de réconciliation! Je commence à être pas mal tanné de vos affaires de folles». Je chante: «Les belles auront la folie en tête…», Vava demande si on veut des cerises de France, Benoît ce qui leur vaut l'honneur de cette visite matinale. Je dis que j'ai perdu mes clés, Julien qu'il ne peut pas rentrer chez lui, Benoît dit: «Ah, ah, c'est ce que je pensais! J'imagine que John s'est emparé de votre proie?» On dit que oui. Je dis que le comble c'est que John m'a même arraché des bras de notre bel inconnu qui ne m'avait pas dit un mot de la soirée mais qui avait commencé à me déshabiller. Que John était complètement *passed out* et furieux, que je me suis rhabillée en vitesse. Que le gars a avalé une demi-bouteille de valiums pendant qu'on était tous les quatre dans la salle de bains à chercher du Bromo Seltzer ou du Eno parce qu'il avait mal au ventre. Benoît dit que c'est plate pour moi ça. Je dis que ah, pas tellement, que je ne l'aimais pas, anyway, ce gars-là. Vava demande c'est quoi cette histoire-là, Benoît c'est quoi le nom du gars. Julien et moi on se regarde, interloqués. On dit que ben, on lui a pas demandé. Benoît éclate de rire, dit que ça avait l'air «high profile» notre affaire, mais que ça finit ben «low». «Il fait très soleil. Ça va être une belle journée» dit Vava.

L'aube se lève au-dessus des Sourdes-Muettes, comme dans le roman de Solange. Qu'est-ce que c'était, déjà? C'était du rose, en tout cas, dans le ciel bleu marin… Les oiseaux chantent, j'ai chaud, j'ai froid, ça tourne.

Ça se met à tourner très très vite. J'ai la bouche grande ouverte, les bras grand ouverts. Ça tourne, ça tourne: une force prodigieuse m'aplatit contre la paroi. Et, tout à coup, le sol se dérobe sous mes pieds. Je crie, suspendue à six pieds du sol. Lexa crie: «Regarde-moi Vava, regarde-moi!» Lexa, suspendu à six pieds du sol, en face de moi, comme un papillon noir épinglé. Je regarde Lexa. Dans une sorte de grimace, Lexa sourit, les bras en croix, les yeux mouillés. Et ça tourne, et ça tourne. Et je me repose sur le versant vertical de l'air, je suis bien. Et ça tourne. Je t'aime Lexa, je t'aime. Dans tes yeux tourne une chauve-souris blanche qui crie de joie. Dans mes yeux, une chauve-souris noire qui rit. Nous avons échappé à la loi de la gravité.

Ce n'est qu'une illusion. Quand le machiniste arrête le manège, je glisse contre la paroi, en me râpant les fesses, et je me retrouve les pieds sur terre. Et toi aussi. Et on rit. Et on reprend les montagnes russes pour crier bien fort, on se perd dans le labyrinthe, on splashe dans la pitoune. On mange des frites, on regarde le landau du *Cuirassé Potemkine* débouler dans le gyrotron, on lance des dards et tu me gagnes un toutou jaune que j'appelle Raphaël Weil comme le détective argentin, je te donne des becs dans le cou, tu manges des hot dogs et des frites et des crèmes glacées, tu manges tout le temps. On fait un tour de monorail, on regarde les feux d'artifice au-dessus de la marina, les bateaux-lumière. Je vogue dans le bateau-lumière de tes yeux radiants.

Ne t'adresse pas à Lexa, Vava. Tu as, par expérience, renoncé aux lettres qui dévient les romans. Ce n'est à personne que tu parles, à personne d'autre qu'à toi. Tu es une autre, Vava. Tu n'es que celle, que celui qui lit. Même si tu as encore l'impression que c'est toi qui écrit alors que le jour se lève sur Montréal, que tu es fatiguée du réel.

Tu voudrais être seule, vraiment seule. Pour écrire l'essentiel. Ta tête est encombrée de personnages et d'anecdotes, tu n'en peux plus. Solange, elle, dit qu'il n'y a pas de différence entre la vie et la prose. Tu crois que oui. Tu crois que non aussi, qu'elle a raison. Tu ne sais plus. Tu bois trop, trop de scotch. Ça colle dans ta tête. Tout ça colle dans ta tête, l'englue. Comment veux-tu écrire la vie quand tu ne sais plus ce que c'est, que tu ne l'as jamais su…

«Is that all there is» chante Peggy Lee. Lexa te montre une immense affiche publicitaire pour une compagnie d'assurance-vie. Il t'en a d'abord parlé, disant que c'est très polysémique, qu'il te la montrerait. C'était prémédité. Et tu lis, sur l'affiche: «Nous sommes là pour la vie, et nous vous l'assurons» sur un beau fond de coucher de soleil en technicolor. Et tu penses amour/toujours en regardant Lexa et tu te dis que non. Que la vie c'est la mort aussi, que c'est lié, indéfiniment. Quand on assure la vie, c'est qu'on craint la mort. Arrivez en vie quelqu'un vous attend…

Nous étions invités dans l'été, dans la gaieté croyaient Ines Pérée et Inat Tendu. Pierre-Pierre-Pierre me fait comprendre que ce n'est pas vrai. Il me lâche dans le vide quand j'écoute le cœur des choses battre, le vert des arbres vivre. Je suis complètement stone dans le vert mouillé de la route de Saint-Gabriel sur laquelle on roule en fumant du haschish noir. Du diamant vert dit Pierre-Pierre-Pierre dans un clin d'œil. Oh Pierre-Pierre-Pierre je t'aime. J'ouvre les paumes face au pare-brise, je me sens comme un petit bébé dans son bain. On passe dans des écharpes de brume, la route tourne et tourne et tourne. On tourne dans des arcs-en-ciel à toutes les trois minutes comme dans les rêves de Pauline. Et tu me parachutes dans le Nord, seule. Pour rien, comme ça. Je croyais qu'on s'en allait à la même place, j'ignorais que tu voulais aller à Mont-Laurier comme je l'ai appris ce soir, quand tu as sonné, violemment, à onze heures et demie, pour me remettre mes sandales d'eau que tu avais pris par mégarde dans ton pack-sac. Les villes de la vie et de la prose tournent dans le temps; je suis à Mont-Laurier, sous la pluie, il y a une éternité. Je te demande, ironique, si on va à New York comme prévu. Tu dis que non, à cause de la pénurie d'essence. Tu sais que je n'avais pas l'intention d'y aller. New York aussi se déplace, depuis le début, étrangement, sur la ligne du temps.

Ne t'adresse pas à Pierre-Pierre-Pierre, Vava. Tu sais, par expérience, comment les lettres dévient les romans. Pense aux lettres «Fly by Night» collées sur le miroir dans la chambre de Pierre-Pierre-Pierre. Aux cartes postales aussi. Ça t'as étonnée de voir toutes tes lettres ainsi affichées, dans son nouveau logement. Tu ne te rappelais pas lui avoir tant écrit.

Pense à toutes les lettres Vava, à tout ce temps perdu. Depuis des années, Vava, que tu écris des lettres, compulsivement. Des tonnes et des tonnes de lettres. C'est sans doute comme ça qu'un beau jour, tu as décidé d'écrire un roman. Comme on écrit une lettre d'amour à sa sœur, à son frère, à son amant, à quelqu'un qu'on aime jusqu'à la nuit des temps.

Dimanche après-midi. C'est la Saint-Jean. Ce soir, il y aura des bûchers. Ça va flamber. Ça se sent, dans l'air, que ça va flamber. Qu'on va traverser le feu. Quelqu'un, sur la rue Parc, promène un mouton sur son dos. Blanche porte une djellaba blanche avec, épinglé sur son cœur, un cœur en papier sur lequel elle a écrit: «Je vous aime». Blanche fait un brunch-patrimoine à la Cuvée des Patriotes. Il y a là Elle, la sœur de Blanche, sa fille Marina, Stéphanie, une amie de Marina, Étienne, le chum officiel de Blanche, Benoît et moi. On écoute du blues norvégien, on fume du québécois. Blanche a de la poudre d'or dans le visage, sa sœur Elle aussi. Je dis qu'elles ressemblent à Sabada Dabasa. Marina dit qu'un ange passe. On dit que oui. Elle ouvre la porte du hangar, pour voir si l'ange s'y est caché. Elle dit que c'est un tombeau. C'est la fuite en Égypte, j'ai envie de pleurer.

J'ouvre le livre d'Urantia, je tombe sur le passage au sujet des femmes. Blanche dit oui, c'est ça, hein? La fascination et le mépris. Elle me parle des ajusteurs de conscience, qui, comme des computers dirigent du cosmos les habitants d'Urantia que nous sommes. Stéphanie dit que nous sommes tous des extra-terrestres, qu'elle et Marina s'en vont dormir un peu, chez elle. Blanche dit qu'elle va se mêler à la fête dans la rue. Il ne reste plus qu'Étienne, Benoît et Raphaël qui vient d'arriver, très en retard. Ils parlent de *Pink Lady*, encore. Je demande si ça paraît que c'est une perruque, dans le film, les cheveux roses d'Yvelle. Étienne dit que non, que ça aurait pu faire punk hein, mais que Blanche s'est arrangée pour que ça fasse «naturel» des cheveux roses. Naturel comme si Yvelle était une vénusienne mettons... Je mets: «Celle qui était trop gaie» de Léo Ferré, je trippe.

Je ne sais à quel moment de cette plage, je sais, avec certitude, qu'il faut que j'appelle Lexa. Je demande tout de suite où est le téléphone, je signale son numéro. Il dit qu'il a faim. Je dis qu'on va aller manger.

Dans la cage de verre de l'ascenseur du Hyatt Regency, on prend de l'altitude, Lexa et moi. On devient high-profile. On commande du champagne. On voit ça de haut. On parle, des heures durant, dans le restaurant tournant qui fait deux tours, sur le fleuve, la montagne et les gratte-ciel, les autoroutes. je dis: «Mais oui, mais oui, mais c'est l'autoroute des États-Unis!» On sourit. Il commande du Blue Nun, parce que c'est le vin du trip d'acide qu'il dit. Je dis oui. Il y a des arcs-en-ciel sur la nappe, à travers nos verres. Il parle de *Pink Lady*, il dit que c'est beau la vie.

C'est beau la vie, Lexa. Nous sommes là pour la vie et nous vous l'assurons. Quant à la mort, il s'agit de lui faire un sort. C'est ce que nous avons fait ce jour-là.

Vava, n'écris pas à Lexa. C'est lui-même qui t'as appris qu'il n'existe pas, l'autre nuit, à L'Air du temps. S'il n'existe pas, c'est que je l'aurais inventé… Tu as beau, Lexa, dire que tu n'es «qu'un sale maquereau qui se crisse du monde», ce qui est rigoureusement vrai, tu as de très beaux yeux doubles dans lesquels je me noierais encore comme dans l'eau bleue et tendre d'un rêve érotique. Dire que ce paragraphe commençait par: «Vava, n'écris pas à Lexa»… Tu as pleuré tout ton amour pour lui dans ses bras, Vava. Il caressait tes cheveux, disait: «Pauvre Vava, comme ça vient de loin», sachant que ce n'est pas seulement ton amour pour lui que tu pleurais, mais tout l'amour du monde.

Dans *Les Femmes et le sens de l'honneur*, Adrienne Rich dit que la vérité n'existe pas. Ni même *une* vérité. Que c'est un réseau de complexités, la vérité… Il fait soleil dans ma chambre rose. Je voudrais écrire la vérité, toute la vérité, et je n'y arrive pas. C'est beaucoup trop compliqué; il y a dix mille choses à la fois dans chacune des choses. Je vais essayer de dormir un peu, de fermer mes yeux sur la mouvante beauté des choses. Même si j'ai mal, même si je suis seule dans cet univers, le mien, où tous les autres ne sont que des fantômes. J'ai tant de sœurs et tant de frères et je suis seule pourtant. Toute seule. Comme Benoît, comme Raphaël, comme Solange, comme Lexa, comme John, comme Julien, comme Carla, comme Nane, comme Bryan, comme Noëlle, comme Alice, comme Bip, comme Pola, comme Lotte, comme Celia, comme Rose, Maud, Laure. Comme Monelle, Ariane, Charles, Djinny. Seule comme Blanche, seule comme Pauline. Comme Yvelle. Comme Rael.

Ma passion pour Rael, passion que j'ai attribuée à Nane pour me faciliter les choses, m'aura du moins permis d'en arriver à avouer cela. C'était une lettre à toi. Je suis réelle. Si je n'existais pas, tu m'aurais inventée.

Midi. Minuit. N'importe où. N'importe quand. Peu importe. Carole Laure chante «La Nuit magique», je cherche en vain les pages trente-huit à quarante-et-un qui se sont envolées, je tombe sur des feuillets manuscrits oubliés, des chapitres que je ne sais comment encastrer dans ce roman-gigogne en expansion vers son point de fuite. Je cherche aussi le dictionnaire analogique et celui des synonymes; ils sont introuvables. Pour moi, le voleur fou a encore frappé! Je me demande qui c'est mais je préfère sans doute ne pas le savoir… Je me suis décidée à racheter le disque de Carole Laure qu'il (ou elle…) avait subtilisé en même temps que quelques chèques de voyage. Pas assez pour que ce soit désastreux, mais quand même! Drôle de cleptomanie tout de même…

Du moins, ce n'est pas lui. Il part toujours les mains libres. Il ne porte ni sac en bandoulière, ni attaché-case, ni cape de Zorro. Il se prend pour Superman, mais c'est une autre histoire. J'avais toujours rêvé savoir ce que c'était que d'avoir quelqu'un dans la peau. Ça fait plus mal que je pensais…

C'est la canicule, le Skylab nous tombe dessus demain, la voix de Laure, la musique de Furey me vont droit au cœur, j'essaie de m'arracher au champ magnétique que sa présence a créé. «Le jeu, le jeu nous tient» et je travolte en bottes rouges sous les mille et un feux de «La Nuit en rose». Le Veuve

Clicquot nous monte à la tête, il parade pour que je tombe encore dans l'amour fou qu'il me tend régulièrement comme un piège. «À la sortie du ciné, comme une pauvre abrutie. Tout le monde dit que je gâche ma vie pour lui. Regardez cette fille, elle gâche sa vie pour lui, sa vie pour lui.» Et je ris de toutes mes dents, comme une fille de Bretécher, en reconnaissant le scénario...

Dans le vacarme astronomique des vans, du trafic matinal, dans l'hypnagogie insomniaque, j'ai mal dans tout mon corps, j'ai mal de lui. Il dort, assouvi, ravi, son long corps nu sur le cuivre du drap égyptien. Sa chaleur radio-active me transperce par vagues, de loin, car il a reflué contre le mur. Il dort, les mains nouées sous la nuque, les yeux fermés sur le mystère de la paix des sens. J'aime cette paix, dont je suis pourtant exclue. S'il m'enfermait dans ses bras, j'en respirerais du moins les effluves et le battement de son cœur me bercerait. Je pose mon front sur son avant-bras replié; mais il a chaud, il a chaud à lui tout seul. Je m'exile à l'autre bout du lit, triste, tellement triste. C'était si bon, sa chaleur dans moi. Il m'a fait l'amour tendrement, doucement, mais sans sourire, sans m'ouvrir le lac tranquille de ses yeux dans lequel il m'arrive d'entrevoir le flash de l'orgasme qui sourd dans tout mon corps et me soude à lui dans la nuit magique de l'union.

Mais, cette fois, il m'a retiré son âme, et je n'ai senti que la houle de nos corps réunis. Mais sans les vertiges, sans l'abandon, je ne touche pas le septième ciel. Les camions foncent dans mes oreilles, couvrant le bruit de sa respiration sifflante; j'ai mal au creux des reins, mal aux mollets, à la plante des pieds. Le

cœur pris dans un bloc de glace, les yeux grands
ouverts sur le blanc du plafond, je me demande
pourquoi je l'aime. Pourquoi j'aime quand même cet
abruti qui semble, depuis quelque temps, résolu à
refuser de partager son plaisir. Je sais sa rage sourde
et sa peur, je sais qu'il s'est retranché derrière «les
murs d'acier de son domaine privé». Il s'est livré, on
dirait, à un processus d'insensibilisation destiné à
l'empêcher de souffrir. Je le regarde dormir, le front
plissé, la lèvre amère. Ça n'a pas l'air très réussi...
Non, il ne se tournera pas vers moi pour me prendre
avec nonchalance dans le demi-sommeil de l'aube qui
se lève, comme il lui arrivait de le faire du temps où il
n'y avait pas cette terreur entre nous. Non, il n'aban-
donnera pas sa main dans la mienne en souriant dans
son sommeil. Je regarde le poids du temps et de la
souffrance sur ses tempes et j'ai mal qu'il ne sache
plus se livrer à la volupté, enfermé à double tour dans
sa peur d'aimer et de l'être. J'ai mal de ne pas savoir
que faire pour le réveiller de ce cauchemar dans
lequel il glisse plus profondément chaque fois. Je
voudrais voir l'eau de la vie rejaillir dans ses yeux,
courir sous sa peau et dans la texture de son timbre de
voix, mouiller ses lèvres. Et je le regarde dormir dans
son armure de peau, les muscles tendus, comme s'il
allait bondir sur l'ennemi. Je me dis que je ne devrais
plus faire l'amour avec lui, que cette façon qu'il a de
se retrancher dans l'amour même est en train de me
ruiner le cœur et le corps. Et pourtant, quand il
m'invite dans son lit, je m'y glisse et je l'invite aussi
dans le mien. Le temps d'un simulacre d'union qui ne
me convainc plus, le temps d'une nuit blanche de
temps en temps, plus seule avec lui que seule dans

mon lit. Il dort pendant que je veille, moins sur son sommeil que sur ma propre misère, les membres lourds, le cœur gros.

Doucement, je me lève, j'allume une cigarette, je fais le tour des fenêtres qui font des trouées de bleu pâle dans la pénombre de l'appartement. Je pense à d'autres de mes amants qui savaient me déporter jusqu'à la Voie lactée, m'inonder de mots d'amour et de baisers délirants sur la nuque. Lui ne s'est jamais inquiété de connaître les points chauds de mon corps qu'il appréhende d'un seul élan, de façon anonyme encore, après des mois et des mois, des années d'intimité sporadique. Debout dans la porte de ma chambre, je le regarde dormir, un poing fermé sur sa bouche maintenant, l'autre perdu dans le vide que j'ai laissé à côté de lui. Et je sais que je l'aime. Que c'est absurde, mais que je l'aime. Que cette misère, c'est autant la sienne que la mienne. Et je me glisse dans le lit, doucement, pour ne pas le réveiller, sachant qu'il faudra bien, un jour, que je mette fin à cet amour invivable. Surtout invivable depuis que j'ai tenté d'y mettre fin, pendant quelques mois, de sorte que plus que jamais «la peur garde l'amour en prison».

Et, tandis qu'il dort tranquillement avec, parfois, des soubresauts qui secouent un peu son corps, je glisse la main sous la couverture et je commence, doucement, à me caresser. Je ferme les yeux sur la Voie lactée et je dérive, lentement, vers mon plaisir, vers le plaisir qu'il m'a refusé et que je me suis enfin décidée à prendre, en toute sérénité. Sans agressivité, sans rancœur, seulement parce que j'ai envie de me faire l'amour, puisque lui n'a pas su m'aimer. Et je monte, de plus en plus vite, vers les étoiles et je sens déjà le vent mordre dans mes cheveux. Je monte, je monte vers les poussières d'étoiles qui brillent sous mes paupières. D'un seul coup, il s'assoit dans le lit, murmure quelque chose au sujet du «Lord of the Underworld», se rejette comme une masse sur le lit, dit: «The game is over, good night». Il a dit ça, je pense, en dormant, mais ça m'a enlevé toute envie de me caresser. Il ronfle comme un porc, m'ayant enlevé jusqu'à la possibilité de m'aimer. Je ne me sens ni coupable, ni honteuse, mais je n'ai pas le cœur de transgresser l'interdit qu'il vient de poser, en toute absurdité, car mon souffle presque imperceptible ne pouvait certainement pas le déranger. Mais l'inconscient de Superman préfère sans doute ignorer qu'il n'est pas Superman... J'ai mal, plus mal encore; le ventre barré, les sens exacerbés. Je m'exerce à contrôler ma respiration; mais, rien à faire, la panique grandit. Je me lève. Je fume une autre cigarette, la mort dans l'âme.

Il commence à faire soleil. Je regarde le soleil dans le vert des arbres en me traitant d'imbécile. Imbécile d'aimer quelqu'un qui m'empêche de m'aimer qui, en fait, ne m'aime pas. Je me traite d'imbécile mais, rien à faire, je l'aime. Alors je me traite de masochiste. Je me dis bon, c'est ça, je suis masochiste. Qui vivra verra jusqu'où. Et je m'assomme avec dix milligrammes de valium qui, en quelques minutes, ont tôt fait de m'anéantir dans le goudron noir d'un sommeil hanté par le spectre d'une solitude glaciale.

Rose vient de téléphoner pour dire qu'elle a trouvé ce que c'était le point d'interrogation au-dessus du sphinx, qu'elle flye depuis trois jours, qu'elle roule et roule dans la vibration universelle. Qu'elle a vu la Lumière, la Mer de la Tranquillité, la déesse-mère. Qu'il s'agit de switcher. Que notre destin sur Terre en est un de bonheur. Je l'écoute en souriant. Je dis que je me rappelle comment c'était le cinquième circuit mais que je suis retombée sur mes pattes, depuis le ravissement. Elle dit qu'il faut juste que je débranche le mental, que c'est ben simple. Je dis qu'il y a d'autres blocages maintenant, qu'elle a raison bien sûr, mais que je ne sais pas comment. Que j'étais dans le troisième circuit, celui du mental-manipulateur et des mots, que là je viens de retomber dans le deuxième chakra, celui des sens, et que je n'écris d'ailleurs que ça. Elle me demande c'est quoi ces circuits-là, dit que c'est vrai que ça ressemble à ça. Que là elle est sûrement dans celui du cœur, qu'elle a compris que c'est le cœur la source. Je dis que c'est dans Timothy Leary, dans *Neurologique*, que je l'ai prêté à Noëlle mais que je lui passerai. Que c'est ça, que c'est le cinquième circuit ça, celui du cœur. Ou de la compassion chez les bouddhistes, ou du ravissement chez Leary. Elle dit oui, oui oui; mais ça s'explique pas, hein, faut le vivre. Je dis que je sais que oui, mais que j'ai régressé dans le mental et dans les mots, la logique des choses, que c'est bien plat cette dimension-là, qu'elle est bien chanceuse d'être dans l'autre. Elle dit qu'elle m'en reparlera, qu'elle file vers l'inépuisable splendeur de la vie. Que la vie est là qu'elle dit, là où tu es, dans ce que tu fais. Je dis oui, mais je ne comprends pas. Pourtant, c'est vrai, j'ai déjà compris ça...

Nane dit que là, la mer Rouge s'est ouverte devant elle, que... Rose, ébouriffée, ensommeillée, s'accote sur le cadre de porte en bâillant: la mer Rouge? Elle a l'air d'un petit poussin de Pâques dit Noëlle, depuis qu'elle a le crâne rasé. Rose secoue la tête, passe la main dans le duvet blond, dit: ça pousse hein? Demande si la lune croît dans le moment. Je crois, dit Lotte: elle écrivait, hier soir, dans le ciel noir, le *d* de décroître. C'est qu'elle croît, car elle ment. Maud dit que les phases de la lune, l'amplitude et la fréquence, comme dans les transformations en série de Fourier... Que c'est le principe de l'hologramme. Comme dans *French Kiss*? demande Noëlle. Oui, et comme dans la mémoire dit Maud. Comme Nane, par exemple, à Universal Studios, au moment où la mer Rouge s'ouvre devant elle. L'amer rouge? dit Rose, en riant, en écrivant les mots, en rouge, sur une feuille volante. Après, elle chante: «Je vole de nuit», demande si on trouve qu'elle ressemble à Céline Lomez. Carla dit qu'elle est tout à fait ressemblante à Céline Lomez, Rose, dans sa pyjama rouge avec des Mickey Mouse. Solange regarde le manuscrit de Rose avec l'octascope que Laure lui a rapporté du Chinatown de San Francisco. Dit que ça serait beau pour la couverture, que ça multiplie le réel cette lunette-là. Ensuite, Carla regarde Solange dans l'octascope, dit qu'il y a huit Solange qui lui sourient

à la fois. Huit fois la même amour, que c'est belle!
dit Carla. Que c'est belle dit Rose qui mange une
prune mauve, les yeux religieusement fermés. Crime
que ça me tente pas de recommencer à travailler
murmure Vava, on est si bien comme ça. Laure dit
qu'il s'agit de prendre ça cool, qu'elle, ça lui tente,
qu'elle va faire des ateliers d'écriture sur le mythe
d'Ariane. Laquelle, la nôtre? demande Nane. Ça
serait drôle de la faire suivre dans tous ses déplacements, Ariane, avec sa grosse bedaine. A se promène
encore en bicycle, même enceinte? demande Lotte,
un peu choquée. Ben oui, a dit que ça fait faire de
l'exercice à son petit bébé dit Nane. Elle, ça a l'air d'y
faire du bien en tout cas. Est assez belle depuis
qu'elle a plus de nausées! Je savais pas que c'était
vrai que ça embellissait... Rose dit que Brigitte aussi
est enceinte. C'est l'âge, hein, ça doit dit Vava. Alice
dit que, elle, pour ses trente ans, elle va être toute en
noir pour enterrer dignement «the age of Aquarius».

Celia dit qu'elle s'est réveillée dans les lunes de
Mercure. Que Mercure n'a pas de lunes, peut-être?
Que sa radio-réveil annonçait la mort de Diefen-
baker. Josephine Baker qu'on répondait quand on
était petites, à la question: qui est le premier ministre
du Canada dit Maud. Celia a ouvert l'atlas; cherche
si c'est plus près du soleil ou de la Terre qu'elle est,
Mercure. C'est la troisième planète du système
solaire la Terre, hein? dit France. C'est Mercure,
Vénus, la Terre, je pense. C'est tout écrit ça, en code,
sur une plaque d'aluminium fixée sur Pioneer 10 qui
a quitté le système solaire le 31 décembre 1973 lit
Celia. Moi, le 31 décembre 1973 j'ai été aspirée dans
le Triangle des Bermudes dit Nane. On dit: ah oui?

Elle dit: oui, c'était dans les West Indies, y avait tous les symptômes, la brume blanche, pis toute. J'avais donné le livre de Berlitz à mon frère pour Noël, pis je l'avais lu. J'ai reconnu tous les symptômes. Pis t'es revenue ça a tout l'air? dit Maud. Ben oui, y ont pas réussi à nous arracher dit Nane. Mais ça a été un atterrissage crash par exemple... Toutes les lumières se sont éteintes, les compartiments à bagages se sont ouverts, c'était ben épeurant. Je pense que le pilote avait fêté comme faut la veille du Jour de l'An aussi...

Cette année, on devrait fêter ça ensemble dit Vava. Un gros gros party. Avec des serpentins, du champagne, tout le kit. Pis on va chanter: «Ce n'est qu'un aurevoir mes sœurs», toute la vache de nuit comme dit Jovette? dit Rose. Ah oui, c'est une bonne idée! Aie, ça va être les années quatre-vingt, j'en reviens pas dit Lotte. J'en reviens pas d'avoir toffé jusque-là. On rit. Woodstock, ça fait dix ans, aie! dit Noëlle. Pis «P.S. I love you» quinze ans je pense ajoute Solange. Rose dit qu'elle s'est fait un sandwich au pain pita, est-ce qu'il y en a qui en veulent? Alice demande qu'est-ce qu'elle met dedans. Rose dit: du saumon, de la ciboulette, du yogourt nature, du fromage en crème, des morceaux de tomates, du concombre, du sel, du poivre, du cerfeuil, des cachous. Vava dit: hon, ça a l'air bon. Alice dit: non merci! je comprends pas comment tu fais pour manger ça pour déjeuner. Celia demande c'est quand que les forces géomagnétiques qui étaient en Égypte dans le temps de l'Égypte sont supposées se déplacer vers le Québec. France dit qu'a sait pas. Qu'elle a déjà entendu dire que c'était en 1994. Ou peut-être en

2001, hein? dit Celia. Hein? quand toutes les planètes vont être enlignées? Lotte dit qu'elle a emmené Bip et Pola au Metropolitan voir le temple de Dandur que les Américains ont déménagé d'Égypte. Pis que c'est là qu'elle s'est aperçue que les petites étaient capables de déchiffrer les hiéroglyphes. Qu'elles ont décrypté tout un pan de mur. Noëlle dit: hein? ben voyons donc! Lotte dit que oui, qu'elles savent toutes comment ça marche, avec les déterminatifs pis toute... Qu'elles s'écrivent des petits mots en hiéroglyphes des fois, mais qu'elle pensait que c'était pas les vrais, qu'elles inventaient. Peut-être qu'elles ont inventé la traduction dit Noëlle, peut-être que c'était pas du tout ce qui était réellement écrit sur le mur du temple de Dandur. Peut-être... dit Lotte. À la grâce de Bam Bam! dit Alice, j'ai hâte de les voir en l'an 2000 ces deux-là!

Y vont-tu avoir vingt-cinq ans en même temps que Jonas? demande Nane. Ben non, ça va être des vieilles peaux de trente ans dit Lotte. Alice dit que, pour sa fête, elle aimerait ça avoir une Barbie qui grille. Une Barbie qui grille? dit Rose, quossé ça? Alice explique que, ben, si tu la mets au soleil, ou ben en-dessous d'une lampe, sa peau change de couleur. Fabuleux! dit Rose. Mais moi, c'est un jeu de Mastermind que je vas te donner, ça va te raffermir les neurones... Alice dit qu'elle voudrait une planchette de Oui-ja aussi. Nane dit que aie, elle, a s'est fait tirer aux pyramides quand est allée au bord de la mer avec sa grand-mère. Laure dit: avec ta grand-mère? Nane dit: ben oui, c'était le fun. C'était comme quand j'étais petite. A m'a tout raconté comment y cultivait le lin pis les moutons pis qu'y allaient porter ça au moulin à carder pis qu'y filaient la laine pis qu'y tricotaient des chaussons toute l'hiver. C'était ben ben le fun. Mais Nane dit que le lecteur de pyramides était ben ben spécial, que c'était un gypsy, pas un égyptien par exemple, qu'elle lui a demandé... Qu'est-ce qu'y t'a dit? demande Rose. Nane dit qu'il lui a demandé d'écrire une question sur une feuille de papier, qu'il a lu des papyrus en hongrois quelque chose comme ça, qu'ils étaient assis sous une structure métallique en forme de pyramide. Qu'il a mis la question en dessous d'une petite pyramide en plastique, qu'il a dit que la pyramide répondrait. Solange rit aux larmes, demande c'était quoi la question. Nane dit que c'était au sujet de Rael. Que la pyramide a répondu: «It will blossom like a flower». C'est au boutte! dit Solange.

Laure dit qu'y sont donc ben romantiques, à leur âge! C'est pas pour rien qu'on s'est rencontrées au-dessus de Los Angeles disent Nane et Solange en chœur. Que Rael c'est un ange, que Bryan aussi d'ailleurs et qu'elles-mêmes, pour ne rien nous cacher... Des possédées c'est tout dit Maud. Ça commence à m'inquiéter ce vent d'angélisme qui se met à souffler... même Pauline a l'air tombée là-dedans... Lotte dit: je pensais que c'était à Sainte-Barbare que vous vous étiez rencontrées? Oui, on s'était vues, mais on se connaissait pas encore dit Nane. Je pensais que c'était une Californienne Solange. C'est rien que dans l'avion en partant de Los Angeles, quand Solange s'est mise à pleurer que j'y ai parlé pis que j'ai ben vu qu'a parlait français. Hein Solange, tu t'en rappelles-tu quand je t'ai demandé ce que t'avais à pleurer comme une champlure, sûre que tu comprenais pas ce que je te disais, pis que tu t'es mise à rire? Solange dit: pis tu disais que c'était parce que j'étais une chantepleure, t'étais assez comique! Elle dit que ça devait être le virus maya qui la faisait pleurer de même, mais qu'elle le savait pas encore. Vava dit qu'elle, elle est tellement romantique elle-même, qu'elle commence à avoir peur de mourir d'amour. Qu'elle aime tellement de mieux en mieux meilleur Lexa chaque jour. C'est vrai qu'y a l'air fin pour un gars dit Celia. Ben oui dit Monelle, ça existe des gars fins, c'est ben sûr. Celia dit qu'a sait ben mais qu'a en connaît pas. Pis Charles, pis Benoît? dit Monelle. Celia dit que Charles, y est loin d'être aussi brillant qu'y en a l'air. Pis Julien? dit Solange. Julien? Ben Julien, ça compte pas dit Celia. M'a t'en faire ça compte pas! Y serait content d'entendre ça! dit Nane. Celia dit: ché ben, ché ben... y est-tu revenu du Népal finalement, Julien? Vava dit que oui, qu'il était en rose et en soie noire et doux comme la pleine lune sur le Taj Mahal le soir de son retour. C'est aux Indes, ça, le Taj Mahal dit Lotte. Y est allé aux Indes itou dit Nane. Mais ça a l'air ben plus beau le Népal. Je vas y aller bientôt, moi aussi, au Népal. Ça fait trois ans que tu dis ça dit Solange. Nane dit: oui, mais là c'est vrai. Un jour, en tout cas. Solange dit que elle, c'est en Égypte qu'elle va aller. Qu'elle va écrire le dernier chapitre de *La Vie en prose* assise sur la Grande Pyramide, les yeux dans les yeux avec le Sphinx.

Vava dit: bon, ben, en attendant, c'est les épreuves d'*Yvelle Swannson*, là, qu'il faut corriger. Rose dit qu'elle va s'habiller, que quelqu'un peut-être pourrait donner à manger à Leila, qu'elle a l'air

d'avoir faim. Tu connaissais-tu Leila quand t'as bap-
tisé ton chat? demande Nane. Ben non, c'est drôle
hein? dit Rose. C'était le nom d'une Libanaise que je
connaissais quand je travaillais au Bell. J'avais
trouvé que c'était un beau nom. C'est une quoi
Leila? demande Lotte. Nane dit que c'est une juive
marocaine mais qu'elle a grandi en France. Pis
Liana? demande Lotte. Ah, elle, c'est ben compliqué
dit Rose. Est née au Kenya de parents pakistanais qui
sont, ché pas comment ça se fait, de religion isma-
élite, pis a l'a vécu longtemps chez une de ses tantes à
Amsterdam avant de venir rester ici. Ah, c'était indien comme ça, la danse sacrée qu'elle a faite l'autre
fois chez Solange dit Vava. Ben, pakistanais, dans le
genre, dit Rose. Bon, ben, je vas aller m'habiller-là.

Nane ouvre une boîte de Pamper pour Leila, dit:
aie, a commence à être vieille cette chatte-là. Ché pas
si Rose sait qu'a va mourir bientôt. Ben, un chat, ça
peut vivre dix ans non? dit Lotte. À peu près dit
Nane. Pis a l'a quasiment sept ans cette chatte-là...
Le chien, chez nous, y est mort pis ma mère a m'a dit
hier qu'a faisait juste commencer à pus y penser. Y
avait douze ans. Y est mort comment, dit Lotte, y
s'est fait frapper par une auto? Nane dit: non... c'est
mon père qui... parce que y était malade tu comprends... Ironique, Lotte fait un clin d'œil à Nane.
Elles rient. Nane dit: tu fais exprès. Je te l'avais déjà
conté hein? Tu ris toujours de moi pis de mes vieux
freaks hein? Lotte dit que c'est un cadeau grec qu'elle
lui fait quand elle fait ça. Hon, elle en parle dans sa
lettre du cheval de Troie, Gabrielle dit Noëlle. Je vas
vous la lire, voulez-vous-tu? Nane dit: ouen... pis
après ça on commence. Noëlle décolle la lettre qu'elle

avait scotch-tapée sur le mur, nous montre le dessin.
Elle lit:

«à l'eau les belles!

«Chus dans un shack au bord de l'eau, au beau milieu des montagnes noires que le soleil vient d'éteindre. Y a un chien qui jappe et le silence. La poignée du frigidaire, dans la vitre qui donne sur le lac, a des yeux de chat. Ça fait trois jours que je jeûne au sirop d'érable, je commence à voir le nagual... (C'était une inside-joke à Nane)...»

C'est quoi la joke, au fait? demande Noëlle. Nane dit que c'est à cause du nagual. Que le nagual c'est comme l'océan de tout ce qui n'est pas. Que c'est par rapport au tonal qui est tout ce qui est et tout ce qu'on peut imaginer. Que l'océan du nagual, on ne peut même pas l'imaginer. Mais qu'on peut le rencontrer. C'est fou ça dit Noëlle, mais c'est le jeûne au sirop d'érable que je voulais dire. Ah ça, c'est une recette que je lui ai donnée dit Nane. Tu bois une tasse de sirop d'érable par jour, dans quatre-vingt onces d'eau, avec le jus de quatre citrons pis une cuillerée de poivre de cayenne. Ouache dit Rose, en train d'enfiler un chandail de laine tango sur un pantalon tango. C'est ça hein la couleur tango? dit Nane. Elle dit que c'est bon, en fait, que ça goûte le gin. Noëlle explique à Rose qu'elle est en train de nous lire la lettre de Gabrielle et que tout de suite après on commence la correction des épreuves de son roman. Rose dit: justement, j'avais pensé que pour le sous-titre, ché pas ce que vous en pensez mais... Noëlle dit: attends, je vas lire le bout où a parle du cheval de Troie:

«Dans un down de coke, j'ai rencontré Pauline

qui m'a dit que j'avais les lèvres blanches et qu'elle était convaincue qu'il fallait être noire pour écrire. Et j'ai décidé de m'en aller dans le bois pour régler mes «problèmes affectifs» comme dit Pauline.

«Je suis toute seule dans le noir comme une grande et j'écris au soleil, les pieds dans l'eau. Il y a deux jours, j'ai trouvé une petite perdriole que j'ai appelée Kiwi. Elle tweetait ce matin, en sautillant partout dans le camp. Mais elle est morte cet après-midi, dans son petit nid d'herbe verte que j'avais installé dans mes oreillers. Elle est partie comme un petit poulet comme on dit...

«Je suis toute seule dans le noir, ici. Ici même où je suis déjà venue avec Pascale. Il y a deux ans, ici, dans un moment de grand désespoir, assise sur le quai en compagnie de mon amour enfermée à double tour dans le silence, j'avais demandé un signe du ciel. Et, à cet instant, un météorite s'était effondré dans le ciel. C'est ici, aussi, que j'ai lu *L'Amèr*. C'est ici que Pascale m'a dit que si elle était un homme elle maudirait toutes les femmes. C'est ici que j'ai fait pour la première fois ce dessin que j'avais tellement amélioré qu'à la fin il n'y avait plus qu'un chaos d'acrylique vieux-rose sur la toile. Car, à l'époque, c'est de la peinture à l'huile que je faisais... C'est plus difficile, mais c'est bien plus beau que la peinture à l'eau...

«J'ai beau avoir noyé toutes les couleurs, je me rappelle parfaitement ce que j'avais dessiné. Comme si je l'avais photographié ce dessin à l'huile fait dans l'herbe pendant que Pascale, elle, peignait d'immenses vagues à l'huile verte. Sur ma toile, il y avait, dans un ciel bleu marin plein de spots blancs d'étoiles, deux personnages en soucoupe volante. Les soucoupes volantes, c'était l'auréole au-dessus de leur tête qui se prolongeait sous leur buste, formant une sorte de bulle qui avait l'air d'une soucoupe volante. Sur la terre, en dessous, il y avait, je me rappelle, des minarets, des tours, des mosquées. Sous la terre: du feu, des labyrinthes et le cheval de Troie. Troie, je sais, c'était moi, alors. J'étais investie.

«Troie, c'est encore moi. C'est ici que je suis. Dans le camp numéro trois, celui de ma sainte trinité. J'y écris une vingtième version de *La Nuit des temps*. Pauline me disait l'autre jour que ça y est, qu'on y est. Qu'on vit *La Vie en prose*, qu'on est des *Livre-Sphinx*, qu'*Yvelle Swannson* s'en vient. Que toutes nos utopies c'est vrai. Est-ce que c'est vrai que c'est vrai?»

Ben oui, c'est vrai certain, est ben folle donc elle dit Rose. En tout cas, *Yvelle Swannson*, je vous le jure, c'est toute du craché-vévu. Du «craché-vécu»? dit Solange. Certain! dit Rose. Mais, ah oui, c'est ça que je voulais dire… C'est pas un space-opera dans le fond, finalement, hein… j'aimerais mieux qu'on appelle ça un roman-savon. *Yvelle Swannson*, «roman-savon craché-vécu»? pouffe Solange. Non, non, juste «roman-savon», ça fait plus sobre répond Rose. C'est tellement mousseux finalement que, même si ça se passe dans l'espace, c'est ben plus un roman-savon qu'un space-opera. J'aimais ça, moi, space-opera dit Noëlle. Moi aussi dit Solange. Rose dit: ouen, ché ben, moi aussi. Mais là j'aime mieux roman-savon, c'est plus ça. Tu trouves pas que ça fait péjoratif un peu? demande Laure. Ben non dit Rose. Ça fait comme de la broue, j'aime ça. On dit que bon, dans le fond.

Vava étale le jeu d'épreuves que Rose a commencé à corriger, dit: coudonc, je t'avais dit que *langage* ça s'écrivait pas avec un *u* me semble? Tu l'as pas corrigé. Rose dit que euh!, que non, que c'est que c'est important de le laisser comme ça. What, what, what? crie Vava. Rose dit de pas se fâcher, qu'elle sait bien que ça s'écrit pas avec un *u*, normalement. Mais que depuis le début du roman elle a écrit *language*, sans s'en apercevoir, que c'est très intéressant comme lapsus qu'elle dit. Que c'est tout à fait logique que ça s'écrive comme ça d'ailleurs, vu que ça se passe dans une autre dimension, que ses personnages parlent pas comme nous on parle. Vava dit qu'y a des limites, que ça fera, que si tous les mots étaient orthographiés différemment peut-être, mais qu'est-ce que ça aurait l'air d'ailleurs… et que c'est le seul mot qui ne correspond pas à l'usage orthographique, qu'elle est écœurée. Rose dit que non, qu'elle écrit phantasme avec un *ph* pour que ce soit plus liquide et clef avec un *f* comme dans «femme». Maud dit que c'est pas pareil ça, que c'est admis ça, que c'est dans le dictionnaire, même si c'est moins courant. Rose dit que le dictionnaire c'est un *dictonnerre*, que langage avec un *u*, c'est pas comme langage sans *u*. Que sans *u*, c'est moins vert. Moins quoi? demande Nane. Moins vert dit Rose. Ben vert comme dans Rimbaud: a noir, e blanc, i rouge… Alice l'interrompt, dit: tu devrais plutôt chercher la couleur des consonnes… Rose dit qu'elle l'a fait, que ça paraît qu'elle l'a pas lu son manuscrit et de se la fermer. Vava dit: bon, calmez-vous là. On va essayer d'y penser à tête reposée. Faut quand même qu'on réussisse à passer à travers ça aujourd'hui. Rose dit qu'elle va mettre un disque pendant qu'on regarde ça de plus près. Elle met: *Musique mécanique* de Carla Bley. Elle dit: écoutez ça, c'est beau comme «le beau temps sonne comme une casserolle sur la pluie du temps». Nane ajoute: «Y a plus personne sur la passerelle du plus vieux temps» hein Rose? Rose prend Nane par le cou, la regarde dans les yeux, met son front contre son front, dit: tu me comprends toi, hein Nane? Nane dit que oui, mais que pour langage avec un *u*, elle trouve ça un petit peu compliqué elle aussi...

Pis y a la fin aussi dit Lotte... La fin, Rose, c'est un peu pas mal emberlificoté. Rose bondit: emberlificoté? T'es pas gênée! Lotte dit: ben, qu'est-ce que tu veux, moi, quand on découvre que le télétransporteur c'est un bicycle à cinq vitesses pis que le dôme vital se trouve à l'intérieur d'une machine à coudre sans la petite pièce du fond d'un bungalow sur une autre galaxie, je trouve ça un peu fort. Mais c'est très scientifique dit Rose! c'est la loi de l'entropie, pis, en termes structuralistes, l'infraction au système du texte, coudonc, qu'est-ce qu'y vous faut! Vava dit: ouen... pis tsé l'affaire là que la jumelle d'Yvelle est rêvée par Bibiane pis qu'elle a jamais existé dans le fond, je trouve ça un peu facile... Rose dit: aie, la fin là, je peux vraiment pas la changer. C'est dans un rêve que je l'ai trouvée, c'est toute vrai! Aie, j'ai essayé de rêver à la fin de ce roman-là pendant des mois pis tout d'un coup j'ai fait exactement le rêve de la fin du roman, c'est toute toute vrai câline... Même la scène du procès d'Yvelle? demande Nane. Certain dit Rose. Pis dans le rêve aussi c'était le jour de la Fête des Mères, pis dans le rêve aussi Yvelle rêvait mon rêve. Ostie que c'est mélangeant dit

Noëlle. Tu pourrais pas rêver que tu manges du gâteau au chocolat des fois? Ou que tu fais l'amour avec ton kik préféré? Est ben que trop refoulée pour ça Rose, dit Alice. Rose dit que si on continue a va switcher de sa phase maniaque à sa phase dépressive le temps de le dire, qu'elle a assez faite un drôle de rêve la nuit passée… Qu'elle était debout dans le passage et qu'il y avait un petit bébé d'un et demie — deux ans, qu'il se mettait à pleurer tout d'un coup, qu'elle se penchait vers le bébé, qu'elle le prenait sur son cœur en disant: «Tu commences à sentir les émotions, hein, mon petit bébé». Que c'était comme si le petit bébé venait de comprendre ce que c'était la vie et que c'était beau c'était effrayant. Que c'est un rêve qui a l'air niaiseux mais que c'est comme le bonheur, que ça la rend heureuse.

C'est drôle ce qui fait qu'on est heureux des fois hein, dit Nane. Moi, l'autre fois, j'ai passé tout un après-midi les rideaux fermés à écouter de la musique javanaise à Radio-Canada FM, pis j'ai été heureuse, heureuse, ça se pouvait pus. Ché pas pourquoi, en fait. Ouen, c'est vrai ça; des fois, on sait pas dit Solange. Quand on est malheureuse non plus d'ailleurs, souvent. Ça doit être dans la chimie des corps dit Celia… Le niveau d'adrénaline, quelque chose de même. Ça se peut dit Solange… Ou bedon des pluies de rayons cosmiques dit Noëlle. Pis l'amour, aussi. L'amour, ça rend heureuse. Ça dépend, ça rend malheureuse aussi dit Lotte. Ouen, les deux, c'est vrai dit Solange. Quand on oublie de voir la neige dans le continent noir… En tout cas, j'aime autant m'user vite mais toute sentir. Ça va te mener à l'héroïne ça un jour, dit Lotte… Pis? dit Solange. Pis non, l'héroïne, y paraît que c'est vraiment dangereux, peut-être que j'en prendrai jamais, ché pas… Pis toutes les cochonneries que tu prends, pis les Gitanes, c'est pas dangereux ça je suppose dit Lotte. Solange dit: j'ai ben le droit de me tuer à petit feu si je veux. Pis c'est à cause de la dopamine, c'est bon pour les synapses. C'est sûr qu'un moment donné ça peut faire un court-circuit mais qu'est-ce que tu veux… Tout à coup que c'est dans mon karma de me faire écraser par un char dans son droit en sortant d'ici mettons? Ça m'aurait donné quoi de faire attention? T'as rien qu'à pas traverser aux feux rouges dit Lotte. Je traverse pus aux feux rouges astheure dit Solange, j'ai toujours ben fini par comprendre ça. Rose chante: «Mautadine de mautadine/J'aurais dû faire une héroïne/Faire des chansons in» en imitant Réjane pendant que Vava distribue les épreuves des dix premiers chapitres pour qu'on ait fini ça à midi. Y fait tellement beau aujourd'hui dit Rose, c'est comme un orage orange d'ange d'or en plein milieu de l'été des Indiens! On devrait aller faire un pique-nique dans le parc Lafontaine pour dîner! Hein, qu'est-ce que vous en pensez? Yolande dit: aie, Rose, qu'est-ce que c'est après: «Vava dit que bien sûr y a des choses qui arrivent et tout ça?» Rose dit que ah oui, que la troisième ligne est intervertie avec la deuxième, que après «et tout ça», c'est: «comme dans le roman de Solange comme dirait Vava».

Montréal, 1976 — 1979

YOLANDE VILLEMAIRE

Née le 28 août 1949 à Saint-Augustin-des-Deux-Montagnes, Yolande Villemaire fait des études en théâtre et une maîtrise en lettres à l'Université du Québec à Montréal. Professeure de littérature au niveau collégial depuis 1971, elle est aussi chroniqueure de théâtre à *Hobo-Québec* pendant quatre ans, chroniqueure de livres à *Mainmise* pendant deux ans et collabore à plusieurs revues culturelles. Depuis 1977, Yolande Villemaire participe à de nombreuses lectures de poésie et présente des poésie/performances. En 1980, sa dramatique *Belles de nuit* se mérite l'un des Prix des œuvres radiophoniques de Radio-Canada tandis que *la Vie en prose* se voit attribué le Prix des jeunes écrivains du *Journal de Montréal*. Le 21 mars 1982, elle fonde la spirale d'écrivantes «Rrose Sélavy» et devient, en 1983, directrice de la collection Rrose Sélavy aux éditions de la Pleine Lune. En 1984, elle est bénéficiaire du studio du Québec à New York, où elle séjournera l'année suivante.

BIBLIOGRAPHIE

Romans:

Meurtres à blanc. Coll. «Le cadavre exquis», Guérin éditeur, Montréal, 1974

La vie en prose. Coll. «Lecture en vélocipède», Les Herbes Rouges, Montréal, 1980

Ange Amazone. Coll. «Lecture en vélocipède», Les Herbes Rouges, Montréal, 1982

Poésie:

Machine-t-elle. Les Herbes Rouges, no 22, Montréal, 1974

Que du stage blood. Coll. «Exit», Cul Q, Montréal, 1977

Terre de mue. Coll. «Mium Mium», Cul Q, Montréal, 1978

Du côté hiéroglyphe de ce qu'on appelle le réel. Les Herbes Rouges, Montréal, 1982

Adrénaline. Le Noroît, Montréal, 1982

Les coïncidences terrestres. La Pleine Lune, Montréal, 1983

Textes radiophoniques:

Belles de nuit. Les Herbes Rouges, Montréal, 1983

En collaboration:

Rrose Sélavy à Paris le 28 octobre 1983. Coll. «Rrose Sélavy», La Pleine Lune, Montréal, 1984

TABLE

Cet ouvrage
a été achevé d'imprimer
sur les presses de l'Imprimerie Gagné
à Louiseville en décembre 1984
Dépôt légal: 4e trimestre 1984

IMPRIMÉ AU CANADA